小説の神様

相沢沙呼

講談社
タイガ

目次

カバーイラスト――丹地陽子
カバーデザイン――坂野公一（welle design）

登場人物紹介

千谷一也《ちたにいちや》……売れない高校生作家。文芸部に所属
小余綾詩凪《こゆるぎしいな》……人気作家。一也の高校へ転入
千谷雛子《ひなこ》……一也の妹。入院中
九ノ里正樹《くのりまさき》……文芸部部長。一也の友人
成瀬秋乃《なるせあきの》……小説を書いている高校一年生
河埜《こうの》さん……一也と詩凪の担当編集者

小説の神様

第一話　星一つ

春になった自覚がないのだろう。

遠慮のない冷たい風が起こると、高校まで続く陽向《ひなた》の道を、華やかな声が駆け抜けていった。まだ着慣れていない制服に身を包んだ一年生たちが、僕を追い越していく。糊《のり》の利《き》いた制服が、氷が溶けるように彼女たちの身体に合うまで、そう時間は掛からないだろう。けれど僕が身に着けているこの制服は、一年の時を経《へ》て劣化してはいても、未《いま》だに重苦しくこの身に纏《まと》わり付《つ》いている。

僕はたぶん、小説の主人公には、なり得ない人間だ。

なにも進展しないままのろのろと流れていく窮屈な日常に、きっと読み手は欠伸《あくび》を嚙《か》み殺し、ページを捲《めく》る手を止めて、本を投げ出してしまうだろう。

僕はそんな、空っぽの人間なのだった。

教室へ辿《たど》り着くと、あてがわれて間もない座席へ腰を下ろした。退屈な主人公に相応《ふさわ》しく、そこはどこかじめじめとした廊下側の席だった。

朝陽《あさひ》は、教室の奥まで差し込むことがない。それにも拘《かか》わらず、きらきらとしたその空間の眩《まぶ》しさは、僕の眼《め》を灼《や》いていく。たとえば、お腹《なか》を抱《かか》えて笑っている女の子や、友達の肩を叩《たた》いて大声を出している男子たち。

その光から顔を背けて退屈な時間を潰《つぶ》していると、不意に教室の雰囲気が変化した。一瞬、時間の流れが止まったかのようだった。僕は教室の戸へ視線を向ける。

ふわりと、長い黒髪がそよいで舞った。実際には、そう錯覚しただけだろう。窓は開いておらず、風の流れなんてこの場所にはあるわけがなかったからだ。それでも、その黒い髪の艶《つや》やかさが陽の光に照らされ、こちらの視覚に強烈な印象となって訴えかけてくる。

教室に入ってきたその女子生徒の姿を眼にして、誰かがそっと溜息《ためいき》を漏《も》らした。

可憐《かれん》というよりは、美しいという言葉が似合うだろう、そんな女子生徒だった。すらりとした背格好のせいか大人びた雰囲気であり、ともすれば冷たい印象を与えかねない、精《せい》緻《ち》で研《と》ぎ澄《す》まされた刃物のような美しさ。

「小余綾《こゆるぎ》さん、おはよー！」

「おはようございます」

小余綾詩凪《こゆるぎしいな》。彼女ほど物語の登場人物に相応しい人間はいないと思う。騒々しさの中であっても、どこか静謐《せいひつ》な気配を纏《まと》い、ただそこにいるだけで多くの人たちの注目を集める、その圧倒的な存在感。この春に彼女が転校してきてから、たった一週間ほどで教室は自然と彼女を受け入れていた。

友人たちに囲まれながら、小余綾詩凪がこちらへ近付いてくる。彼女の席は、僕の席の隣だ。陽を浴びない席の傍《かたわ》らは、けれど、この教室の中でもっとも眩しい場所だった。

席に着いて、取り囲む女の子と話す彼女の横顔を、そっと盗み見る。僕がこうして彼女の様子を窺《うかが》うのには、幾つかの理由がある。もちろん、その美しい顔立ちに眼を奪われてしまうのは確かな事実だった。しかし、それとは別に、僕は以前、どこかで彼女のことを見たような気がするのだ。

少し、見過ぎていたのだろう。

彼女と、眼が合ってしまった。

僕は慌てて視線を背ける。

「千谷《ちたに》くん」

けれど、そう追いかけてくる言葉に、どきりとする。

怖々《こわごわ》と顔を戻すと、小余綾詩凪がこちらを見ていた。

「なにかご用？」

周囲の女の子たちが、突然僕に向けて声を発した小余綾を見て、きょとんとしている。

その彼女たちの不審そうな視線が、遅れて僕に向けて注がれた。

対して小余綾詩凪は、その口元に微《かす》かな笑みを浮かべていた。

「いや、その……」

頭は真っ白だった。硝子《ガラス》球のように光沢ある黒い双眸《そうぼう》が、じっと僕を見つめている。

羞恥に頰《ほお》は熱く、唇《くちびる》は乾き、嫌な汗が全身から沸き立った。眼を開いていることすら難しい。それでも彼女の問いに対して、僕の唇は必死に反応しようとしていた。

「その……。小説は、好き、ですか」

奇妙な問いだったろう。

僕もそう思う。僕の素《す》っ頓狂《とんきょう》な言葉に、周囲の女の子たちは呆気にとられている。

そして、小余綾詩凪は——。

そのときの彼女の表情を、僕はうまく表現できない。そこに浮かんだのは、空虚であり、懐古だった。双眸が微かに開き、睫毛《まつげ》が動く。唇が割れ、白い歯が覗《のぞ》くが、息を詰まらせたかのように言葉は零《こぼ》れない。そんな表情で、彼女は停滞したのだった。

まるで、壊れてしまった人形のようだと思った。

顔の熱さに堪えられず、僕は慌てて席を立った。逃げるように教室を去って行く。

「え、なにあれ」

呆《あき》れたような声が背中を擽《くすぐ》る。気持ち悪くない？　仕方ないよ、小余綾さん、可愛《かわい》いもん。あいつ真っ赤になってて、マジウケたんだけれど——。

声を振り切り、廊下を早足で歩く。小余綾詩凪の瞳を思い返すと、なにか美しいものを破壊してしまった罪悪を強く感じた。なにか悪いことを言っただろうか。あるいは、そもそも僕が声をかけていい相手ではなかったのだろう。僕のような人間は、きらきらとした陽向にいる人たちと、きっと触れ合うべきではないのだから。

＊

「そうね。駄目だと思う」

駅近くの小洒落《こじゃれ》たカフェらしく、ウッドブラウンを基調とした店内は女性客に人気があるようだった。河埜《こうの》さんはテーブルに広げたプリント用紙にもう一度視線を落とすと、考え込むように微かに唸《うな》った。それから、もう一度顔を上げた。

二十代半《なか》ばの女性だ。たぶん。しかし、聞いた経歴を考慮すると、実際のところはもっと上なのだろう。微かに明るく染めた髪を首筋が覗く程度に肩で切りそろえており、理知的な双眸は大きい。

「そうですか……。河埜さんって、結構厳しいですよね」

「そうかな」

「いえ、あんまり、プロットに駄目出しされた経験ってないので……」

「うーん、もしかしたら、漫画作ってたときの癖《くせ》かも」

でもね、と言葉を続けて、河埜さんは身を乗り出してきた。

「千谷くん、本当にこの話を書きたい？　この話で表現したいことってなに？　この話を書いてどうしたいの？　そういうの、ぜんぜん伝わってこないんだけれど、どうかな」

「それは」

「試しに書いてくれた冒頭も、ぜんぜん熱がこもってない。こんなの、千谷一夜《ちたにいちや》の文章だとは思えない。絶対、適当に済ませたでしょう？　そういうの、良くないと思うな」

「すみません」

「まぁ、気持ちはわかるつもりだけれどね」

腕を組んでこちらを見る彼女は、やはり困ったふうに微笑《ほほえ》んでいた。

千谷一夜――。

その小説家の名を知っている人間は、読書好きであっても稀少《きしょう》だろう。

当たり前だ。ぜんぜん売れていない作家なのだから。

三年前、一般文芸のそれなりに名のある新人賞でデビューした千谷一夜は、一切の素《す》性《じょう》が不明な覆面作家だ。しかし、どうしてその素性を公表できるだろう。なにせ、千谷一夜は、当時中学二年生の小僧にすぎなかったのだから。

出版社の意向としては、若き期待の新人作家としてデビューさせたかったのだという。けれど僕は御免だった。人生経験の浅い中学生が書いた文章なんて、読みたがる人間がいるとは思えなかったのだ。妙な偏見と先入観で、散々な酷評を受けるに違いない。読者や評論家がどれだけ自分勝手で都合のいい解釈しかしないものか、僕は父親を見てよく思い知っていた。

そう――、僕の父もまた作家だった。そこも一つの話題性だったのだろう。けれど、僕はそういった色眼鏡《いろめがね》なしで自分の作品を評価してほしかった。プロフィールを公表してしまえば、誰も純粋に評価してくれないのではないか。そんな恐れがあって、僕は自分の意見を押し通し、一切の素性を伏せた覆面作家としてデビューした。

そうして、たかだか中学生の小僧が小説家になってから、三年が経《た》とうとしている。

「僕は、もう小説を書くつもりはないんです」

彼女が先ほどまで眼を通していたプリント用紙に眼を向ける。

「僕が作れる作品は、この程度のものですから」

河埜さんが、僅《わず》かに身を乗り出して、言ってくる。

「今はそうだとしても――、千谷一夜の作品を待っている人たちは、きっといるわ。待っている人のために、胸を張って発表できる作品を一緒に作りましょうよ」

とたん、猛烈な痛みが胸の奥をじわじわと浸食していった。

僕は喘《あえ》ぐように言った。

「それは一人ですか――」

「えっ……?」

「二人ですか。三人ですか。待ってくれてるのは、何人なんですか。世の中には、十万、何十万って人が応援している作品が山ほどあるじゃないですか。僕の作品は、それの何分の一の価値なんですか。何十分の。何百分の一なんですか」

「千谷くん……。それは、少しずつ増やしていけば……」

「でも、部数は減る一方じゃないですか。これ以上数が増えるなんてこと、あるんですか。本を出すごとに部数が減って、最近の僕の作品は、書店にだってほとんど並ばないじゃないですか。手にとってくれる人がそれで増えるのは、どういう理屈ですか」

「そんなことないわ。あなたを応援してくれる書店さんだってあるの」

「そうだとしても、みんながつまらないつまらないって言っているのに、それでも書かなきゃならない意味がわからないですよ。僕より面白い小説を書く人はごまんといるじゃないですか」

「あのね……」

河埜さんの言葉に、微かな呆れの色が混ざった。

もちろん、理解している。

自分が幼稚で稚拙《ちせつ》な言葉を並べていることくらい。わかっている。

それでも、感情は止まらない。屈辱、恐怖、憤怒《ふんぬ》、困惑、様々な感情が混ざり合い、自分では制御の利かない化学反応を起こして爆発しそうになる。もちろん、彼女に対して感情をぶつけても意味なんてない。困らせるだけだ。そんなのは知っている。

それでも、僕はもう、自分のことを見限ってほしかったのだ。

「少なくとも、わたしは読みたいと思っているの。千谷一夜の新作を——」

河埜さんは、けれど、我が儘《わがまま》を言う僕を見限ったりせず、辛抱強くそう告げてくる。

「たった一人でもいいじゃない。二人でも、三人でも。誰だって、最初のうちは、数少ない誰かのために小説を書くのよ」

そうなのだろうか。僕はなにも言えなかった。

「一緒に考えて、面白い小説を作りましょう。千谷くんだって、まだ小説を書くことを諦《あきら》めていないはずよ。そうでしょう?」

そう問われて、僕は曖昧《あいまい》に頷《うなず》いた。けれど、本当のところはわからなかった。僕は小説を書くことを諦めていない。本当にそうだろうか——。

結局のところ、熱心に説得されるようにして、僕は河埜さんと次の打ち合わせの約束をした。来週までに新しいプロットと冒頭文を書いて、彼女にメールすることになった。

そもそも河埜さんは、僕がデビューした出版社の編集者ではない。わざわざ僕の作品を読んで、「うちで書いてみませんか」と声を掛けてくれたのだ。それなのに、僕はもう何ヶ月も彼女を待たせてしまっている。

「そういえば、妹さんのご様子はどう?」

帰りがけ、河埜さんにそう訊かれた。

「元気にやっています。このまま調子が良ければ、外出の許可ももらえるみたいです」

「そう」河埜さんは微笑んだ。「それはなによりね」

オレンジジュースをご馳走《ちそう》してくれた彼女に礼を告げ、駅前で別れた。妹の話題が出たので、お使いをしなくてはならないことを思い出す。それは僕にとっては、少々憂鬱《ゆううつ》な使命だった。けれど忘れていたふりをすれば、妹の機嫌を大きく損《そこ》ねてしまうだろう。

訪れたのは中規模の書店だった。自動ドアを潜《くぐ》ると、並んだ一般雑誌の他に、『話題の文芸書』と題されたコーナーで、積み重ねられた四六判小説の山が目立つ。そのどれもが、映画化あるいはドラマ化されるような有名なタイトルばかりだ。発行部数が一万部にも届かないような弱小本が置かれているはずもない、高尚で崇高な限られた名作だけが身を預けることのできる聖域だ。

眩しい場所だった。

派手に平台に並んでいる作品群は、必死になって意識の外へ追いやろうとしても、自然と眼を惹《ひ》かれてしまう。どうしてたった一つの作品が、あんなにも多くのスペースを占領しているのだろう。もちろん、割を食うのは有名ではない作品たちだ。もはや宣伝しなくとも自然と売れる作品が平台を占拠しているため、それらは書店の片隅《かたすみ》、空気の淀《よど》んだほとんど誰も通らない通路にある棚に、ひっそりと身を潜めることになる。

目当ての本を探していると、文庫本が並んでいる場所に辿り着く。色とりどりの手書きポップに飾られて、話題の小説が並んでいる。ほとんどは近年の流行に合ったイラストレーションの表紙であり、作品の雰囲気はまるで謀《はか》ったかのように統一されていた。そんな中、ふと一冊の小説に眼が止まる。それは二年前から刊行されているシリーズの四作目であり、帯には堂々とドラマ化決定の告知と、累計百万部突破の文字が誇らしげに躍っている。書店員さんの手作りのポップも熱の伝わってくる凝《こ》ったものであり、他の作家の本を覆《おお》い隠す勢いで陳列されていた。

僕は息を止めて、その小説を手に取った。

動悸《どうき》を感じながら、ぱらぱらと捲り、そしてページを閉ざす。

その作家の名前と顔はよく知っている。僕のデビューした翌年に、僕と同じ新人賞からデビューした作家なのだった。作者は確か、当時は大学生だった。若い新人がデビューしたということもあって、少しばかり注目が集まっていたのを憶《おぼ》えていた。僕は、そのときには三作目の作品を発表しており、例の如《ごと》くそれはまったく売れなかった。それだけに奇妙な焦りと警戒心があった。僕は審査員の人たちに文章の出来を褒めてもらったし、自分でも文才がある方だと自惚《うぬぼ》れていたが、なにを書いても売れないとなれば、やはりそれはただの自惚れだったのだろう。実際に幾つかの書評で、たとえば何人もの小説家を輩出している専門学校のえらい先生に、「目を覆いたくなる文章力だ」と書かれたこともある。だからその大学生がデビューしたとき、僕は危機感を抱いたのだった。世間的に若く注目を集め、僕より年上で、当然ながら高い文章力を持っているだろう人間がデビューしてしまったら、僕はどうなるのだろうと——。言いようのない不安感を抱きながら、担当さんから献本してもらったその受賞作を読んだ。結果、安心した。

心底、安心したのだ。

文章は稚拙で、どこか作文染《じ》みており、改行がひたすらに多く、中身は薄かった。とりたてて特徴のない、まったく心が震えない文章なのだった。確かに物語は面白かった。読んでいる間は、それなりにページを捲る手が進んでいく。けれど、それだけだった。読み終えたあとに残るものはなく、友達と交《か》わしたどうでもよい世間話のように、あとの記憶には決して残らないような、そんなエンターテイメント作品だったのだ。

僕は本当に安堵した。これは残念ながら売れないだろう。僕と同じように売れない作家になることには間違いない。同じように売れない作品が増えれば、この文学賞から出た本は売れなくて当然なのだと自分を納得させることだってできるだろう。

そう、思っていたのだ。

けれど、僕は間違っていた。まったくもって愚《おろ》かだった。たかが中学生が本当におこがましい評価を下したものだった。僕の価値観は明らかに普通と違っている。だから作るものが売れないのだ。そう教えられるようだった。

その本は売れた。売れに売れた。飛ぶように売れた。瞬《また》く間《ま》に重版がかかり、書店の平台にひしめき合うようになり、僕の本が一冊も置かれていない書店で何十冊も面出しでスペースを独占するようになった。

そしてとうとう、ドラマ化だという。

おめでとう。

もう一度、手にした本を見下ろす。

正直なところ、わからなかった。わかったつもりになって、わかったふりをしたくて、それでも理解がまるでできなかった。どうして、この本はこんなにも売れて、こんなにも大勢の人たちに愛されているのに、僕の本はそうではないのだろう。僕はかつて、ネットでこの作家の本に寄せられたレビューを幾つも確かめた。「面白くて一気読みでした」「素晴らしいストーリー！」「本当に泣いちゃいます」「キャラが可愛くていい！」どれもこれも、本当に楽しそうで、本当にこの作品のことを愛しているのだということが伝わってくる読者の評価だった。それに対して。それに対して。僕は――。

足を引きずるようにして、その場を離れた。妹に頼まれた数冊の小説を、なんとか探し出す。途中、僕は一つの棚の前で足を止めた。あるとするならば、そこにあるはずだったからだ。僕は怖々とした思いで、その棚に視線を向けるかどうか、十分近く躊躇《ためら》った。身体は震え、嘔吐《おうと》感に目眩《めまい》すら憶えていた。それでも立ち止まったまま、そこを確かめたい誘惑に駆られて、長い時間を葛藤《かっとう》した。確かめよう。確かめるべきだ。けれど、やめた方がよいのでは。結果はわかりきっている。それでも、だって、あの本はあんなにたくさんあそこに並んでいるじゃないか――。だったら、一冊くらい、一冊くらいは――。

僕は目を上げる。

僕の書いた作品があるとしたら、そこに刺さっているはずなのだった。

けれど――。

もちろん、そんな超底辺の駄作本など、一冊もあるわけがない。

あるわけがないのだった。

「今はそうだとしても――、千谷一夜の作品を待っている人たちは、きっといるわ」

本当にそうだろうか、本当に。

とぼとぼと道を歩きながら、スマートフォンを取り出した。ネットを検索し、書評サイトを開く。誘惑に勝てなかった。慰めが欲しかった。希望の光を見たかった。

そこは、ありとあらゆる小説に対する読者たちの評価が数多く書き込まれているサイトだった。僕は自分の名前でサイトを検索する。誰か一人でも、誰か一人でも——。半年前に上梓《じょうし》した最新刊に付けられた感想の数が、前に確認したときよりも数件増えているのを見付けた。心が躍った。河埜さんの言うことは、もしかしたら本当なのかもしれない。

僕は逸《はや》る気持ちでその感想を確かめる——。

「明らかな駄作。読んだ時間を返してほしい」「はっきり言うとこの人は小説家を辞めるべきなのでは」「一般でこういうの売るなカス」「主人公に作者が見えるようで気持ち悪くて無理」「図書館で借りましたが、つまらなかったです。図書館さんリクエストしてしまってごめんなさい！」「星一つ。ゴミの日に出しておきました。クソみたいな小説です」

帰宅し、布団に籠《こ》もる。

僕は喘いだ。ひたすらに喘いだ。わけがわからなかった。

小説を書き続ける意義が、僕には理解できない。こんなふうに罵られて、こんなふうに嫌悪されて、それでも続けなければならない理由を、見付けられない。

僕は暗い部屋の中、毛布を被り、ひたすらに呻く。泣いたところで、心を軋《きし》ませる痛みが治まるわけではないのに、それがわかっていながら、みっともなく涙を流し続けた。

小説なんて糞の役にも立たない。ただただ、それは僕を苛《さいな》むだけ。

僕は小説が嫌いだ。

＊

翌日の放課後は逃げるように部室へ向かった。

教室が、酷《ひど》く息苦しい場所に感じる。それは昨日、僕のような人間の屑《くず》が、無謀にも小余綾詩凪という美貌《びぼう》の人に話し掛けてしまったことに端《たん》を発するのだろう。

小説は、好きですか。

咄嗟《とっさ》にあんな質問をしてしまったのは、九ノ里正樹《くのりまさき》のせいだ。それはほんの暫《しばら》く前のことだった。廊下を歩いている際に、僕は九ノ里に捕まった。この学校で僕に声を掛ける生徒は九ノ里しかいない。振り向く僕に、彼は出し抜けにこう言った。

「お前の教室に、転入生が来ただろう」

背は高い。地味な眼鏡に隠れているが、顔立ちも綺麗《きれい》な方だろう。けれど、どことなく暗鬱《あんうつ》な口調と、小難しい命題でも抱《かか》え込んでいるかのような哲学者風の顔立ちのせいで、酷く影が薄い人物に見える。

「頼みたいことがある。小余綾詩凪。彼女と親しくなってほしい」

それは奇天烈《きてれつ》な言葉だった。

「どういうことだよ」

「文芸部に誘いたい」

「どうして」

「それはすぐにわかる」

「なんだよそれ……。だいたい、なんで僕が。自分で誘ってくれよ」

「教室が違うから、なかなか近付く機会がない。お前は席が隣だろう」

「そうだけれど……」

「遠目に見かけたが、小余綾詩凪は一也《いちや》の好みのタイプだ。会話のきっかけと考えれば、悪い話ではないと思う」

「なんでそんなことがわかるんだよ……」

「お前の書くヒロインは、だいたいあんな感じだ」

九ノ里は、この学校において僕が作家をしていることを知っている唯一の人間だ。そしてそれは的確な分析であり、ぐうの音も出ない。

「いや、けれど、僕と彼女じゃ、住む世界が違いすぎるよ」

「それはどうだろう」

九ノ里はそう告げると、その言葉の意味を考える間も与えず、背を向けて教室へと去って行った。それが数日前の出来事だった。

九ノ里正樹は、文芸部の部長をしている。彼とは中学時代からの付き合いだった。性格の暗さは別として、成績は極めて優秀であり、中学時代は二年間も生徒会役員を務めていた人間だ。そのせいか、ああ見えて行動力と社交性に秀でている。わざわざ僕に無理難題を押し付けなくてもいいだろうに——。

高校に入学して、九ノ里はどういうわけか文芸部に入部した。二年生からは文芸部の部長になっている。というのは、この高校の文芸部は廃部寸前といった様相で、活動的だった先輩たちは全員が卒業してしまい、残っているのは九ノ里と僕——それと数名の幽霊部員——だけだったからだ。律儀な彼は部員を増やすべく精力的に活動しているようで、小余綾詩凪を勧誘したいというのはその一環なのだろう。とはいえ、小余綾ほどの美人が小説に興味を持つとは思えない。物語を愛し、物語を綴る人間は、えてして孤独な人間だからだ。あんなふうに多くの人たちに囲まれて、きらきらとした陽向で生きるような人は、小説などという湿っぽい趣味とは無縁に思える。

そんな思索に耽《ふけ》るうちに、いつの間にか部室の前に辿り着いた。

何の気なしに扉を開けて、ぎょっとする。

室内には、見知らぬ女の子の姿があった。彼女は部室の奥にあるパイプ椅子《いす》に腰掛けていたが、僕と視線が合うと、赤い眼鏡の奥の双眸を微かに見開いた。読んでいたらしいオレンジのカバーが掛けられた文庫本を閉ざすと、身を跳ねさせるように立ち上がる。切りそろえられた地味めの髪が、はらりと揺れ動いた。

「あ、あのっ、千谷一也先輩ですか」

どこか溌剌《はつらつ》とした、明るく煌《きら》めくような声音《こわね》だった。

「あの、わたし、一年の成瀬秋乃《なるせあきの》といいます」

そう名乗りながら、彼女は立て続けにこう言った。

「千谷先輩にお願いがあります」

ぺこりと頭を下げ、頭頂部をこちらに見せつけながら。

「わたしに、小説の書き方を教えてもらえないでしょうか――」

＊

それは、僕の日常に突如として紛《まぎ》れ込んだ雑音のようなものだ。

どうしてか、成瀬秋乃と名乗る一年生を見つめて、僕はそんなことを考えていた。

「あの、ダメでしょうか……」

僕が黙りこくっていたからだろう。彼女は心細そうに眉尻《まゆじり》を下げた。

「いや……。話がよく見えなくて」

「あ、ご、ごめんなさい。そうですよね！」

頭を下げながら、彼女は慌《あわ》ただしい所作で会議机に置かれていた鞄《かばん》に手を入れる。

「わたし、九ノ里先輩から、文芸部へ入部してみないかとお誘いを頂いているんです。それで、そのとき千谷先輩のことをお聞きして、先輩の小説を拝読しました」

ぎょっとした。九ノ里が僕のことを一年生に話すとは思えない。僕が小説家をしているという事実は、決して口外しないように口止めしてあるのだから。

けれど成瀬さんの鞄から出てきたものを見て、自分の早とちりに気が付いた。現れたのはこの文芸部が作った幾つかの冊子だ。それらには僕が文芸部の一部員として寄稿した短編が掲載されているのだ。成瀬さんは、それらの冊子を抱えて言った。

「あの、わたし、『カップの残り滓《かす》』がすごく好きでした。文章が、高校生だなんて思えないくらいお上手で、それですごく面白くって。ラストの一文なんて、めちゃくちゃ揺さぶられちゃいました」

こちらに向けられたのは、はにかむような笑顔だった。それが酷く眩しく、僕は顔を俯かせた。九ノ里に頼まれて、息抜きに書いた、どうでも良い短編の一つだった。

「ええと、そう、なんだ……」

「あの、わたし、小説を書くのが好きで――」

きらきら、している。

訴えかけるような眼差《まなざ》しと共に、一歩をこちらへと歩み寄って彼女は告げる。

「その、もちろん、先輩に比べたら、ぜんぜん、下手なんですけれど……。わたし、これまで身近に小説を書く知り合いがいなくて……。ううん、その、わたし、実家が小さな本屋をやっているんですけれど、それでも、小説を読むのが好きっていう友達は今までいなかったから、なんだか、先輩の話を読ませていただいて、すごく嬉《うれ》しくなってしまって。

同じ学校に、こんな凄《すご》いお話を書ける人がいるんだって」

「いや……、あれは、そんなに大したものじゃないよ」

「あ、あの、でも、凄かったです。感動しました！」

冊子を抱えたまま、勢い込んでそう告げてくる。僕は彼女の発する熱量から逃れるように、僅かに身を引いた。

「あの、それで、わたし……。もしよろしければ、千谷先輩に、小説のことを教えていただけたらって……。わたし、書くのは好きなんですけれど、まだ誰かに読ませられるようなものは書けなくて……。そのことを九ノ里先輩に言ったら、その、千谷先輩なら、きっと相談に乗ってくれるだろうって……」

たぶん、僕が眼を合わせなかったからだろう。成瀬さんの言葉は徐々に勢いを失い、途切れ途切れ、部室の空気に溶けて霧散していった。

「あの……。ダメ、でしょうか……」

どこか怯《おび》えたような声音だった。

たぶん、彼女も気が付いているのだろう。僕が彼女という存在を鬱陶《うっとう》しく感じているのだということを。けれど僕の方はといえば、困惑していた。僕はいったい、会ったばかりの彼女のなにに苛立《いらだ》っているのだろうと。

この熱を煩《わずら》わしいと感じる心の動きが、摑《つか》めない。

自分の心の動きすら摑めないなんて、小説家として三流以下だ。

「成瀬さんは、どんな小説を書きたいの」

とりたてて興味があるわけではないが、椅子に腰を下ろしながらそう訊《たず》ねた。

「あの、わたし――」

すぅ、と、想《おも》いを吐《は》き出すために、空気という動力を吸い込む音がした。

「力のある、小説を書きたいんです。人の心を、動かすような――」

眼鏡の奥にある、成瀬秋乃の双眸は、煌めいていた。

「今まで、たくさんの小説に助けてもらってきました。だから、わたしも、そんなふうに誰かの心に響く小説を書きたいなって……。そんなすてきな作家になれたらなって……」

「小説が――、人の心なんて動かすものか」

そう漏れた言葉が、自分の唇から出てきたものだと意識するまで、時間がかかった。

「え……」

戸惑う彼女の双眸から逃れるように視線を外し、戸棚を見遣《みや》る。そこに納められているのは、夕陽《ゆうひ》を浴びて変色した古めかしい文庫本と、ここで生み出された部誌の数々。そこに綴られている無数の文字の羅列を想いながら、この唇が語る言葉に耳を傾けた。

「物語がどれだけ愛や勇気を語ったところで、それは人の心には届かないよ。小説は誰の心も震わせない。誰にも響かないし、誰の心にも届かない。そんな力を、たかが文章が持ち合わせているはずないだろう」

「でも……」

「たかが創作の物語に、なんの力がある？」

戸棚へと無数に押し込められた印刷物を見ながら、饒舌《じょうぜつ》に語った。物語を紡《つむ》ぐように、言葉は自然と溢れていた。

「愛って素晴らしい、友情って素晴らしい。そんなおためごかしに涙を流しながら本を閉ざして、けれど僕らは、明日からなにも変化しないじゃないか。成瀬さんは、読んだ小説からなにかを学んだとって、本当にある？　それって、学んだ気になっただけで実は実行に移したことなんて一度もないんじゃないの？　感動だけして、涙だけ流して、気持ちよくなるだけ気持ちよくなって、それを自分の中で昇華させることなく終わりにしているんじゃないか？」

ただの紙くず。

作家とは、それをひたすらに量産する職業でしかない。

小説に力があるなんて、勘違いしては、いけない。

「わたし――」

「つまるところ――。小説なんて、なんの役にも立たないってことだよ」

成瀬さんは呆然《ぼうぜん》とした表情でこちらを見ていた。

少しばかり、言い過ぎたのを自覚する。けれど彼女の放つ無邪気で眩い光は、僕が培《つちか》ってきた理念を苛立たしく焦がすのには充分なものだった。そもそも、なんだよ、小説の書き方って。そんなのがあるなら、僕に教えてほしい。きみはそんなものに頼らないと、小説を書けないのか？　そんな程度の信念で、小説を書こうとしているのか？

けれど、その言葉を口にするより早く、僕の後ろで扉が開く音がした。振り向かずとも、九ノ里がやってきたのだということがわかる。この部室を訪れるのは、成瀬さんという例外こそあれ、僕を除けば、あとはもう彼しかいないからだ。

しかし、想定よりも速いつかつかとした足音が鳴り——。

白い、てのひら、が、視界を流星のように駆け抜けた。

しなやかに翻《ひるがえ》ったそれが会議机を叩き付けて、びりびりと耳朶《じだ》を震わせる。

「馬鹿《ばか》なことを、言わないでもらえるかしら」

突如割り込んできた声は、僕の意識を不意打ち気味に殴りつけた。

「ぐだぐだと偏《かたよ》ったものの見方で中身のないことを語らないで。まがりなりにも文芸部の人間がそんな話を後輩に吹き込んだりして、恥ずかしくないのかしら——」

僕は唖然《あぜん》と、その闖入《ちんにゅう》者を見返す。

小余綾詩凪——。

注目の転入生である彼女が、なぜかそこに居た。

教室で見かけた淑《しと》やかさ、静けさ、落ち着きといった雰囲気をまるで脱ぎ捨てて、小余綾は肩を怒らせていた。掌《てのひら》を机に叩き付けた姿勢で僕を見下ろし、切れ長の双眸を鋭く尖《とが》らせて、ぎらぎらと火を噴《ふ》いている。成瀬さんも、見知らぬ人物の突然の介入に、困惑した様子でたじろいでいた。

戸口に眼を向けると、九ノ里が小さく肩を竦《すく》めているところだった。僕の困惑などお構いなしに、小余綾詩凪が続ける。

「小説に力がない、ですって――？　それは、あなたの書いた小説がなんの力も持っていない――、の間違いじゃないの？　素人が、負け犬の遠吠《とおぼ》えみたいにみっともなく騒がないで欲しいわ」

「なっ……」

負け犬の遠吠え。素人？　僕が素人だって？

「ふざけるな」気が付けば椅子から立ち上がって、挑《いど》むように小余綾詩凪を睨《にら》み返していた。「あらゆることは数字が証明している。小説を読んで世界から戦争が消えたか？　いじめがなくなったか？　自殺防止に役立ったか？　小説にそんな力があるのなら、どうしてほんの僅かな人しか小説に興味を持たない？　市場の一部分だけしか知らない君の方こそ、知ったような口を利くんじゃない」

けれど、僕の言葉に対して小余綾詩凪は、まったく動じることがなかった。むしろ平然と僕を見遣り、微かに鼻で笑って見せる。

「そんな幼稚な捉《とら》え方でしか物語に触れることができないなんて、とても哀《あわ》れね」

教室での振る舞いや雰囲気と打って変わり、小余綾詩凪の双眸はどこまでも冷たく、どこまでも生意気なものだった。

「それなら、君も小説が人の心を動かすなんて、馬鹿みたいな考えを信じているのか」

むっとしながら問うと、小余綾は静かに頷いた。

どうしてか、すっとこちらを見定める視線に、僕は気圧《けお》される。

小余綾詩凪は、自身の胸元に手を押し当てて、どこか誇らしげに告げた。

「小説には、わたしたちの人生を左右する、大きな力が宿っているわ」

「いったい……、なんの根拠があって、そんな馬鹿げたことを言えるんだ？」

するとと彼女は、髪を払いのけながら、こう言った。

「そんなの、当然のことじゃない」

それが、さも当然で、普遍的なことであるかのように。

「わたしには、小説の神様が見えるから――」

「……」

意味がわからない。

僕は、さぞや間抜けな顔をしていたのだと思う。ぽかんと唇を開けて、彼女の勝ち誇ったような表情を見ていた。

それから、小余綾は退屈な絵画を見飽きたかのように僕から顔を背けて、九ノ里を見遣った。片手で僕を指し示しながら言う。

「九ノ里くん、わたし、物語を愛することのできない人とは、一緒にいられないわ。せっかく誘ってもらったのに、ごめんなさいね」

見れば、九ノ里は眼を閉ざして小さく吐息をついたところだった。

美貌の転入生はくるりと身を翻し、文芸部の部室を去って行く。さらりと長い黒髪が広がり、甘い薫りが漂った。

その残り香の只中《ただなか》で、僕は言いようのない苛立ちを憶えていた。眩しさに焦がされた灰が、甦《よみがえ》るように再び発火し、自ら熱を蓄《たくわ》えて燃え上がっていく。

「小説に……。力なんてあるわけないだろう」

小余綾詩凪が消えた戸口を見つめながら、僕はそう呻くことしかできなかった。

＊

「やり直し、ですか」

「ええ」頷いてから、河埜さんは首を傾《かし》げた。「どうしたの？　今日はなんだか、普段より集中できてないみたいよ。アルバイト、忙しいの？」

「いえ、それはいつも通りです。すみません、また退屈なものを出してしまって」

「そういうわけじゃないのよ」少しばかり戸惑ったように、河埜さんは微笑んだ。「ただ、今のままでは、きっと千谷くんにとっても、良い結果にはならないと思うから」

「わかっています。面白くなければ作品は売れない。売れなければ、誰にも読まれない。なにが書かれていようが、読まれない作品に価値はないですから」

「千谷くん……」

手を滑《すべ》らせて、テーブルに広げられたプロットの用紙に触れた。

作っても作っても、美しくならない小説の草案たち。

生まれるのはおぞましく汚らしい醜悪な文字の羅列であり、まるで物語の体《てい》を成す予感は訪れない。泣いても叫んでも、なにひとつ浮かんでこない。干涸《ひから》びた井戸をそれでも掘り進めて、乾いた岩窟《がんくつ》に指の爪《つめ》を幾度も剝《は》ぎ取られていく。なにも生まれない。なにも作れない。自分はもう涸れているのだと、ただただ指先の痛みと共に、思い知らされるだけ。

「やっぱり、僕は……、もう小説を諦めたんです」

それは、なにかの呪文《じゅもん》のようだった。

言葉にすれば、とたんに沸々と湧《わ》き上がる気持ちが肺を焦がし、僕の喉《のど》を燃やそうとしていく。その灼熱《しゃくねつ》が身体から溢れ出そうになり、瞼《まぶた》の裏に溜《た》まる水分を沸騰させた。この感情はなんなのだろう。もう諦めているのに。やりたくないのに。意味なんて感じられないのに。それなのに――。

「一つ、千谷くんに、提案があるの」

どこか緊迫感を孕《はら》んだ眼差しと共に、河埜さんが告げる。

「今日来てもらったのは、そのことが本題でもあるの。ねぇ、千谷くん、わたしは確かに、今のあなたはとてつもない迷路に入り込んでしまっていると感じているわ。なにを信じたらいいのかわからなくなって、物語を作れなくなってしまっている。それでも、わたしはあなたの文章力を評価しているの。あなたの綴る言葉は、とても綺麗よ」

それはどういう意味なのだろう。僕はわけがわからずに眉を顰《ひそ》めた。

物語は退屈だが、文章力はそれなりだ、と言いたいのかもしれない。確かに、彼女の言う通りだろう。空っぽの僕に残された自尊心は、もうそれくらいなものだった。けれど今どき文章力だけでは小説は売れない。物語にはなり得ない。

「あなたは道に迷っていて、美しい言葉を綴れるけれど、なによりも物語を欲している。わたしにはそう感じるの」

僕は曖昧に頷く。だからなんだと言うのだろうと、少しばかり困惑していたけれど。

「それと同じように――」河埜さんは続けた。「美しい物語を構築することができるのに、それを語るべき言葉を欲している人がいるのだとしたら、どうかな――」

意味がわからない。

「わたしは、そんな二人が互いを補うように創る物語を見てみたい。そこから生まれるであろう化学変化が、きっと多くの人を魅了するに違いないと感じたの」

「それって、どういう意味です」

やはりわけがわからず、僕は首を傾げることしかできない。

次に河埜さんが告げた言葉は、まったくもって奇想天外なものだった。

「ねぇ、千谷くん。他の作家とチームを組んで、二人で小説を書いてみない？」

僕は、ぽかんとする。

「それって……」辛《かろ》うじて、言葉を紡いだ。「二人一組で小説を書けってことですか。もう一人の作家がプロットを創って、僕がそれを元に小説を書くっていう……」

「理解が早くて助かるわ」河埜さんは、そこでようやく微笑んだ。「彼女のプロットは、どの作品も巧《たく》みで素晴らしいの。あまり他の作家を褒めないあなたですら、以前、その人の作品を読んで面白いって言っていたもの。あなたの文章にも、とても合うはずよ」

「彼女って……。女の人、なんですか？」

「二人一組で小説や脚本を書いたりするというのは、そこまで珍しい話ではないの。あなたの現状打破にもなり得る、やりがいある挑戦になると思うのだけれど、どうかしら」

「それは――」

二人一組で小説を書く。想像もしていなかった事態に、困惑が大きいのは確かだ。

しかし、もし、それが魅惑的なプロットなのだとしたら。

それを元に、自分の文章を綴ることができるのだとしたら――。

極めて醜悪な期待が、胸の奥で疼《うず》いた。

それは、河埜さんが期待した想いとはまったく違うものなのだろうと思う。

本当の作家であるならば、自分の仕事にプライドを持ち、このような感情を抱くべきではないのだろう。それでも、僕は強く惹かれていた。なにせ、自分で試行錯誤する必要はないのだ。苦しい想いも、辛い想いも、もうしなくていいのだ。涙を流す必要も、胃を痛める必要もなく、何度も何度も挑戦したところでどうしようもない屑にしかならない物語と対面することなく、面白いプロットが手に入る。

それなら、あるいは、もしかして、僕にも売れる本が作れるのではないか――。

根本的な解決にはまるでならないのはわかっている。理解できている。

それでも、断裁を待つだけの本を量産するよりはいい。

小説なんて遊びだ。ただの小遣い稼ぎだ。

そこにプライドなんて必要ない。

売れる本を作った人間が勝つのだ。

僕は勝者になりたい。

「やってみても、いいですけれど」

「そう、よかった」

河埜さんは安堵《あんど》するように吐息を漏らし、それから笑顔を見せた。

「実は、今日はパートナーになる彼女も、ここに呼んでいるのよ。断られてしまったら、どうしようと思っていたわ」

僕は顔を顰めた。なんだ、勝手に話を進めていたということだろうか。

「いったい、誰なんです？　その作家さんって……」

河埜さんはくすりと笑った。

「会ってみてのお楽しみ。これ以上ないほど、千谷くんにぴったりの子だと思う。そろそろ来ると思うんだけれど……」

子？

その表現に、微かな違和感を憶えたときだった。

からん、と喫茶店の扉が開き、鈴の音が鳴る。

「来たわ」

河埜さんが立ち上がり、入り口を見て手を上げた。

この狭苦しい喫茶店の入り口は、僕の背の方にある。

だから、僕は河埜さんの視線を追うように、肩越しに振り返った。

そして――。

奇妙な悪夢を見ているかのようだ、と思う。たちの悪い冗談にしか思えない。

小余綾詩凪――。

爽《さわ》やかな春の薫りを纏うかのように、さらさらと流れる髪を押さえて、彼女が店内に足を踏み入れてくる。長い黒髪。切れ長の瞳《ひとみ》。すらりとした姿勢の良い細身の体軀《たいく》。

涼しげな顔でこちらを見遣ったのは、制服姿のあの転入生だった。

「不動《ふどう》詩凪さんよ。詩凪ちゃん、こちらが、千谷一夜くんで――」

けれど、困惑の感情を抱いたのは、なにも僕だけではなかったらしい。

僕の姿を認めた小余綾は、切れ長の双眸を驚愕《きょうがく》に瞬《まばた》かせた。すぐにその柳眉《りゅうび》を顰め、桜色の唇を大きく開くと、唸るように言う。僕が苦々《にがにが》しく言葉を吐き出したのも、ほとんど同時だった。

「ちょっと待って……。こいつが、あの千谷一夜なの？」

「不動詩凪って、そうか、お前が――」

「ああ、やっぱり知り合いだったの？」河埜さんは、のほほんと微笑んだ。「学校が同じみたいだったから、そうなのかなって思っていたのよね」

不動詩凪――。

僕はその名前を舌の上で転がす。ああ、見たことがある気がしたのは、当然だ。彼女の姿をどこで見たのか、僕は克明に思い返していた。確かに、面影《おもかげ》がある。あのときの印象とはひどく違っていたけれど、彼女は確かに、不動詩凪に間違いない。

僕らが互いを睨み付けていることに気付かず、河埜さんはにこやかな口調で告げた。

「知り合いなら話は早いわ。今日からあなたたちには、二人でチームを組んで小説を書いてもらうことになります。お互いに仲良くしてちょうだいね」

第二話　虎《とら》は震えている

「挑戦してみるべきだ」

狭苦しい部室の窓から、春らしい青々とした空の明るさが覗いている。休憩時間にも拘わらず、清々《すがすが》しい合唱部の唱和がどこからともなく響いて、校舎を柔らかく包み込んでいた。対して、暗鬱な心境の僕は、溜息交じりに九ノ里《くのり》へと言葉を返す。

「無理に決まっているだろ。相性が悪すぎる」

文庫本に視線を落としている九ノ里は、ちらりとだけ僕を見遣った。

「そうだろうか。俺は千谷一夜《ちたにいちや》の本も不動詩凪《ふどうしいな》の本も読んでいるが、その二つが食い合わせが悪いものだとは思わない」

「作品や作風がそうだとしても、書いている人間の組み合わせが最悪だ」

「それなら、断ったのか？」

「それは……。ひとまず、保留させてもらったよ」

まずは互いに話し合い、挑戦するだけでもしてみてほしい。

河埜さんから、そう頭を下げられてしまった。しかし、結果は目に見えているというものだろう。小余綾《こゆるぎ》詩凪は、僕のことをあからさまに敵視している。今朝も教室で顔を合わせたものの、恐らくは他のクラスメイトには一度も向けたことがないであろう鋭い視線で僕を串刺《くしざ》しにすると、それからはきっぱりと無視を決め込んでいる。昨日はといえば、別れ際に「学校では話し掛けないで」と侮蔑《ぶべつ》混じりの視線と共に告げられたものだ。

「九ノ里は、小余綾が不動詩凪だって知っていたのか？」

「確証はなかった。しかし、俺はデビュー当時の不動詩凪の顔を知っていたし、名前だって特徴的だ。ほぼ間違いないだろうとは思っていた」

なるほど、だから彼は小余綾を文芸部に勧誘しようとしていたのだろう。

あのとき小余綾がこの場所を訪れたのは、九ノ里があと一歩で文芸部へ入部させるところまでこぎ着けていたから、ということらしい。とはいえ、意外だ。商業作家として成功している人間が、高校の文芸部の活動なんかに、僅かでも興味を示しただなんて。

不動詩凪は、僕と同時期にデビューした新人作家だ。エンターテイメント性を重視した別の文学賞の出身ではあったが、あの容姿から当時は美少女作家として持て囃《はや》された話題の存在だった。彼女は僕とは違い、覆面作家ではなかった。その若さと可憐な容姿故に、注目度は非常に高く、テレビでも何度か取り上げられ、文芸誌では写真付きでインタビュー取材されていたことも数多い。小説の売り上げも上々だったはずだ。

もちろん、その年齢と容姿が目立つばかりに、批難の声も多かったらしい。要するに、可愛いから売れているだけ、などという評価が無数にあったのだ。実を言えば、僕も当初はそう考えていた。なにせ自分と同年代の子がほとんど同じ時期にデビューしており、そちらの方が何十倍も売れているのだから。けれど、いつだったか、たまたまテレビに出ていた不動詩凪の姿を見て、僕は不思議と彼女の作品を読んでみようという気になった。

そして彼女の作品を読んでから、僕はそれまでの認識が誤りであったと恥じた。印象的だったのは物語構造の巧みさだった。緻密《ちみつ》に練られたプロットは推理小説的な驚きが含まれており、読者の期待を良い意味で裏切りながら飽きさせない。それでいて少女らしい優しげな感性が物語全体のテーマと文章を彩《いろど》っており、物語世界への愛が読み手に深く伝わってくる。

正直、敵《かな》わない、と感じた。

これは面白いのだから、売れて当然なのだ、と。

「どちらかといえば、俺はお前が気が付かなかったことの方が意外に思える」

「……人の顔を憶えるのは、苦手なんだよ」

不動詩凪の作品は面白い。それは認めざるを得ない。僕を徹底的に打ちのめすその事実への対応策は、見ないふり、だった。献本される雑誌に載る彼女の名前から目を背けて、書店に並ぶ彼女の新刊を見なかったことにした。とはいえ、僕の妹は彼女の大ファンだし、同じ雑誌に短編が掲載されてしまうこともあって、思うように自分を誤魔化せないときも多い。それでも、小余綾詩凪の正体にあのときまで気が付かなかったのは、単純に僕の知っている少女作家の純真無垢《むく》な印象と、小余綾詩凪という転入生の大人びた雰囲気が、大きく食い違っていたからだろう。

「僕が知っているのは、三年前の顔だから……。なんか、ぜんぜん違うだろう」

「そうか？」

「教室じゃ、みんなに囲まれていても、どこか一歩引いている感じなんだ。すました顔をして、いつも冷静さを保《たも》っているような感じで……。僕が彼女のデビュー当時に見た写真だと、もっと、明るくて……。無邪気な女の子って感じだったんだけれどな」

「写真の印象で、人間の人となりは判断できない。作った笑顔だったのかもしれない。それに女子というのは俺たち男子より複雑怪奇な生き物だ」

「ここに来たときも、なんか、違う感じだったもんな。教室でのすました態度はどこへやら、鬼の形相でわけのわからない暴言を並べ立ててさ、なに、なんなの、詐欺《さぎ》かよ。あれ見たら、こっそりファンクラブ作っているうちの教室の男子も女子も幻滅しちゃうよ」

そして僕が抱いていた、美人転入生への密《ひそ》かな憧《あこが》れを返してほしい。表紙に騙《だま》されるとはまさしくこのことだ。中身が思っていたのと違っていたので星一つです。

「話を戻すが、その企画、俺は挑戦してみる価値があると思う」

見れば、九ノ里は文庫本を閉ざし、スチール机の上に置いていた。眼鏡の奥の双眸を鋭く尖らせてこちらを見ている。僕は目を瞬かせた。

「馬鹿言うなよ。さっきも言ったろ。僕と彼女じゃ……。とにかく、ぜんぜん合わないんだ。向こうだって僕のことを嫌っている。成功するわけがない」

「そうだとしても、これは小説家千谷一夜にとって、良い経験になるはずだ」

そうわかったような口を利く友人を、しばしの間睨み返す。

「自分でもそう予感しているから、断れないんじゃないのか」

「違う。僕はもう……、小説を諦めたんだ」

ずるずると、内臓から不快な汚物を引きずり出すように、時間をかけて答える。

「けれど……。売れる作品を作れるなら、悪いことじゃ、ないと思う」

「売れる作品、か」

まるで、そんなものの実在を疑うかのように、九ノ里は眉を持ち上げる。

九ノ里は、所詮《しょせん》は素人だ。だから、そんな疑念を抱くことができるのだろう。それは実在する。多くの人に読まれて、多くの人に楽しんでもらえる。喜んでもらえる作品。それは、僕には決して作ることができなくて、僕には決して綴ることができないもの。それでも、誰かの力を借りることができるのなら。

そのとき、上着に入れたスマートフォンが大きく震えて、メールの受信を報《しら》せた。

＊

指定されたお店は、学校から電車で十五分ほど掛かるところにあった。硝子張りの煌びやかな店舗は遠目には喫茶店のようにも見えたが、近付いてみるとどうやらケーキ屋の類《たぐい》であることがわかった。ショーウインドウに、色彩豊かで可愛らしいケーキがたくさん並んでいる。平日にも拘わらず、奥のイートインコーナーは女性客の姿でいっぱいだ。

「なんだよ、ここ……」

メールの中身を確認するが、この場所で間違いはないようだった。

店の前で暫し躊躇っていたが、覚悟を決めて店舗に足を踏み入れた。華やかな笑顔の女性店員に迎えられ、僕は挙動不審気味に女性客でいっぱいの席へと目を向けた。目当ての人物を探し出そうとするが、どこにもいない。

時間は過ぎているはずである。

もしや、騙されたのか。

と――。

「ねぇ、そこの売れない作家の人」

そう呼びかけられて――。その言葉に素直に反応してしまう自分が、我ながら空《むな》しいと思いつつ、僕はすぐ傍らの席を見遣った。

こちらを見上げていたのは、一人の女の子だった。

爽やかな春を体現するかのような淡い花柄のワンピースに、白いロングのカーディガンを羽織《はお》っている。合わせた白いキャスケット帽の中には、長い髪を編んで押し込んでいるようで、剝《む》き出《だ》しの首筋からなだらかな肩に至るまでの曲線が、眼に瑞々《みずみず》しく映る。大きな黒縁《くろぶち》の眼鏡の奥の双眸は切れ長で、硝子細工のような漆黒の瞳が睨むようにこちらを見上げていた。小さなテーブルの下で組んだ白い腿《もも》が短いワンピースの裾《すそ》から飛び出しており、僕は跳ね上がる心臓を喉から零しそうになる。白く嫋《たお》やかな指先が紅茶のカップを摘まんで、それを優雅に口元に運んでいた。

その可愛らしい女の子が、小余綾詩凪その人であることを、僕は数秒、まじまじと見遣って再確認する。

「ねぇ、そんな卑猥《ひわい》な眼で、わたしを見ないでもらえる？　怖気《おぞけ》立《だ》って、カップを落としてしまいそう」

侮蔑の眼差しと共にぶるりと身を震わせると、小余綾は僕から視線を背けた。

「ばっ、み、見てねぇよ！　ちょっと誰なのかわからなかっただけだろっ。ていうか、なんでそんな変装みたいな恰好《かっこう》しているんだよ」

「当然でしょう。不可抗力とはいえ、あなたのような人間に会わなければならないのだもの。こんなところを学校の誰かに見られて、奇妙な勘違いをされたら困るじゃない」

「打ち合わせとか言って呼び出したのは君だろう。もっと場所を選べよ！」

それが不可解な台詞《せりふ》だとでも言うように、小余綾は眼鏡の縁に重なる柳眉を顰めた。

「なにを言っているの。美味《お》しいケーキでも食べなければ、あなたなんかと会う気になれないでしょう。メインはこれ。あなたとの打ち合わせは、そのついで」

なんなんだこいつ。なんでこんな横柄な態度なの？　売れてる作家様だからですか？

「まぁいいわ。座りなさいよ。本当なら、あなたには一つ離れた席に腰掛けてもらいたかったのだけれど、店内が混んでいるから、仕方ないわね」

そう告げてテーブルに頬杖《ほおづえ》を突くと、彼女は深く溜息を漏らした。

そのアンニュイな様子を、不覚ながら少し可愛らしいと思ってしまう。

その感情を打ち消すため、胸の中でかぶりを振り、小余綾の向かいに腰掛ける。店員がやって来て、メニューを渡される。それを開き、思わずぎょっとした。

「ちょっ、なんだよこれ、高くないか？」

「あら、そう？」

小余綾は僅かに身を乗り出し、メニューの金額を確認する。ふわりと彼女の薫りが鼻を擽り、僕はたじろいだ。

「ああ……。そうね、売れない作家様ですものね。よろしかったら、奢《おご》って差し上げましょうか？」

「嫌味のつもりか――。僕はプライドよりお金を大事にする男だぞ。もちろん是非頼む。ついでにあとでレシートもくれ」

小余綾は掌に乗せていた頬をずるりと落とした。

「あなたね……」

「よし、このスペシャルブレンドコーヒーにしよう。いちばん高い」

「ケーキは要らないの？」

「甘いものは苦手だし、なに書いてあるのかよくわからない」

呆れた様子の小余綾を尻目《しりめ》に、店員を呼んでコーヒーを注文した。

小余綾は既に大きな苺《いちご》が載ったショートケーキを三分の一ほど食べている。奇妙な居心地の悪さを感じながら、僕は居住まいを正した。眼前では、学校中から注目を集める噂の転入生が、美味しそうにケーキを頰張《ほおば》っているのだ。その可憐な服装も傲慢《ごうまん》な態度も、クラスメイトたちが知っているだろう一面とは明らかに異なっているものだったが、その事実を考えると、僕の方は余計に落ち着かなくなる。こんなケーキ屋さんで向かい合うだなんて、まるでデートじゃないか。

「苦虫を嚙み潰したを通り越して、変顔コンテストの優勝を狙《ねら》う芸人のような顔をしているけれど、どうしたの」

小余綾詩凪は気持ち悪いものでも眺《なが》めるかのような表情で言う。

「苦虫を嚙み潰したって表現を実際に使う奴《やつ》には、初めて会ったよ」

「わたしも苦虫を嚙み潰したような作りの顔の人に会うの初めて」

「……」

小余綾詩凪は美しい。性格に難はあるが、それはどうしようもない事実だ。こんなに美人で、高校生で、売れっ子の作家だって？

「人間が書けてなさすぎるだろ……」

小説にそんな登場人物が出てきたら、まっさきにそう評価したい。ラノベかよ。

「なに？」

「いや……。それで、打ち合わせってなんだよ」

「決まっているでしょう。わたしがプロットを話して、あなたがそれを把握する。それだけ」

「もうプロットができているのか」

「ええ、わたしを誰だと思っているの。プロットだけで河埜さんを半年以上も待たせているどこぞの売れない作家と一緒にしないで欲しいわ」

まったくもって容赦のない嫌味だったが、事実なのでぐうの音も出なかった。それに、不動詩凪は速いときには三ヵ月に一冊のペースで新刊を出していたはずだ。僕を批難する資格は充分にあると言えるだろう。というか、河埜さんってば、僕の原稿の進捗《しんちょく》状況を、そんなぺらぺらと他の作家に話さないで欲しいんだけれど……。

「しかし、君は意外と乗り気なんだな、この企画」

「冗談を言わないで」小余綾は鼻を鳴らした。「河埜さんにはデビュー当時から面倒を見てもらっている恩があるの。彼女の頼みでなかったら、誰があなたのような遅筆無名作家と一緒に作品を作るものですか」

「お、おう……」

反撃の言葉を探りながら、店員がコーヒーをテーブルに置くのを待った。

結論としては、言葉よりも先に涙が出てしまいそうだった。

「と、とにかく……。どんなプロットなんだ？　売れるプロットなんだろうな？」

そう問うと、小余綾は口元にカップを運んでいた手を止めて、怪訝《けげん》そうな眼差しで僕を見遣った。珍獣でも眺めるかのような目付きだった。それから、静かな動作でカップをテーブルに置くと、距離をとるように椅子ごと数十センチを後退した。

「おい、なんで下がるんだよ。化学の授業で一緒のグループになっちゃった女子かよ」

「ああ、ごめんなさいね。あまりあなたに近付いて同じ空気を吸っていると、拝金主義的な小説の考え方に吐き気を催しそうだったから」

「僕はなにも間違っていないぞ。だいたい、小説というのは商売じゃないか。売れた作品を作れるものこそが勝者だ。つまり、僕らは売れる作品を作る必要がある。読まれない小説に価値なんてない」

「ああ、なるほど、なにを書いても売れないと、そんなふうにひねくれてしまうのね。才能がないって可哀想《かわいそう》。わたしの場合、なにを書いても結果的に売れてくれるから、そんなこと考えたこともなかったのだけれど」

「もしかして、不動詩凪さんは、僕に喧嘩《けんか》を売ってますか？」

「あなたの理屈だと、喧嘩をするまでもなく、あなたは敗者ね。あの地味なタイトルの小説……、なんだったかしら、そう、『灰となって春を過ごす』は何部売れたの？　一万部はもちろん超えているわよね？　三万部くらい？」

「なっ、おっ……」

怒りは覚えるが、反論しようとしても、ぐうの音も出ない。

確かに不動詩凪は売れる作品を書き続ける勝者であり、僕は売れない作品を書き続けた敗者に他ならない。なにせ小余綾が口にした僕のその作品は、三千部しか刷っていないのである。十数万部突破、と帯に書かれるような不動詩凪とは比べるまでもなく、圧倒的に敗者なのだった。

「ほら、いいからさっさとノートとペンを出しなさい。このわたしがあなたみたいな弱小作家と組んであげるのだから、大人しく感涙に咽《むせ》びながら、言われた通りに文章を綴ればいいのよ」

なにこのひと、なんでこんな横柄なの。

これはちょっと一言言っておく必要がありそうですね?

「あ、あのな、勘違いするなよっ」僕はまるでツンデレヒロインのような台詞と共に唾《つば》を飛ばして訴える。「ぼ、僕は好きでお前なんかと仕事をするわけじゃないんだからなっ」

「繰り返すけれど、わたしも河埜さんの頼みでなければ、断っているところよ。売れたものが正義? 小説がなんの役にも立たない? まさか千谷一夜が、こんなにも小説というものに対して不躾な人間だとは思っていなかったわ。作品が売れないのも当然ね。その腐った根性が本に滲《にじ》み出《で》ているんじゃない?」

なに、なんなのこのひと。ひどくない? 僕泣いちゃうよ?

「気持ちが悪いから、怯えたミニチュアダックスフンドみたいな眼をしないでくれるかしら。まるで似合わないわよ。ああ、足の短いところはよく似ているようだけれど」

もうやめて。他人の悪口言ったら駄目なんだって、小学生のときに先生から教えてもらわなかったのかよ……。

「わかった、もうわかったから……。それで、なにをどうすればいいんだよ」

「だから、まずはペンとノートを出しなさい」

とんとん、と小余綾は苛立たしげにテーブルを叩いた。

「残念だけれど、僕はデジタルな人間なんだよ。これで構わないだろう」

僕が取り出したのは、小説執筆の要であり、スターバックスで仕事をするのにも最適なリンゴ印のノートパソコンだった。

「よし、準備はいいぞ」

「まず、わたしが構想しているプロットを話すわ。あなたはそれをうまく纏めて、詳細を文章にすればいい。そうね、まずは河埜さんにプロットを理解してもらうことを目的として、書いてくれればいいわ」

「なるほど、君の話を聞いて、河埜さんに伝わるように、僕がプロットを企画書風に纏めればいいわけだな——って、なんだよそれ、僕は君の書記じゃないぞ！」

意味がわからない。小余綾は僕に口述筆記をしろと言っているようなものではないか。

「あなたは文章担当でしょう。それならば、プロットを文章で纏めるのも、あなたの仕事になるじゃないの」

「ちょっと意味がわからないですけど、その理屈……。だいたい、プロットを組み立てるときに、自分でもノートで纏めたりなんかしているだろう。それを見せてくれよ」

小余綾は、不思議そうな顔をした。ぱちぱちとまばたきを繰り返している。

「あのさ、まさか、プロットなんていちいちノートに書き出したりしません、すべて頭の中にあります、今までそうやって問題なくやってきましたけれどなにか？　とか言わないですよね？」

「その通りだけれど」

怪訝そうに眉を顰め、小余綾は言う。

僕は呻き、頭を抱えた。

「本当に、一行たりとも書き出したりしないのか？　アナログもデジタルも問わず？」

「少しくらいなら、思い付いた文章を綴ることはあるわ」

小余綾は平然とした表情で言うと、前髪を中指で軽く払う仕草《しぐさ》をする。それから鞄を開けて、小さなメモ帳を取り出した。ぱらぱらとページを開いて、僕の方に差し出す。

綺麗な文字で、こう書かれていた。

『二重。開くと閉じる。透明。出入りの順番を考える必要あり』

うん、まったく意味がわからない。

「なんだこれは……」

「ちょっと推理小説の仕掛けを思い付いたので、忘れないようにメモをとったのよ」

「プロットではないですね……」

「そうね、それは頭の中にあるから大丈夫なの」

「そ、そうですか……」

僕は、小説家というのは事前にプロットを書き出し、準備を整えてから小説を執筆するべきだと考えている。プロットとは、要するに小説の雛形《ひながた》のことだ。物語の大まかなあらすじを出だしから終わりまで書き出して、それがどのようなお話になるのかを、概要としてわかりやすく纏め上げた設計図。それを事前に組み立て、物語構造を把握しておくことで、執筆の際に物語が破綻《はたん》してしまうのを防ぐのだ。

しかし、たまにいるのだ。

そんな作業を一切行わないで、小説を書き上げてしまう人間というのが——。それはアマチュアの大馬鹿者か、そうでなければ、天才と呼ばれる人種なのだろう。

不動詩凪のこれまでの著作を顧みるに、彼女は間違いなく天才の側にいる人間だった。

「これまで、担当さんにはどうやってプロットを見せていたんだよ……」

「口頭で伝えていたの。それで充分だったみたいだから」

「そ、そうですか……」

「それで、準備はいいかしら」

「ええと……、そういえば、あれか、僕に口述筆記をしろという流れだったな……」

「べつに、わたしが語った言葉をそのまま書く必要はないのよ。わたしの話を聞いて、あなたが把握した物語を概要として書いてくれればいい。もちろん、質問を挟んでもらっても構わないわ。あなたの認識が誤りであれば、それはわたしの伝え方が悪いのだから、あとで訂正させてもらうし、そこまで構える必要はないわよ」

「それなら尚更《なおさら》、自分で書けばいいと思うんだけど……」

「書くことでこそ、物語を身に纏うことができる。この感覚、わからないとは言わせないわ」

「まぁ、言わんとすることはわかるけれどさ……」プロットを書かない奴が言うな、とも思ってしまったが。「よし、それじゃ、話してくれ」

「まず、主人公のことを話しておきたいと思うの。彼女の名前はね――」

そうして、小余綾は語り始めた。

＊

聞き惚《ほ》れる、とはこういうことを言うのかもしれない。

綺麗な声音だった。優しく愛《いと》しげに物語を語って聞かせる小余綾詩凪は、どこか活《い》き活《い》きとしていて幸せそうに見える。そこには僕に見せる冷徹さも高慢さも、教室の人間に見せる大人びて達観した物腰も存在しない。

ただ、幸せそうに、嬉しそうに。

そして愛情をもって語るのだ。

変な話だけれども、僕は自分が小学生だったときのことを思い出していた。低学年時だろう。近所にあった図書館には、日曜日になると本を読み聞かせてくれるお姉さんがやって来る。優しい笑顔で子供たちを見渡し、大きくよく透る声音で、活き活きと物語を語ってくれたその女性の眩しい姿は、今でもよく憶えている。幼《おさな》かった僕は、彼女の語る物語を、いつも心待ちにしていた。

ああ、と呆然とした心境で、小余綾詩凪の顔を見る。

こいつは、本当に物語を愛しているのだなと、そう、思ったのだった。

「それでね——。ちょっと、聞いているの?」

不審そうに首を傾げて、小余綾が聞いてくる。

「ああ、うん」

僕は曖昧に頷く。

「そう。ならいいけれど、メモを取らなくても大丈夫?」

「そこまで記憶力は悪くない。タイプすることに集中すると、逆に聞き逃してしまう可能性もあるから……。けれどさ」

「けれど、なに?」

「ああ、いや、いいんだ」僕は慌てて手を振った。「気にしないで、続けてほしい」

「そうは言っても、細部まで完成しているのは、この辺りまでなのだけれど。とりあえず、暫定として考えている結末までは続けるわ——」

そうして、小余綾の語る物語が一区切り付くと、僕は彼女の物語を身に纏うべく、慌ててキーボードを叩いた。

ジャンルとしては、高校生活を描いた青春小説の部類に入るのかもしれない。各話完結の短編を連ねることで構成される、連作小説でもある。不動詩凪の作品らしく、エンターテイメント性の高い、推理小説的な側面もあると言えるだろう。

主人公の少女は、ミステリで言うならば探偵役となるべき立ち位置の天才だ。しかし、そう書くといささか語弊《ごへい》があるだろう。持って生まれた才能で、人の言動の細やかな機微からたちまち虚実を見抜くことのできる彼女は、その実は他者とどうやって触れ合ったらよいのかわからず、孤独を抱えて青春を過ごす普通の少女の側面を強く持っている。彼女は幼少期の頃から、無意識のうちに他者を傷付けて生きてきた。人間の嘘《うそ》を判別することができるのに、人間の心の機微が理解できないのだ。人と触れ合いたいのに、それを成し遂げる方法がわからない。だから自分に自信が持てず、内向的で常に世界に対して怯えながら生きているような、そんな少女なのだった。

彼女の才能は、人が必死に隠そうとする嘘を暴《あば》いてしまう。よかれと思って暴く謎解きは、周囲の人間から見れば極めて無神経な行為と映る。人の心理に疎《うと》い彼女は、それらを暴くことが人を傷付ける結果に繋《つな》がってしまうことがわからない。

「どうして？　それが真実でしょう」

彼女は首を傾げて思索を続ける。嘘を暴き、あるべき真実を白日の下に晒《さら》したというのに、どうして教室のみんなは自分のことを畏怖《いふ》するのだろう。おぞましいものを見るような視線を向けるのだろう。よかれと思ってしたことなのに、どうして。

しかし、そんな彼女にも、運命的な出会いが訪れることになり——。

ざっとあらすじを纏めて、導入風に語るとするならば、それはそんな物語なのだった。

全部で五話構成となっており、小余綾は一話と二話の細部のあらすじも語ってくれた。主人公が対面する謎と、それを紐解《ひもと》くための論理までも詳細に——。三話以降は大まかな方向性が示されただけではあったが、結末となる五話に関しては、どのような着地を見せるのか、まるで登場人物の心情が乗り移ったかのように、生々しく語るのだった。

僕は小余綾が語った心情と情景が、目の前からかき消えてしまわないよう、慌ただしくキーボードを叩いてそれらを捕らえようとした。重要そうな言葉、自分の心に印象的に響いた台詞などを必死に摑まえて、かたちが変わってしまわないように慎重に書き綴る。ようやくその作業が一段落した頃、僕は椅子に背を預け、大きく溜息を漏らした。

吐いた息と共に、心が震える。

身体は昂揚《こうよう》していた。指先は疼き、すぐにでも部屋に籠もってキーボードを叩きたい。なんて面白そうな話だろう。なんて魅力的なテーマだろう。登場人物たちの心情が、まるで憑依《ひょうい》するかのようにこの心に甦り、無数の文章が脳裏を過《よぎ》っていく。しかし、それと同時に僕の身体の胃の辺りを、冷たく重苦しい感触が襲う。

小余綾詩凪は途中で新しいケーキを注文し、それを美味しそうに頰張っていた。どこか無邪気とも感じられるその様子に、僕の胸中のもどかしさは大きく膨れあがっていく。

僕には、決して生み出せない物語。

読んだ人たちの、楽しそうな、嬉しそうな声が、目に浮かぶような――。

「どうしたの?」

「いや……」僕はキーボードに視線を落とす。「よく食うなと思って」

「悪かったわね」

「悪いことじゃない。レシートの数字が加算されるのは大歓迎だ」

息を吐き、胸の中でわだかまる苦々しさを、押し流す。

「それで、どう?」

「だいたい、大まかなあらすじは把握したよ。けれど――」

僕は彼女の語った物語を吟味《ぎんみ》し、咀嚼《そしゃく》する。

推理小説的なテーマを内包しつつ、あえてロジックに着目せずに人間の愛しさ優しさを描くための道具として用いるのは、不動詩凪の小説に相応しいとも思う。青春小説として読んだ人たちには、不意打ちのように現れるエンターテイメント性に驚嘆するはずだし、ミステリが好きな読者にとっても、充分に期待に応えられる内容だろう。正直、小余綾が惜しげもなくさらりと話した仕掛けの一つには、純粋に読者として楽しみたかった気持ちが強い。とはいえ――。

「けれど?」

いや……、判断するのには、まだ早いだろう。

僕は自分の考えを切り上げて、別の質問をした。

「なんでもない。ところで、これはどうして自分で書かないんだ？」

「今回の物語は、河埜さんに頼まれて、他の作家と共同作業をする企画のために作ったものなの。その相手がこんな人間だったら引き受けたりなんかしなかったのだけれど——、それでも、わたしが書いたら、企画の意味がなくなってしまうじゃない」

「そういうものか……」

「当然ながら、あなたのために用意した物語ではないわ。わたしは共作という点に、興味があっただけ」

「わかってるさ。僕だって好き好んで君と組みたいわけじゃない。僕は……。売れる小説を作れるなら、それで充分なんだ」

「あなたって本当に最低ね」

溜息をつきながら、小余綾は両手の指先をアーチのように組んで見せた。そこへ顎先《あごさき》を乗せて、じっとこちらを睨んでくる。

「それで、どうなの。書けそう？　河埜さんに提出する概要とは別に、冒頭だけでも、ひとまず書いてみてほしいのだけれど」

「冒頭か——」

問われて、ディスプレイに刻まれた物語の断片を見つめた。

「挑戦は、してみるけれど……」

けれど、胸中に浮かぶのは、疑念だった。

書けるのだろうか、自分なんかに——。こんなにも素晴らしい物語を、僕の文章は再現することができるのだろうか。

答えは、決まっている。

星一つ。文章が稚拙。才能なし。

つまらなかったです——。

僕は、あまりにも、相応しくない。

＊

バイトを終えて帰宅すると、洗濯機の稼働音が響いていた。扉に鍵《かぎ》を差し込んだ時点で、そのことに気が付く。我が家では、基本的に洗濯機が動くのは二十二時過ぎだ。ただいま、と声を漏らすと、疲弊のせいか、ほとんど声は出てこなかった。それでも母は気付いてくれたらしい。居間から顔を覗かせて、お帰りなさい、と笑いかけてくる。

「夕飯は食べた？」

靴を脱ぎながら頷くと、母は申し訳なさそうに笑った。

「ごめんね。なかなか帰れなくって」

「いや、どっちみち、仕事だったたから、僕も夕飯には間に合わなかっただろうし」

「小説？」

「バイト」

どこか期待の混じった母の質問を、すぐさま切り棄《す》てる。

「うーん、それは残念ね。あ、お風呂《ふろ》湧かしてるけれど、入る？」

「あとで入るよ」

答えながら洗面所で手を洗うと、未《ま》だ用があるのか、母は居間に戻らず訊《き》いてきた。

「昨日は、ヒナのところ行ってきてくれた？」

「ああ、なんか、ずっと検査だったみたいで、会えなかったんだよ。僕もバイトあったし、明日、行ってくる予定」

「じゃぁ、お願いね。ほんとはお母さんが行ければいいんだけれど……」

「ちょっと部屋に籠もってるんで、先にお風呂入りなよ」

「お、仕事ね？　さっすが我が家の稼ぎ頭！」

顔を輝かせ、そう囃し立てる母から逃れるようにして、居間を突っ切る。

片隅に置かれた仏壇の写真を一瞥《いちべつ》して、自室のドアを開ける。

深く溜息を漏らしてから、机に着いた。

小余綾が定めた締め切りまで、もうほとんど時間がない。彼女の話したプロットの概要は、丁寧に纏めて小余綾と河埜さんに提出してある。河埜さんは、それで進行して良い、と二つ返事でメールをくれた。僕のときとはえらく違う対応だ。

僕に課せられた残りの仕事は、今週中に冒頭のシーンを書いて小余綾に提出すること。

そんなに急いで進める必要があるのか、という僕の質問に小余綾は、「早くしないと中間試験が始まってしまうでしょう」と実に高校生らしい答えを返した。彼女の言葉には一理ある。僕にとっても学業は大事だ。小説などというくだらないものに手間をかけて、本業を疎《おろそ》かにするわけにはいかない。良い成績を収め、良い大学に進学し、良い企業に就職するために、勉学は必要なことだ。

しかし、今はひとまず、物語を書かなくてはならない。

マックの電源を入れて、ディスプレイを睨み付ける。

表示されているのは、真っ白なテキストファイルだった。

画面いっぱいに広がった余白。

キーボードに手を添えて、その純白を睨み付ける。

けれど、一向に指先は動かない。

胸苦しさを抱えながら、理由もなく立ち上がり、気が付けば部屋を歩き回っていた。最初の一文は、ある程度決めている。それを打ち込めば良いはずだった。それなのに僕は部屋の中を歩き回り、まったく無関係の漫画を手にしてページを捲っていた。その中身を読むことなく本棚に戻し、重苦しい吐息を漏らす。やっとの思いで椅子に戻り、ディスプレイに視線を向けた。真っ白な画面を見つめて息を吸う度、窒息しそうになる。

自分はいったい、なにから逃げようとしているのだろう。まるで脚を引き摺《ず》って歩いているようだった。痛む足首に顔を顰めながら、僕は荒野を彷徨《さまよ》っている。向かうべき方角はわかりきっているのに、精神と身体がそこへ近付こうとすることを全力で拒んでいた。いやな汗が噴《ふ》き出て、動悸が高鳴り、嘔吐感すら込み上げてくる。それでも、と時間を掛けて、ようやくキーボードを叩きはじめれば、見えてくるのはどうしようもなく絶望的な景色だった。

なんて退屈な文章だろう。

書けば書くほど、綴れば綴るほどに、窒息死しそうだった。

想像の中で美しさを保っていたものが、自分の手によってこれ以上ないほど劣化していく。汚らしい文章。醜《みにく》い登場人物。なんの芸もない書き出しと退屈な比喩《ひゆ》表現。小説であることの必然性をまったく感じられない稚拙な文字の並び。僕が僕の手で物語を殺していく。不動詩凪の物語を、殺戮《さつりく》していく。

三行書いて、全て消す。

十行書いて、全て消す。

荒野には、硝子の破片が飛び散っている。そのすべては、自らが破砕した夢の欠片《かけら》だ。それを裸足《はだし》のまま踏みつけながら、進んでいく。血を流し、膿《うみ》を流し、激痛を堪えながら、それでも進まなくてはならない理由は、なんだろう？

視界は涙で滲んで、白く濁《にご》っていた。消しそびれた文字の並んだ、ほとんど真っ白な画面を睨み付けながら、ただひたすらに呻く。

「僕なんかに、書けるわけがない……」

僕は読者を満足させられない小説家だ。

そして、退屈で、まっさらな、なにも持っていない人間なのだ。

この物語を綴るのに、圧倒的に、相応しくない。

＊

「いったいこれはなんなの――！」

呑気《のんき》で陽気なお昼休みのことだった。

会議机の上へと、唐突に叩き付けられたプリント用紙に眼を向ける。彼女が勢いよく部室の扉を開け放った瞬間から、僕は愕然《がくぜん》とした思いだった。そのまま つかつかと歩み寄られ、まるでメンコを豪快に叩き付けるかの如《ごと》く凄まじい音を鳴り響かせたその瞬間も、やはり開いた口が塞《ふさ》がらず、困惑に硬直することしかできない。メンコ遊びなんて小学校の生活授業でしか経験したことがないのだけれど、これがメンコ遊びであるのならば、掌ごと机に叩き付けるのは、ルール違反というものだろう。

「別のことを考えて現実逃避をしているみたいな顔をしないでもらえる？」

じろりと小余綾に睨まれて、僕は九ノ里に視線で助け船を求めた。黙々と文庫本を読み耽っていた彼は、ぱたりと本を閉ざす。

「知らんふりをして騙すのも気が引けたんだ。事情は理解していると伝えてある。入部せずとも、急を要する場合は、ここで千谷と仕事の話をしても構わないともな——。俺はお前たちの仕事の邪魔をするつもりはないので、少し席を外させてもらう」

「え、いや、九ノ里……」

「お気遣《きづか》いありがとう、九ノ里くん」

僕への対応とは打って変わって、にっこりと笑顔を浮かべる小余綾に頷き、九ノ里は僕へ助け船を出すことなく部室を去って行く。

扉が閉まる音と同時に、小余綾詩凪が再び肩を怒らせて、僕を見下ろした。

「それで、これはなんなの？」

ばんばん、と、プリント用紙が載った会議机を叩き付けてくる。

「なにって……。君のお望み通り、冒頭部分の原稿じゃないか」

「なにが冒頭の原稿よ。あんた本当に作家なわけ？」

「いったいなにが不満なんだよ」

「中身がスカスカじゃないのっ。これじゃ脚本のト書きと同じよ。ここは主人公が孤独であることをそれとなく読者に示唆《しさ》しつつ、自分では気付けない寂《さび》しさに戸惑う重要なシーンよ。それなのに、なに、この『わたしは思った。つらい。』って。馬鹿にしているわけ？」

彼女は腰に手を当て、高圧的な様子で迫ってくる。僕は深く溜息を漏らした。

「君は、小説というものがまるでわかっていないみたいだな」

彼女は不審げに眉を寄せ、日本語を話し始めたタヌキでも眺めるような表情をする。

「いいか、読者が読みたがっているのは、小難しくだらだらと続く描写文じゃないんだ。彼らに愛されるのは、簡潔ですっきりとした中身のないスカスカの文体なんだよ。世の中の売れている小説を見てみれば簡単にわかることだろう。読みやすさをいちばんに考えるのは当然のことじゃないか」

「全力で――」

重々しく言葉を漏らしながら、小余綾は拳《こぶし》を握り締めていた。再び杭《くい》を打つかの如き一撃で拳をテーブルに叩き付けると、ぐいとその険《けわ》しい顔を近付けてくる。

「全力でッ、小説を愛するすべての人たちに謝りなさいッ！」

僕は彼女の吐息と、唾と、髪の薫りを感じていた。

「ついでに、小説を書くすべての人たちにもッ！」

耳を劈《つんざ》くような声音に、顔を顰める。

「あのな……。そんなに綺麗な文章が好きなら、純文学にでも進んだらいいじゃないか。エンターテイメントが第一にしているのは、物語だよ。面白く、笑えて、涙を流せる。そういう、小難しいところが一切ない話がウケてるんだ。その点、今回のプロットはダメだ。見え隠れするテーマが重苦しい上に、学校生活のしんどい部分が多すぎるよ。青春モノを書くなら、もっと爽やかで綺麗な話を書かなきゃならない。青春モノを読む読者のほとんどは、リア充になりたくてもなれなかった、今はもう決して取り戻せない昔を、せめてフィクションの中で充実させたい中高年なんだ。こんな、孤独とかいじめとか、青春の苦々しい部分をテーマにしていたら、売れるはずないだろう」

僕が語って聞かせる間、小余綾は震えていた。怒らせた肩とテーブルに叩き付けたままの拳を痙攣《けいれん》させながら。顔は赤く、唇を固く結んで、燃えるような双眸で睨んでくる。

「……折れてるの？　錆《さ》びてるの？」

やがて独《ひと》り言《ごと》のように、彼女の唇がそう囁《ささや》いた。

「こんなのは……」

彼女は指を滑らせて、文字が印字されたプリント用紙を、そっと撫でつけていく。

「こんなのは、千谷一夜の文章じゃないわ。まるで別人じゃない……」

心の端で、なにかが擦《こす》れた。

それが勢いよく燃え出すより速く、僕は反論する。

「売れてる人たちに倣《なら》うのは、そんなに悪いことなのか？」

「とにかく、書き直して」

「気に入らないなら、自分で書けばいいだろ」

そう告げたとたん、彼女の呼吸が止まる。息を呑《の》んだまま僕を見遣り、怒りに震える拳や、噛み締めていた唇が、急激に熱と力を失っていく。なにを言われたのかわからない、というような、どこか愕然とした表情へと切り替わると、不意に双眸が揺らいだ。漆黒の眼差しが、見る見るうちに煌めきを増していく。

「もういい。知らない」

踵《きびす》を返し、小余綾は早足で部室を去って行った。

彼女が見せたその表情に、少しばかり肝が冷えた。

泣かせてしまったのではないか、と錯覚した。喧嘩をしたときの妹の表情に、そっくりだった。

「あれでよかったのか？」

声にはっとすると、開いたままの扉から、九ノ里が顔を覗かせていた。彼は眼鏡の位置を中指で微調整しながら、部室に足を踏み入れてくる。

「なんだよ。邪魔しないとか言って、聞いていたのか」

「小余綾は声が大きすぎる」

九ノ里はこちらへ近付くと、ちらりと、会議机に載せられたプリント用紙を一瞥した。

「俺は、まさかお前が本心でそう思っているとは考えない。けれど、お前のことをよく知らない小余綾からすれば、どうだろう」

「馬鹿言わないでくれ。本心に決まってるだろ……。売れるための鉄則だ」

「そうか。だとしたら、それは上辺だけの、薄っぺらい言葉だ。小説家の言葉には聞こえない」

小余綾の言葉が掠《かす》めていった心の一端が、未だ燻《くすぶ》っている。

すました顔でこちらを見遣る九ノ里に、それを見透かされたような気持ちになった。僕は机の上に置かれたままのプリント用紙へ手を伸ばす。紙を、握り潰した。文字を、文章を、握りつぶし、丸め、ねじり上げていく。

仕方がない。仕方がないじゃないか。

書きたくても、書けないのだから。

彼女からプロットを聞かされてあんなにも心が昂揚したというのに、どうしても書けない。綴れば綴るほど、納得がいかなくなる。自分の文章は屑だ。眼を覆いたくなる。こんな文章では、きっと売れない。自分が小余綾の作品を駄目にしてしまう。売れない作品へと変えてしまう。

これでいい。自分を見限ってほしい。

それなのに、この感情はなんなのだろう。なにが僕の唇を震わせ、手指を硬直させ、頬を熱くさせるのだろう。眼の奥を沸騰させるのだろう。

どうして書けないのか。どうしてこんなに苦しいのか。

小余綾が、不動詩凪が羨《うらや》ましくてたまらない。

素晴らしい物語を創造し、美しい文章で綴ることのできる彼女が、酷く妬《ねた》ましい。

僕はもう、小説の書き方を忘れてしまった。

物語を綴るのは、血の滲むような、耐えがたい苦行でしかない。

こんなのは、千谷一夜の文章じゃないわ——。

自分は、まるで別人だ。あの頃、夢中で小説を書いていたときとは——。

そう、かつての千谷一夜は、もうどこかへ行ってしまった。

死んでしまったも同然なのだった。

＊

「ほら、これでいいんだろう」

書店名の入ったビニル袋を差し出す。とたん、雛子《ひなこ》はわかりやすく顔を輝かせ、それを受け取った。上体を起こしたベッドの上で、袋をお腹の辺りに載せると、中身を確かめて満足げに頷く。

「おおー！　そうそう、これこれ！　文庫化するの、ずっと待ってたんだよう！」

妹が手にしているのは、不動詩凪のデビュー二作目が文庫本になったものだ。なにやら先日発売したばかりのようで、病室から出られない妹の代わりに、お使いをしてきたというわけである。まだ三年も経っていないのに、もう二作目が文庫になるとは、やはり売れっ子作家は格が違うというわけだ。僕のような売れない作家の本は、たとえ文庫にしたところでまったく売れずに出版社の倉庫で黴《かび》が生《は》えるのを待つばかりになる。故に、売れない作家の本は、文庫にしてもらうことが難しい。

これが、実力の差というものだろう。

「ああ、いいなぁ！　この装丁、凄いよ、お兄ちゃん！」

雛子は病人とは思えないほど活き活きと眼を輝かせ、それはもう矯《た》めつ眇《すが》めつ、不動詩凪の本を眺めていた。

「ハードカバーのときの特徴を活かしつつ、更に洗練された表紙になってるっ！　これはみんな、うっかり手にとっちゃうこと間違いなしだよ！」

真っ白な頬が、興奮に上気している。

その様子を見ると、当然のことながら、なんだか、そこにきちんと命が宿っていることを再確認できて、安堵と共に胸苦しさが腹腔《ふっこう》の奥を過っていく。

何の因果《いんが》か、妹は不動詩凪の大ファンだ。とはいえ、作家などというくだらない職業を選んだ父親のせいで、千谷家の財政は酷く苦しい。それ故に四六判ハードカバーで刊行される不動詩凪の全作品を揃《そろ》えることは難しく、ほとんどの作品は図書館で借りて読んでいるといった状況だ。それだけに、文庫本を入手できたことが感慨深いのだろう。

「もうね、お兄ちゃんを見ているとね、お金を払わずに作品を読むのが心苦しくて……。こんなんじゃファンを名乗れないから、お小遣い全部使ってでも、これから文庫本はきちんと揃えていくよ！」

窓辺から差す夕陽を浴びて、肩で切り揃えた黒髪が煌めく。今にも折れてしまいそうな華奢《きゃしゃ》な身体は、それでもベッドの上で半身を起こし、両手をいっぱいに動かしてその感情を表現していた。そう、とても病人には見えないほど、活き活きとしている。

だから、ときどき。その姿が徐々に痩《や》せていっているふうに見えてしまうのは、きっと気のせいに違いないのだろう。

「だったら、きちんと治して、元気にならないとな」

思わず漏らしたその言葉は、あまりにも現実的で重苦しいものだったのかもしれない。

雛子は不意に頬を緩《ゆる》めると、どこか困ったふうに笑って見せた。

「そうだね」

その表情に心臓を抉《えぐ》られたような気持ちになって、慌てて別の話題を探る。

「あ、いや、ええと。そういえばさ、もう一つのその本だけれど、どこで知ったんだ?」

妹から買ってきてほしいと頼まれた文庫は、もう一冊ある。僕の質問に「ああ、これね」と頷いて、雛子はビニル袋に収まっていた文庫本を取り出した。

「なんとなく、ネットで見付けて、気になったんだよね」

PP加工された表紙の艶やかな質感を確かめるように、雛子は指を滑らせた。表紙を見遣り、あらすじを確認し、開いた紙の匂《にお》いを嗅《か》いでいる。

「知らない作家さんだし、有名じゃないみたいだけれど、読んでみたくなっちゃって」

そういうふうに見付けてもらえる本は、きっとしあわせだろう。

確かに、無名の作家のデビュー作らしく、書店で探すのに苦労してしまった。四六判本は存在しないらしく、いきなり文庫本から刊行されている作品で、こういったケースは年々と増えている。なにせ、四六判の本は価格が高いから売れない。本棚の場所をとるので手にしたがらない読者も多く、それなら最初から文庫で刊行しよう、という出版社が増えているのだろう。最近は文庫形式に注力した新しいレーベルが、様々な出版社で乱立されているくらいだ。

この、水浦しずという作家は著者紹介に『恋愛小説家』とだけ書かれている。なんらかの賞を受賞したわけでもないようで、まだあまり注目されていない新人らしい。どことなく親近感を憶えるが、けれど、すぐにこの作家も僕を追い越していくのだろう。

「でもね、ゴメンね。やっぱりお兄ちゃん、本屋に行くのつらいでしょ」

苦々しい気持ちが表に出たのか、妹が笑いながら、そんなことを言ってくる。

「ばっ、馬鹿言うなよ。べつに、そんなことねえよ」

「お兄ちゃんさ、凄くメンタル弱いし、どうせ書店に入ったら十秒くらいで泣いちゃうんでしょ？」

「な、泣くわけないでしょうが。なにを仰《おっしゃ》るんですか雛子さん」

二十秒くらいは耐えましたからね。毎回、書店員さんに、「この子なんで泣いてるわけ？」って不審そうにじろじろ眺められるの、ほんと辛すぎる。

「あはは、けれど、ヒナはやっぱり、お兄ちゃんの本が、どーんって本屋さんに並んでいるところ、いつか見てみたいなぁ」

「それは……」

無理だよ。

僕には、無理なんだ。

小余綾を利用すれば――、不動詩凪の力があれば、それも可能なことかもしれないと、ほんの少し前まで考えていた自分は、あまりにも浅はかだったのだろう。

僕は彼女の作品に伴う実力を、微塵《みじん》も持っていない。薄くて、真っ白で、なにもない空っぽの人間だから――。

「お兄ちゃん」

唐突に――。

びしりとこちらに指を突き付けて、雛子が告げてくる。

「ところで、ケーキはどこ？」

「ええと……、ケーキって、どういうことだ？」

「どういうことだじゃありません」妹は脇《わき》に置いていたノートパソコンを開き、メールソフトが表示されているディスプレイをこちらに突き出してくる。「ヒナ、お見舞いに来るならケーキ買ってきてねって、メールに書いたでしょ、ほら、ここ」

示された箇所を見遣れば、確かにそう書かれている。

うっかりしていた。

「というわけで、一緒に食べよう！」

「食べようって……。まぁ、特に食事制限がないなら、構わないけれど……。それって、僕に買ってこいって意味だよな」

「ケーキ食べると幸せになるよ！」

「どんな理屈だよ……」

二つの拳をぐっと握り、きらきらとした双眸でそう告げてくる。

あまり無駄遣いをする余裕はないが、妹のために使うお金となれば、話は別だ。

「よし、ちょっと買ってくるから待ってろ。美味しいケーキ屋さんに心当たりがある」

＊

幸いにも、件《くだん》のケーキ屋までは二駅しか離れていない。妹の好みは理解しているつもりだったけれど、それでも色鮮やかなショーケースの陳列を目の前にすると、どのケーキを選んでいくべきか暫し悩んでしまった。結局、見た目が可愛らしいものを選んでしまう。

小箱の入ったビニル袋を下げて、意気揚々と入り口を振り返る。とたん、ぎょっとしてしまった。見知った顔が、こちらを不審そうに睨んでいたからだ。

「見てくれに似合わず、随分と可愛らしいものを選ぶのね」

遠慮のない罵詈雑言《ばりぞうごん》を並べる声音は、とても透き通っていて、美しいものだった。

小余綾詩凪。

ここで打ち合わせをしたときと同様、白いキャスケット帽を被り、細部は異なっていたが、爽やかな色合いの蒼《あお》いワンピースを纏っている。大きな黒縁眼鏡の向こうの眼差しは、まるで女子トイレに立ち入る不審な男を見付けたかの如しで、軽蔑《けいべつ》に満ちていた。

「そういう君は、見かけによらず凶悪な言葉を操る小余綾詩凪さんじゃないですか」

僕は顔を顰めながら、辛うじてそう返す。

失敗した。まさかここで遭遇してしまうとは思わなかった。この可愛らしいケーキ屋さんに足しげく通っているとでも言うのだろうか。そんな女の子っぽい側面をちらりと覗かせないでもらいたい。

「あら。あなたには、わたしがいったいどんなふうに見えているのかしら」

小余綾は微かに顎先を上げて、こちらを睨んでくる。女の子にしては背が高い方なので、その高圧的な眼差しに自然と気圧されてしまう。

僕はしどろもどろになりながら、手にしたケーキの小箱を掲げる。

「ええとな。これは、違うんだ」

「違う?」

小余綾は首を傾げる。帽子から零れた髪がさらりと揺れ動いた。ひとまず、店内で立ち話は邪魔だろう。外へ出ようとすると、意外にも小余綾は僕のあとを追ってきた。

「つまり……。妹のだ。僕が食べるわけじゃない。お使いだよ」

「ああ……。妹って、あなたの想像上の人物ではなかったのね。ほら、中学生男子とかって、よく妄想を拗《こじ》らせてしまって、さも自分に彼女がいるかのように振る舞うじゃない。

あれの同類かと思っていたわ」

「さすが、思春期少年少女の瑞々しい感性を巧みに描写する売れっ子先生は僕ら男子の生態をよく理解しているようだな……。って違うからな？　妄想じゃないですよ？」

小余綾は微かに鼻を鳴らした。もしかしたら、笑ったのかもしれない。

まったくもって、憧れの不動詩凪がこんな毒舌性悪女だと知ったら、雛子はさぞかし落胆するだろう。

と、そこで奇妙な考えが脳裏を過った。

「なぁ、頼みがあるんだけれど」

「嫌よ。穢《けが》らわしい」

「即答する前に、せめて内容を聞いてくれよ……、どんな頼みだと思ってるんだよ」

小余綾は溜息を一つ漏らした。尊大そうに頷く。

「いいわ。聞いてあげる」

お洒落な洋菓子店の内装が覗くガラスウインドウ。カラフルなそこに後ろ姿を反射させ、姿勢よろしく店先に立つその姿は、どこか非現実的で実に絵になっていた。

「最初で最後の頼みだ。妹に会ってやってほしい。それ以上の手間はかけさせない」

「どういうこと？」

「君が、僕を毛嫌いしているのはよくわかっている。だから、学校の外で僕と会うのは、これで最後だ」

小余綾はそのすました顔に、困惑の色を浮かべる。

それ以上は彼女を直視できず、僕はガラスウインドウに映るその後ろ姿に告げた。

「僕は、今回の仕事を降りる——」

＊

妹の驚きようと言ったら、興奮のあまり奇天烈な声を上げてしまうものだから、同室の人たちがぎょっとし、通り掛かった看護師がなにごとかと覗きに来てしまう始末だった。

小余綾は帽子と眼鏡を取り、どこか戸惑い混じりの顔で雛子に声を掛けた。とたん、根暗ぼっち男子高校生が連れ歩くのにまるで相応しくない謎の美女を、じっと不審そうに眺めていた妹はベッドから転落するような勢いで、

「ほっ、ほほほほッ、ほんものの不動詩凪さんだぁぁー！」

などと絶叫したかと思うと、半ば布団の中に隠れてしまった。

「ななな、なんでなんで、なんでこんなところに連れてきちゃうのお兄ちゃんの馬鹿！　アホ！　変態！　女心がわからないから小説が売れないんだよバカー！」

本当のことだから、ちょっと傷つきますね？　けれど、僕も迂闊だったかもしれない。相手が憧れの人だからこそ、入院中の満足に風呂にも入れない状況では、対面するのが気恥ずかしかったのだろう。

なんとか気を静めて布団から顔を覗かせた妹は、神様でも見るようなきらきらとした双眸で小余綾を眺め、ろくに口も利けないまま、こちらに顔を向けてくる。

「なっ、なっ、なんで？　なんで、お兄ちゃん、不動さんと知り合いなの？　お兄ちゃん、ぜんぜん売れてない作家なのにッ！」

「学校が同じなんだよ」

妹はあんぐりと口を開けていたが、ベッドの上で正座すると、小余綾に頭を下げた。

「あ、あのあのあの、不出来な兄がいつもご迷惑をかけているはずですがすみません」

「なぁ、お兄ちゃん、そろそろ泣くぞ？」

「あ、あああ、あく、握手、してください！　す、好きです！　愛してます！」

なんだか面倒くさい一ファンと化してしまった妹を前に、流石《さすが》の小余綾も困惑しているようだった。しかし、やがてくすりとおかしそうに吹き出すと、差し出される雛子の手を握って、「ありがとう」と笑った。

それは教室で友人たちに見せる大人びた表情とも、僕に向ける侮蔑の表情とも違う。女の子らしい、可憐な笑顔だった。

「ええと……。僕、ちょっと外してるから。あんまり、はしゃぎすぎるなよ」

しかし、兄の言葉などまるで耳にしていない様子で、雛子は顔を輝かせ、熱心に小余綾に語りかけていた。どの作品のどのキャラクターが好きなのかを、必死に伝えている。その言葉を耳にする小余綾詩凪は、驚いたり、笑ったり、まるで人が変わったかのように表情をころころと変え、読者の言葉へ嬉しそうに耳を傾けていた。

僕は病室を去り、とりたてて当てもなく廊下を歩いた。妹は人見知りしない性格だから、二人きりでもきっと大丈夫だろう。僕のような腐った人間は、あの綺麗な景色にはきっと余剰なものに違いない。

病院内の匂いは、空気がどこか濁っているような気がして苦手だった。大して売れもしない小説を書き続け、家族に借金ばかりを残した男の死に際を思い出させるせいなのかもしれない。いいかい、一也。匂いっていうのは、記憶を呼び起こすための引き金だ。そこから、登場人物の思い出や心情が自然と溢れ出てくる。父さんは五感を巧みに利用した小説が好きだ。それは、小説でしかできない表現方法なんだ……。

中庭の方に出ると、陽の当たったベンチを見付けることができた。

そこに腰を下ろし、小さく吐息を漏らす。そう広くはないけれど、緑の芝と瑞々しく葉を揺らす樹木に囲まれた、都会では珍しい景色の只中だった。黄金色の空から注ぐ光が、自分の頬を熱く擽っている。その頬が、自然と綻《ほころ》んでいくのを意識した。

あんなに嬉しそうな表情は、久しぶりに見たような気がする。

元気いっぱいにはしゃいで笑って、心の底から嬉しそうで。

前に見たのは、いつだったろう。

瞼を閉ざせば、その光景は自然と想起された。自分の作品が本になったとき。自分の作家デビューが決まったとき。妹のために書いた小説を、手渡したとき……。病気のことなんて微塵も気にしないで、きらきらと双眸を煌めかす、雛子の笑顔。そのとき、自分はどんな感情を抱いていただろう。どんな気持ちで、小説を書いていたのだろう。

あのときの感情が思い出せない。僕の指を、心を、夢中になって動かした熱烈なエネルギーの正体を、摑めない。

瞼を閉ざし、想いを馳《は》せる。物語に。登場人物に。その景色に。心象に。それらをかたちにするため、文章を練り上げ、綴っていく。心の在りようを文字に起こしていく。駄目だった。そっとかぶりを振るう。胸苦しさに、呼吸が止まりそうになる。頭に浮かんだ文章はひどく醜悪で、汚らしい。星一つ。眼を覆いたくなる……。

僕はずっとこのままだ。なにもない薄っぺらの、空白な人間なのだ。そんな人間から、いったいなにが生まれるっていうのだろう。けれど、それでいい。夢なんて、希望なんて持たなくていい。だから、もう終わりにするのだ。もっと勉強に集中して、良い大学に入って、良い会社に就職して……。小説のことなんて、忘れよう。それが自分にとって、家族にとって、最適な選択なのだから。

そう。小説なんて、なんの役にも立たない……。

「それで、原稿は――?」

どれくらい、そうしていただろう。

唐突に降る声に、瞼を開く。

茜色《あかねいろ》の空を背景に、長い黒髪を春の風にそよがせ、小余綾詩凪は立っていた。

爛々《らんらん》と輝く漆黒の双眸が、鋭く僕を見下ろしている。

「わたしは書き直してと言ったの。降りろなんて言っていない」

「僕は……。いいんだ。僕なんかの文章じゃ、君の足を引っ張るだけだろ。売れない作品ができあがるのが、眼に見えてる」

そう見上げる僕を、小余綾はじっと佇《たたず》んだまま睨み付けていた。

「売れるとか、売れないとか、そんなこと、どうでもいい」

それは、なにを書いても、売れる人間の言葉だ。

書けば書くほど売り上げが伸びて、読者が増えていく人間の言葉だった。試行錯誤の必要なく、どうすれば重版するのか苦心し胃を壊すこともなく、執筆依頼が滞ることもない、勝者の言葉だった。

「ふざけるなよ……。僕らはプロだ。商売でやっているんだ！ 本にするためのお金を、いったい誰が出してくれてると思っているんだ？ 売れるための最低限の努力もしないで、出版社に迷惑をかけていいと思っているのか？ 売れなくてもいい作品を作りたかったら、ネットで公開すればいいだろっ！」

小余綾の放つ言葉に対して、怒りは強く燻っていた。僕の努力を否定するな。足りないなら、売れないなら、自分の技術を磨《みが》いていく必要がある。それは当然のことだろう？

しかし、反撃の狼煙《のろし》を意に介さず、彼女は長い髪を片手で払いながら、こう言った。

「それなら、あなたは、なんのために小説を書いているの？」

「僕は……」

決まっている。

そんなのは、決まっている。

「僕は――」

言葉に詰まる僕を見遣り、彼女は呆れたように吐息を漏らした。

腰に手を押し当てて、横顔を見せて。

「あなたが数字にこだわる理由は、妹さん？」

「ヒナが……。なにか言ったのか」

「兄と違って、とても良くできた子ね。お兄ちゃんを、どうかよろしくお願いします、ですって……。お兄ちゃんがあんなふうなのは、全部わたしのせいなんです、とも」

「そんなこと……。ヒナが言ったのか……」

「ええ。あなたが拝金主義な理由、よくわかったわ」

「違う。ヒナのせいじゃない。僕は……。元からこうなんだ」

「そう」

更に溜息を漏らし、小余綾はちらりとこちらに眼を向けた。小さく肩を竦めると、ベンチの端に腰を下ろす。僕は視界の端で、彼女の様子を窺った。小余綾はこちらに顔を向けることはせずに、黄金色の空を見ていた。

ぽつりと、問うてくる。

「病気。だいぶ悪いの？」

頷いてしまえば、それは現実になるだろう。だからといって、否定することもできない。現実は、受け止めなくてはならない。

次に控《ひか》えた心臓の手術が、大きく危険を伴うものであることも――。

「僕が、小説を書くのは……。お金のためだ。君とは違って、ほんの僅かな印税だけれど、それでも高校生のできるアルバイトに比べれば、大金だ。手術のためには、かなりのお金が必要なんだ。うちの親父《おやじ》は……、売れない作家でさ」

「千谷昌也《しょうや》でしょう。河埜さんから聞いているわ」

「知っているのか」

「何作か、読んだこともある」

「そりゃ、あいつが死んでなければ、泣いて喜んだかもしれないな。とにかく、なにを書いても駄目な作家だったんだ。そのくせ、専業作家であることにこだわり続けて、あるとき、ぽっくり逝《い》っちまった。僕ら家族に残されたのはほとんど返済の済んでいないローンと借金、ときどき思い出したように入る、年に一万円程度の電子書籍収入だけだ」

小説家は、霞《かすみ》を食べて生きているわけではない。

人は夢や志だけでは生きてはいけない。高尚な理念を抱えて小説を書いたところで、本が売れなければ借金を返せるわけでも、妹の病《やまい》が治るわけでもないのだ。売れる本を作りたくてなにが悪い？　売れるための試行錯誤を、努力を、苦悩を、どうして否定されなければならない？

「だから……。僕は、お金のために、小説を書いている」

それ以上でも、それ以下でもない。

そうではない想いがあったのだとしても、そんなものは忘れてしまった。

「妹さんが、言っていたわ。いつか、あなたの本が、書店いっぱいに並んでいるところを見てみたいって。多くの人があなたの作品に夢中になって、心を動かされる。そんな日が来るときが、待ち遠しいって」

馬鹿な夢だ。

それは馬鹿な夢だよ。ヒナ。

「だから――、自分は、それまで元気でいなければならないって。なにがあっても、絶対に、あなたの綴る物語を、最後まで追い続けるために――」

空が、黄金色に染まって。僕の瞳を焼き尽くす。

身体中を巡る熱量が沸騰し、細胞の一つ一つを振動させながら、込み上げてくる懐《なつ》かしい感情を、必死に堪えた。

小余綾が、静かに立ち上がる気配を感じる。

「あなたは、小説に力なんてないと言ったわね」

僕は手の甲で頬を擦《さす》りながら、小余綾の横顔を見上げた。

オレンジの陽を浴びて、彼女は決意の双眸を空に向けている。

そうして、そっと持ち上げられた白い指先が、なにかを確かめるように怖々と動いて、虚空を摑んだ。僕には見えないそれを大切そうに抱えながら、彼女はかぶりを振る。

「そんなことはないわ。小説には人の心を動かす力がある。人に希望を与えることだってできる。わたしが、それを証明してみせる」

だから、彼女のためにも、わたしたちは物語を綴らなくてはならないの――。

小余綾詩凪は、そう告げて僕に顔を向ける。

それから、仄《ほの》かに微笑んだ。

「あの子は、わたしのファンでもあるのよ。落胆なんてさせたら、赦《ゆる》さない」

「けれど、僕は……」

「あら、もう教えてしまったわ。不動詩凪と千谷一夜で小説を書いているから、楽しみにしていてねって。ものすごく喜んでくれたんだから」

「なっ」啞然として、ベンチから腰を持ち上げる。「僕はもう降りるって言っただろっ。それに、君は僕なんかと仕事するのはゴメンだって言っていたじゃないか!」

慌ててそう訴えるが、小余綾は肩を竦めて、

「そうね。いくら事情があるとはいえ、本当に最低で最悪な、性悪の拝金作家だと思う」

それでもね、と小余綾は言葉を続けた。

「千谷一夜の小説を、読んだことがあるの。わたしは小説を信じているから。だから、最低最悪のあなたより、今はあなたの綴った物語の方を信じることにしたわ。たとえ上っ面

でなにを喚《わめ》こうとも、あなたの魂が込められた物語が、嘘を吐《つ》いているはずがない。それに、雛子ちゃんが、待っているのよ」

小余綾は艶やかな髪を片手で払いのけ、僕から視線を背けた。

その双眸が、眩しい茜の空を見上げている。

「だから……、不本意ではあるけれど、わたしの物語を、あなたに託してみてもいいと、今はそう思っているの——」

*

誰の気配もない深閑とした家に帰り、電灯を点《つ》ける。貧乏一家が住むには少しばかり贅《ぜい》沢《たく》なマンションだったが、せっかくお父さんが買ってくれたのだから、と母はここを引き払おうとはしない。きっと、僕の知らない思い出が幾つもあるのだろう。仏壇に飾られた、どこか憂鬱げで、自信のなさげな父親の表情を一瞥する。いやなところばかり、受け継いでしまった。長所が一つもないところなんて、本当にそっくりだ。今は僕が自室として使っている部屋で父は仕事をしていた。デスクに向かい猫背の姿勢で、一心不乱に売れない物語を書き続けていた。父は読書家で、どんなジャンルの小説も読む人間だった。小学生の高学年になる頃には、僕もその影響で小説を読み耽るようになっていた。父親の仕事に関しても、幼い段階から理解していたように思う。仕事に行き詰まると、気分転換をしたかったのか、父は僕や妹と遊びながら、ときどき思い出したように小説の話をした。

僕にも小説が書けるだろうか、そんな質問をすると、父は頷いて言った。けれど、一也《いちや》、
それは誰にでもできることじゃない。書くことは誰にでもできるかもしれないが、書き続けることは——、小説家になるということは、選ばれた人間にしかできないことなんだ。

どんなに辛くても、どんなに悲しくても、ペン先を躍らせなければならない。

捲る先のページがなければ、その物語を誰も読むことができないのだから。

暫く、その言葉を思い返しながら、室内を右往左往した。

気は進まない。酷く胸が重たくて、息苦しい。吐きそうだ。

十分が過ぎて、三十分が過ぎた頃、僕はデスクに向かっていた。真っ白なウインドウを呼び出して、キーボードに手を添える。幾つもの不安が過る。それでも——。

気分が乗るまで待つことは、誰にでもできる。

けれど、気分が乗らなくても書くということは。

それは、小説家にしかできないことなのだから。

第三話　物語への適正値

第一話の原稿は一週間ほどで書き上げることができた。

四百字詰め原稿用紙にして、六十五枚。この半年間、ほとんどなにも書けていないことを考慮すれば異例の速さだった。

『このまま第二話に入ってみて』

メールでファイルを送信すると、そんな簡潔な言葉が返ってきた。別に褒められたかったわけではないが、もう少し言葉はないものかと拍子《ひょうし》抜けした。どうも小余綾詩凪《こゆるぎしいな》は、メールでは素《そ》っ気《け》ないやりとりを好むようだ。思い返せば最初の打ち合わせを指示してきたメールも、ほとんど文章らしい文章が添えられていなかった。

とはいえ、小余綾もあの原稿の出来が良いとは考えていないだろう。

あの第一話は、決してうまく書けたとは言いがたい。けれど、何故《なぜ》そう感じるのか、自分でもそれがわからないままだった。

小説を書いていると、ときどき、こういうことが起こる。

創作に、明確な答えはない。そして明確な誤りというものも、また存在しない。

それでも、己の感性は創作の誤りを鋭敏に感じ取り、このまま進めてはいけないと訴えかけてくる。第二話の執筆を開始しても、その違和感は拭《ぬぐ》えなかった。それればかりか、書けば書くほどその正体不明の靄《もや》は濃くなり、筆の乗りは悪化していく一方だった。書くこと自体はできる。それでも、満足のいく作品にはならない。

小余綾には、まだこの違和感を相談できていない。

僕は、隣の席で多くの友人たちと談笑する彼女を見遣った。

教室の中でもっとも華やかで、まるで世界の中心のような、その一点。

ほんの一瞬だけ、彼女と視線が合ったような気がする。

けれど、その景色はあまりにも眩しく、煌めいていて。

僕はすぐに、そこから視線を背けてしまった。

＊

昼食時に、購買でパンを買った帰りのことだった。

一階の渡り廊下を歩いていると、耳障《みみざわ》りとも言える姦《かしま》しい女子の声が耳に響いた。眼を向けると、こちらへ歩いてくる女子の中に、知った顔が混じっているのを見付けた。

成瀬《なるせ》秋乃《あきの》。

小説の書き方を教えてほしいと、そう僕に懇願《こんがん》してきた一年生。

賑《にぎ》やかにお喋《しゃべ》りをして歩く五人の女の子たち。成瀬さんと同じ一年生に違いないが、一際眼を惹くのは、真ん中を歩く一人の女子の姿だった。入学して早々に制服を着こなしているようで髪の色も心なしか明るく、眩しい陽向で生きる種類の人間だと一目でわかる。

その陽向の彼女が、成瀬さんたちを引き連れるようにしてこちらへと歩いてくる。

成瀬さんは、僕に気が付いたようだった。視線が合う。

彼女はまだ文芸部に入部していない。もちろん、それには僕に原因があるのだろう。

謝るべきか否か、躊躇《ちゅうちょ》が浮かんだ。僕はあのときの自分の言葉が間違っていたとは思っていない。それでも言葉を選ぶべきだったろうとは思う。わけもなく湧き出た苛立ちを、純真な気持ちを抱いている後輩へと、いたずらにぶつけてしまったのだから。

しかし、謝罪の言葉は見付けられず、結果として、成瀬さんは僕から眼を背けた。

笑顔を浮かべることもなく、蔑《さげす》む眼をするわけでもなく。

純粋に、僕を見なかったことにしたのだろう。

女の子たちとすれ違ってすぐ、くすくすと嗤《わら》う声が耳に届いた。

なに今の。秋乃のこと見てなかった？　知ってる人？

ううん、知らない人……。

昇降口から外に出て、陽の当たらないベンチに腰を下ろす。大丈夫。大丈夫。あんなふうに嗤われるのは初めてではないし、むしろそれは僕の天命のようなものだった。

熱く込み上げてくる感情を必死で堪えようと、かたく瞼を閉ざす。

頬に、春の終わりの風を感じた。

「あの……」

唐突にかかった声に、ぎょっとする。

申し訳なさそうな表情をした成瀬さんが、身を屈《かが》めて、僕の顔を覗き込んでいた。

「あの、先輩、先ほどは失礼しました」

啞然とする僕に構わず、彼女は頭頂部を見せつけるように、ぴょこんとお辞儀した。

「その、無視するような真似《まね》をしてしまって……。本当に、ごめんなさい。説明しづらいのですけれど、ちょっと、事情があって――」

成瀬さんは顔を上げると、周囲を気にするかのように落ち着きなく視線を巡らせた。

「リカには、内緒にしているんです。そのう……。小説を、まだ書いていること」

「ええと、リカっていうのは……」

「さっきの子です。綱島利香《つなしまりか》さん。中学のときからの、お友達で」

「ああ……」僕はぼんやりと頷く。「陽向の彼女」

「陽向？」

「いや、こっちの話……。それで、ええと……？」

「リカは……。小説を読んだり、書いたりする行為を、暗くてダサいことなんだって考えているんです。わたし、中学のとき、それで、からかわれたりしたことがあって……」

僕は曖昧に頷く。なるほど、陽向の彼女の言い分は尤《もっと》もだ。小説を読んだり書いたりする行為に、根暗で陰湿なイメージを持つ人もいるだろう。

「それで、わたしが先輩と知り合いだって知られたら、まだ小説を書いていて、文芸部に入部しようとしていることが、ばれちゃうんじゃないかって」

「僕はてっきり、この前のことで成瀬さんを怒らせてしまったんじゃないかって……」

「そんな、怒るなんて、とんでもないです」成瀬さんは両手の五指を広げて、ふるふるとかぶりを振った。「確かに、あのときは自分の夢を否定されたように感じてショックでした……。でも、九ノ里先輩が、あれはそういう意味じゃないって教えてくださって」

「九ノ里が？」

「はい。千谷先輩、ご親族の作家さんが苦労なさっているところ、子供の頃から近くで見ていらしたんですよね。それで、作家というのがどれほど厳しい仕事なのか、生半可な気持ちでできることじゃないってこと、伝えようとしてくださったんだって……」

「いや、ええと、それは……」

嘘を吐かず約束に違《たが》わず。

絶妙な表現で、九ノ里は陰ながらフォローをしていたようだった。

「そういうお話、聞ける機会なんてほとんどないと思うんです。だから、先輩には感謝しています し、もっとそういうお話を聞かせてもらいたいんです。その、確かに、大変だとは思いますけれど、でも、わたし、それでも、やっぱり小説家を目指したいなって……」

「そう、なんだ」

彼女の決心は、固いのだろう。

「応援するよ」僕は視線を落として言った。「僕にできることなら、協力するし……」

「本当ですか」

ぱっと太陽が煌めくような、明るい声音だった。

「うん、まぁ、だから、もしよかったら文芸部に入ってあげて。九ノ里が喜ぶと思う」

「リカたちには、秘密にしておきたいんです。それでも大丈夫でしょうか」

「黙っておくよ。九ノ里も理解してくれると思う」

「よかった」成瀬さんは安堵したように声を漏らすと、表情を柔らかく綻ばせた。可愛らしい笑顔だった。「先輩、その、よろしければ、わたしの小説を……、ええと……」

成瀬さんは、そこで言い淀《よど》んだ。お腹の前で組んだ両手の指を、もじもじと動かしながら。感じている羞恥《しゅうち》をそのまま放出するかのように、頬も耳も赤く染めて、視線を右往左往させている。続く言葉は、焦《じ》れったいくらい、なかなか出てこない。

それでも、決意は本物だったのだろう。彼女は改めてまっすぐ僕を見つめると、ぐっと身を乗り出して、叫ぶように言った。

「わたし――、先輩に、わたしの小説を読んでもらいたいんですっ！」

＊

会議机の片隅で、ひたすらにキーボードを叩き続ける。僕が発するそれの他には、少し離れたところで、ときどき九ノ里が四六判の本を捲り、そのページが擦れる音が鳴るだけの、静かな空間だった。ここで仕事をするつもりはなかったのだが、九ノ里が構わないと言っているので、その言葉に甘えてしまっている。そしてなにより——。

僕は溜息を漏らし、キーボードの手を止めた。

「なぁ、めちゃくちゃやりにくいんだけれど……」

「気にしないで。見ているだけだから」

会議机の向かい側、頬杖を突いてこちらを睨んでいるのは、小余綾詩凪だった。

微かに顔を傾けており、長い黒髪が一房、チョコレートの小箱を彩るリボンのように、その美しい頬の輪郭《りんかく》に沿って垂れている。まだ衣替えの時期ではないが、今日は温かな気温だった。そのせいだろうか、緩めるように結んだネクタイの合間から、生クリームを思わせるような白い首筋が鎖骨の一部まで覗いていた。と、僕の視線に気が付いたのか、小余綾は微かに眉を顰めた。

「なによ」

「あ、いや、その、気にしないでくれ……、って、そうじゃなくて、そんなにじっと見られたらやりづらいだろ！　集中できないって言ってるんだよ！」

「あらそう」彼女は姿勢は崩さず、肩を竦める。「手が止まったら、注意しようと思っていたのよ。あなた、ここのところ進捗が遅いみたいだから」

「仕方ないだろ。筆が乗らないんだよ。こういうのは、理屈じゃないんだ」

「わたしが見ていてあげてるのよ。もう少し嬉しそうにしたらどう？」

「その自己評価の高さはどこから来るんだよ……」

教室で毎日顔を合わせているのに、こうして小余綾と話をするのは久しぶりのことだった。ここのところ、既刊の文庫化作業が忙しかったらしい。ようやく一仕事を終えたらしく、僕に第二話の原稿を催促してきたが、こちらの進捗は芳《かんば》しくない。そこで河埜さんの提案により、週のうち何度かは二人で顔を合わせながら仕事をするということになってしまった。互いが互いを見張れば、効率的に作業を進められる、という言い分だ。

「だいたい、君だってペンを動かしてないじゃないか」

「わたしはいいのよ。頭の中で考えているから」

小余綾は、三話の詳細プロットを詰めている。まだ物語の細かい筋、シーンの順番や感情の切り替え、なにより肝心の推理小説的な仕掛け――、トリック的な部分の伏線が未完成ということらしかった。ときどき、なにか思い出したように単語をメモしている。綺麗な文字で書かれているにも拘わらず、ちらりと眼を向けても、僕には意味不明の単語の連なりにしか見えない。他人に読ませることを意図していないのだろう。

小余綾はノートへと視線を落としていた。大きな双眸を彩る長い睫毛が、彼女の思索に伴って、何度も上下していく。

こうして大人しくしていてくれれば、見目麗しい深窓のご令嬢だ。

先日、小余綾抜きで河埜さんと打ち合わせをする機会があった。河埜さんとしては、個別面談といったところか、僕たちの作業が順調かどうか確かめたかったのだろう。僕はそのとき、他人が考えた人物と筋書きで物語を綴っていくことの難しさを彼女に話した。

「そうね」河埜さんは、辿々《たどたど》しく不安を語る僕の言葉を耳にして、それは当然だろうというふうに頷いた。「もしかしたら、それは、千谷くんが詩凪ちゃんのことをまだ理解できていないからだと思う」

それはどういうことなのか、と僕は訊ねた。

「作者と作品は、切り離して考えるべきだとも思う。それでも、その作品を深く理解するためには、読み手は書き手のことを知らなくてはならない。その人が、どんな本を読んで育ち、どんな人生を過ごしてきたのか……。それらを知ることで、作品への見方はまたがらりと変わっていく。まして、千谷くんはただの一読者とは違う。彼女の思考を汲《く》み取《と》って、自分の物語に昇華させなくてはならない」

一人の作家として、あなたは知るべきなのよ。

「不動詩凪という作家が、小説というものになにを託そうとしているのか――」

不動詩凪という作家を知る――。

「なぁ……」

質問を、しようとした。

けれど、なにを訊けば彼女を理解できるというのだろう。

「なによ」

小余綾はノートに視線を落としたままだった。

「あー……」

暫し、言い淀んだ。本当に、なにをどう訊ねたらいいのか、わからない。

結局、言葉になったのは、極めて当たり障《さわ》りのない質問だった。

「その……。君は、どんな小説が好きなんだ？　映画とかでもいいんだけれど……」

「なに？　気持ち悪いわね、ストーカー？」その美しい貌《かお》にあからさまな嫌悪感を滲ませたあと、なにやら納得したように一つ頷く。「ああ……。もしかして、わたしのことを好きになったの？　残念だけれど、身の程というものを――」

「ばっ、ち、ちげーよ！　そういう質問じゃねーよ！　どんだけ自意識過剰なんだよっ、その自己評価の高さを少しだけでも分けてくれよ！」

これだから本が売れている作家は嫌いなんだ。

「それじゃ、なによ」

「いや、だから、べつに、僕は……。君のことを知りたいわけじゃなくてな、その――」

「物語を把握するためには、わたしのことを知らなければならない――。おおかた、河埜さんに似たようなことを言われたんでしょう」

なにやら、見抜かれていたらしい。

「そ、そうだよ。そういうことだよ。僕は別に君に興味があるわけじゃないからな――」

「三つ」

唐突な言葉に、僕は言葉を途切れさせた。

「三つだけ、質問を赦してあげる」

その傲慢さを体現するかの如く、頬杖を突いたまま微かに顎を持ち上げて。

小余綾は僕を見下すようにしながらそう告げる。

「だから、なんでそんな尊大なんだよ……」

仕事のための質問なんですけれどね……。

「三つって……。なに訊いてもいいのか？」

「卑猥な質問は却下」

「訊かねーよそんなことッ！」

小余綾は眼を大きくする。

「意外そうな顔するなよっ、僕をなんだと思ってるんだよッ！」

「売れない作家だと思っているけれど」

「間違ってないです……」

項垂《うなだ》れると、微かに鼻から空気を送り出す音が耳に届く。

九ノ里が読んでいた本を閉ざして、口元に手を当てていた。

あまり笑うことのない男だが、もしかしたら笑ったのかもしれない。

「それで、質問は？」

僕は取り繕《つくろ》うように咳払《せきばら》いをした。

三つまでという制限を真《ま》に受けて、質問内容を慎重に選ぼうと思ったわけでもないのだが、単純に好きなものを問うのは気が引けた。そもそも、話題のきっかけを探るかのように女の子になにかを問うなんて状況が、僕にとっては未知の領域だ。非常に気恥ずかしく、考えあぐねた挙げ句に口をついて出た言葉は、本当にどうでもいい疑問だった。

「それじゃ……。君が前にいた高校は、どんなところなんだ？」

「なにそれ」

小余綾の顔は、どうしてそんなことを訊くのかわからない、といった様子だ。

「いや……、なんか、ものすごいお嬢様学校にいたらしいとか、そういう噂を耳にしたからさ。それが本当かどうか、ちょっと確かめたくなっただけで、別に深い意味はない」

小余綾は一つ溜息をついた。

それから、彼女が口にした高校の名前を耳にして、啞然とする。

「おいおい、そこって確か……」

そこは、僕ですら耳にしたことがある。

偏差値七十超えの、正真正銘のお嬢様学校だ。

僕らの高校は、それほど頭の悪いところではなく、むしろ入るのにそれなりの苦労を伴う進学校ではあるのだが、それでも小余綾が通っていたという女子高とはまるで格が違う。転入してきてから小テストは満点続きのようで、頭は良いのだろうと思っていたが、まさかそれほどとは思っていなかった。

「なんで転校なんてしたんだ？　勉強に付いて行けなかったとかか？」

「馬鹿を言わないで。これでも学年一位は維持していたのよ」

そう、さらりと告げられてしまう。

「なんなんだよ……。本当に人間が書けてないな、君は……」

教室での礼儀正しい振る舞いと、お嬢様然とした所作や言葉遣いは、そこで身に付けたものなのだろう。家も相当に裕福に違いない。

美しく、賢く、裕福で、それでいて、若くしてデビューした小説家だって？

馬鹿馬鹿しい。あまりにも馬鹿馬鹿しい。馬鹿馬鹿しくて、嫉妬《しっと》すら湧いてこない。

ふと、九ノ里が口を開いた。

「どうして、この高校を選んだ？」

確かに、その疑問は尤もなものだった。

小余綾の学力なら、もっと良い高校に転入できたはずだろう。

「そうね……」

質問したのが九ノ里だったからか、彼女はとりたてて嫌がる様子も見せず、その答えを探るかのように顔を傾けた。視線を落として、唇を動かす。

「たぶん、ここでなら……、自分が特別なんかじゃ、なくなると思ったのかな……」

「どういう意味だよ？」

「ほら、わたしって可愛いし、才能に溢れているでしょう？」

「……」

なんでも持っているようだけれど、謙虚さだけは持ち合わせていないようですね？

「この高校って、部活動が盛《さか》んで有名でしょう。行事も多くて、生徒たちに自由が与えられていて、なんだかまるで、物語の舞台のような――」

俯いて語る小余綾の言葉に、僕と九ノ里は顔を見合わせる。

確かにここは部活動が盛んであり、その数も多岐に渡っている。運動部文化部共に多くの実績があり、強豪校と目され全国大会で活躍するような部もある。充実した学校生活を送ることを夢見て、この高校を受験する生徒は珍しくないだろう。僕はといえば、良い大学と一流企業への就職を目指す足がかりとして、もうワンランク上の高校を受けたのだが、見事に惨敗――。ここはいわゆる併願校という奴で、同じようにトップ校の受験に敗れて入学した者も多いはずだ。

小余綾は机に視線を落としたまま、まるでそこに語りかけるように唇を動かす。

「勉強以外のことで、一所懸命になって生きてもいい。この高校の部活動で活躍している子たちは、きっと、みんな輝いて、きらきらとしていて……」

伏せられた睫毛の下の双眸は、あるいは、その煌めきの景色を見つめているのかもしれない。眩い茜色の陽の下で、汗を流す誰かの姿を――。僕らの耳を、遠く吹奏楽部が奏《かな》でる音色の断片が擽っていく。運動部が声を掛け合い、硬球を打ち上げる甲高《かんだか》い音が、一瞬の流れ星のように聴力が捉える彼方《かなた》を過っていく。

眩しい陽向の人々。

僕にとって遠い世界にあるその景色を、どうしてか、小余綾も同じように見つめている。そんな気がした。窓から差し込む夕陽が、部室を茜色に塗りつぶそうと浸食する。逆光となり、俯く小余綾詩凪の表情は、影に覆われていた。

小余綾詩凪の中学時代は、どんなものだったのだろう。不動詩凪は、覆面作家ではない。周囲の反応は、どんなものだったのか。彼女のいた世界では、勉学だけが全てだったのかもしれない。煌めく世界を遠くから見つめる眼差しは、それを物語っているような気がする。特別であるということは、異端であるということだから。

「ここでなら、物語を綴ることは特別なことじゃない――。そう思いたかったのか？」

問うと、小余綾は顔を上げた。影に覆われていた表情が、露《あら》わになる。

彼女はほんの少しだけ眉尻を下げ、まるで迷子になった子供のような顔をしていた。

「どうなの、かしら……。自分でも、よくわからないのよね」

どこか自嘲《じちょう》気味に笑って、さらりと肩から流れる髪を遅々とした動作で背に流す。

「単純に、部活動に憧れていた部分もあったのかもしれないわ。眩しい世界が、どこか羨ましくて、それを自分のものにしてみたくて……。うん、そうね、中学のときは、なにもしていなかったから。いろいろなことに挑戦してみたいとも思ったのだけれど、でも、駄目ね、もう二年生だもの。今更、新しいことなんてはじめられない。それに――」

ピンクの唇が、やはり己を嗤うかのようにして、小さく呟く。

「わたしには、書くことだけが、全てだから」

どうしてか、僕はその言葉に息を呑み——。

「それなら、取材だ」

ほとんど、突発的に言葉が口を突いて出ていた。

「取材？」

問い返されて、自分の頬が微かに紅潮していくのがわかる。

考えなしに、言ってしまった。

小余綾の視線から逃れようと、九ノ里を見遣る。彼は、やはり僕を見ていた。その九ノ里の視線からも逃れて、僕はノートパソコンの汚らしい文章に眼を落とす。

「その……。つまり、その様子だと、君はバドミントン部に入ったことがないだろう？」

「そうだけれど……」

「いま、君が考えている第三話のプロットは、女子バドミントン部が舞台だったな？」

ちらりと眼を上げると、彼女はまばたきを繰り返し、僕を見返していた。

「君が、プロットのどこに悩んでいるのかはわからないけれど……。つまり、なんていうか……。そういう取材をしてみるのも、無駄にならないんじゃないかって……」

「意外ね……」どこか呆《ほう》けたように、彼女は言った。「そういうこと、するんだ。そういえば、あなたのデビュー作、中学の写真部について詳しく書いてあったけれど……。そういう趣味があるようには見えないし、取材とかしていたの？」

「悪いかよ」

僕は再び、小余綾の視線から逃れる。

僕の処女作には、端役《はやく》ではあるが、写真を愛する人物が出てくる。写真が重要な役どころを担う場面があるのだが、僕自身は写真のことに関してまったく詳しくない。けれど真剣に物語を綴るのならば、自分が写真を好きになる必要があると思ったのだ。

九ノ里は寡黙だが、奇妙に思えるほど人脈が多い。彼に相談すると、部長に段取りを付けて写真部を取材させてもらえることになった。僕が人見知りが激しい人間だということを知っているからか、彼も共に取材に参加し、体験入部のような経験をさせてもらった。

その取材は、僕の作品に多大な影響を及ぼした貴重な体験だったと思う。

けれど、それ以上に――。

「その……。つまり、余計なことかもしれないけれど……。でも、無駄にならないかもしれないっていうか……。僕も、付き合うし、その……」

「行きたい――」

小余綾を見る。

彼女はもう、頬杖を突いていなかった。

会議机の縁に手を掛けて、微かに身を乗り出すようにしている。

茜の陽を背いっぱいに浴び、逆光となって翳《かげ》る表情は、けれどきらきらと輝いていた。

大きくなった双眸が、期待と好奇心に煌めいている。

「取材、行ってみたい」

「お、おう……」

あまりにも純真な反応に、微かに気圧されながら九ノ里を見遣る。

彼は頷き、口を開いた。

「バド部の部長は知り合いだ。掛け合ってみよう」

*

九ノ里の人脈の広さは、いったいなにに起因するものなのか、不思議で仕方がない。段取りはとんとん拍子に進んだようで、二日後に、僕ら文芸部の人間は揃ってバドミントン部を取材見学することになった。文芸部の人間というのは、つまるところ部長である九ノ里と僕、そして小余綾詩凪に、新しく加わった成瀬さんの計四人だ。

「入部して初めての活動が取材だなんて、本格的ですごいです！」

体育館前で上履きを履き替える際に、成瀬さんは両手の拳をぐっと握り、なにやら気合を入れていた。

もちろん、成瀬さんは僕や小余綾が職業作家であることを知らない。僕は他人にそのことを知られたくなかったし、それは小余綾も同じようだった。故に、成瀬さんには、これは文芸部の創作のための取材だと伝えてある。もちろん、バドミントン部へも同様だ。

シューズに履き替えた僕はといえば、少しばかり憂鬱だった。考えなしに小余綾へ提案してしまったとはいえ、他者との交流は僕が最も苦手としていることなのだ。

体育館に足を踏み入れると、シューズが床を踏みしめる甲高い音が断続的に耳に響いた。この第二体育館はあまり訪れたことがないのだが、主にバドミントン部と卓球部が使用しているらしい。橙《だいだい》色に染まった空間を、運動着を纏ったしなやかなフォルムの部員たちが、シャトルやピンポンを追って跳んだり跳ねたりを繰り返している。

先頭の九ノ里は僕と違って物怖《ものお》じした様子もまるでなく、勝手知ったる様子で、部員たちに指示を飛ばしているバド部顧問の元へと近付く。

「本日はよろしくお願いします」

お辞儀のお手本のように身体を曲げて、九ノ里が言った。

ジャージを着た顧問は、肩幅が広く角刈りで、これも運動部顧問のお手本のような容姿の先生だ。その厳《いか》めしい顔付きに、鬱陶しがられるのではないかと危惧《きぐ》したが――。

「おお、君が九ノ里君か！　古宮《こみや》から聞いたぞ、文芸部でミステリ書くんだろ？　やっぱ俺ら孤島の合宿先で殺されちゃうのか？　顧問は最後まで生き残らせてやってくれよ！」

なにやら、懸念は懸念にすぎなかったらしい。

「まだ詳細は決めていませんが、善処します」

豪快に笑う顧問氏に、九ノ里は真面目《まじめ》くさった顔で答えた。

「ちょっと、なんでミステリになってるのよ」

隣の小余綾が、そう小さく耳打ちしてきた。

「さぁ……。まぁ、そんなに間違ってはいないだろ」

「これ、もしかすると、部誌用に別のものを書かないと、申し訳ないんじゃない？」

「案ずるな。この業界、計画が頓挫《とんざ》するなんてよくあることだ」

「古宮！　文芸部来たぞ！」

顧問氏に呼ばれて、黒髪をポニーで括《くく》った女子部員が駆け寄ってきた。運動部らしいしなやかな身体付きで、肌は程よく陽に焼けている。彼女は明るく笑いながら九ノ里や顧問氏となにか言葉を交わした。

九ノ里がこちらを見遣り、小余綾を指し示す。つられて視線を向けてきた部長さんは、眼を大きく見開くとあっと声を漏らし、ラケットを突き付けるようにして叫んだ。

「う、噂の美人転入生っ！」

体育会系女子というのは、誰も彼も声が響くのかもしれない。瞬く間に、近くで練習していた部員たちが一斉にこちらへと視線を向けてきた。ストレッチや腹筋をしていた女子たち、ノック練習を続けていた男子たち、それぞれが手を休めて、体育館の片隅で立ち尽くす小余綾詩凪を見る。

「いちばん興味を示しているのは小余綾だ。いろいろと教えてやってほしい」

九ノ里の言葉が引き金となり、あっという間に彼女はバド部の女子部員たちに囲まれてしまった。戸惑いの表情を浮かべた小余綾は、彼女を取り囲んで矢継ぎ早に質問を繰り返す部員たちの中に埋もれて隠れてしまう。「小余綾さん？」「二年の転入生でしょ？」「入部されるんですか？」「まずは体験入部からでも！」「いや摑まえろ逃すな！」「写真撮らせてください！」

「ええと、あの、わたしは……」

外面《そとづら》の良い小余綾は、やはり僕に対するのとは違って上品に受け答えしようとしていたが、その声はあっという間に体育会系女子たちの溌剌とした発声に呑み込まれていく。

僕は少し離れた位置から、その様子を成瀬さんと共に眺めていた。

「な、なんだか、凄いですね……。小余綾先輩の人気って」

「運動部の人間もけっこうミーハーなんだな……」

もちろん全ての女子が詰めかけてきているわけではなく、何事かとぽかんとした表情でその騒動を眺めている部員も多い。男子部員は女子のように押しかける真似をしていなかったが、やはり噂の美人転入生のことは気になるのか、手を休めて遠目に眺めている。

「はーい、みんな、注目！」

ラケットを小脇《こわき》に抱えて、部長ポニーさんが手を打ち鳴らす。すると小余綾を取り囲んできゃいきゃいしていた女子部員たちは、あっという間に大人しくなり、部長ポニーさんの方へ視線を向けた。部員たちの合間から、引き攣《つ》った表情で応対していたらしい小余綾の疲れ果てた顔がちらりと覗いた。

「小余綾さんは、文芸部の人なの。事前に説明した通り、小説を書くための取材に来てくれたんだから、丁重におもてなしをして、いろいろと教えてあげてください。勧誘活動はそのあとで！　いい、みんな、バドミントンの面白いところをアピールして、絶対に逃すなよ！　掛け持ちもオーケイなんだからっ！」

なにやら邪《よこしま》な意気込みと共に拳を掲げて、部長さんが力説している。

ともあれ僕らは思いのほか歓迎され、取材開始の運びとなった。

＊

あまり邪魔をしても悪いという小余綾の言葉もあり、まずは普段の練習風景を見学させてもらった。普段はランニングから始まるらしいが、既に今日の分は終えているとのことで、腹筋や腕立て伏せ、フットワーク練習などを、体育館の壁際で見させてもらう。実を言うと僕は中学の頃、一年間ほどバドミントン部に所属していた。半ば幽霊部員のようなものですぐに辞めてしまったのだが、そのときの練習に比べると圧倒的にキツそうだ。

僕はさながら体調不良で授業を見学する残念な男子生徒の如く、壁際で足を抱え、成瀬さんと共にその様子を眺めていた。小余綾は隅《すみ》で部長さんから話を聞き出しているようで、熱心に手帳へメモを取っている。

「あの……」微かに身体を寄せて、成瀬さんが訊いてくる。「わたし、なにをしたらいいでしょう……」

どこか途方に暮れた表情だった。

「まぁ、そうなるよね……」

途方に暮れた気分なのは、僕も同じだ。

正直なところ、小余綾を取材へ誘ってしまったことには後悔しかない。本当に、なんの考えもなく提案してしまった。僕は半ば項垂れながら、体育館の景色を眺める。その暑苦しくぎらぎらとした景色は、手持ちぶさたのこの胸中を苛立ちで彩っていく。

みんな輝いて、きらきらとしていて――。

小余綾の言葉と共に、やはり沸き立つのは苛立ちと後悔の念だ。この場所は、あまりにも陽が当たりすぎていて、僕の周囲から根こそぎ酸素を奪い取っていく。眩しい世界で自身の中へと光をいっぱいに吸い込んでいる、物語の適格者たち――。

「やっぱり……。取材って、大事なことなんですね」

フットワーク練習だろう。ラケットを振りながら俊敏にコースを駆け回る女子部員の様子を眺めて、成瀬さんが呟いた。

「取材で作品のリアリティを深めたり、人をよく観察して人物を掘り下げて書けるようにしたりとか……、たぶん、大事なことなんですよね」

「そんなこと、大事なものか」

僕も、そのぎらぎらとした眩しさを眺めながら、そう答える。

成瀬さんは、意外に思ったらしい。

「え……。どうしてです？」

「純文ならともかく、小説なんて、嘘の塊《かたまり》だろ。偽物の物語なんだよ。リアリティなんてものは誰も求めちゃいない。みんなが読みたいのは、現実に即した話なんかじゃない。現実から乖離《かいり》した話なんだ。小説なんてものは、現実逃避のために読むんだから、現実をそのまま描いたって反感を買うだけだ」

「そう、でしょうか……」

「僕らの日常に、事件なんてなにも起こらない。殺人事件も、誘拐事件も、日常の謎も、なんにも起こらない。幽霊も妖怪《ようかい》も神様も、殺人鬼も名探偵も存在しない。専門店で謎を解いてくれる店主なんて見たことないし、異世界に行ったことのある人間もいない。美少女に囲まれてモテモテの高校生活を送れる男子だって存在しない。実在してたら末代まで呪《のろ》うよちくしょう。とにかく、読者が読みたがるのはそういう現実とは明らかに違う世界の物語だ。リアリティなんて、そこにはぜんぜん必要ない。小説は、いかに嘘を面白く書けるかが勝負なんだよ」

「それは、そうかもしれない、ですけれど……」

「人間観察にしたってそうだ。成瀬さんは最近の売れている小説で、きちんと人間を描けている作品を読んだことがある？　僕はない。まったくぜんぜんないんだ。みんなが求めているのは、カッコ良かったり美人で、頭脳が明晰《めいせき》で熱意と勇気があって、人間くさい欠点がオマケ程度にあるような……。そういう、実際にはありえない人物像だ。本当の人間なんて書いたら、読者から非難囂々《ごうごう》だよ」

あるいは――。

僕のように、欠点と欠落に塗《まみ》れた空っぽの人間なんて、僕だけなのかもしれない。だから僕は、物語で描かれるような、自分よりも明らかに人間として勝っている主人公たちに、人間らしさを見いだせないだけなのかもしれない。普通の人は小説の主人公のように、頭脳明晰で失敗をせず、人の気持ちを理解できて、どんな困難や挫折《ざせつ》をも乗り越えられるような、屈強な精神を持っているものなのかもしれない。この世でなにも持ち合わせていないのは僕だけで、だから僕のような人間が書く小説は――。

キャラの心情にまったく感情移入できず。主人公が幼稚で受け付けないです。ただの馬鹿で生理的に無理。何もできないクズがヒロインと結ばれる話（笑）。登場人物の考えが自己中。作者は高校生をきちんと取材するべき、今どきの高校生はもっときちんとしている。人物造形が薄っぺらく、気持ち悪くて読んでて辛かった――。

「それなら、どうして先輩は、小余綾先輩を誘ったんですか?」

僕は、コートから成瀬さんに視線を移す。

彼女は体育座り姿勢のまま、僕の方を見て首を傾げていた。

「先輩が取材を提案したって。九ノ里先輩が言っていましたけれど……」

「それは――」

僕は彼女の追及から逃れるために、再びコートを見遣る。その視界の端で、部長ポニーさんから、ラケットの持ち方を指導されているらしい小余綾の姿が映った。

小余綾は、そのラケットを軽く振って、嬉しそうに笑った。

楽しそうだった。

「べつに……。まぁ、取材は、必須《ひっす》じゃないけれど、無駄にはならないだろ……」

小余綾はラケットでシャトルを打つ練習を始めたようだった。部長さんが丁寧に指導している様子を眺めていると、ぽつりと成瀬さんが呟くのが聞こえた。

「小余綾先輩は、どんな小説を書くんでしょう」

「さぁ、どんなだろう」

「わたし、なんだか意外に思って。こんな言い方、失礼かもしれませんけれど——。小余綾先輩は、物語が必要な人には、見えないから……」

それはなんだか、面白い表現だな、と思う。

「物語が必要な人、か……」

小余綾詩凪は、どうして小説を書くのだろう。

眩しい陽向に生きる彼女には、物語に逃避する必要がないように見えた。書を開き、自分だけの世界へと没入する。そんな趣味を持たなくとも、彼女の周囲には常に陽が当たっているというのに——。

小余綾が、こちらを振り返る。その勢いに長い黒髪が跳ねると、見る者の心を惹き付けるような、弾んだ笑顔が覗く。

「千谷くん」

ラケットを片手にこちらへ駆け寄ってくると、彼女は笑顔のまま言った。

「少しの時間、コートを使って教えてくれるらしいの。一緒にやってみましょうよ」

「はぁ？　いや……、僕は、ここで見てるよ」

「いいから」

ぐいと、片手を引っ張られ、半ば強引に立たされる。

僅かな間、彼女の顔が僕の肩に寄って心臓がひやりとした。けれど、それは耳打ちするためだったのだろう。

「実際に書くのは、あなたなんだから。身体に憶えさせて」

「プロットには、主人公がバドミントンするなんてなかっただろ」

「気が変わったの。物語は思索を繰り返すうちに、有機的に動くものよ」

そう告げると、小余綾はぽかんとしている成瀬さんに顔を向けた。

「ほら、成瀬さんも」

「え、あ、はい……、でも、わたしたち、制服ですよ？」

「少しくらいなら大丈夫よ」

この取材で運動するつもりはまったくなかったのだが、小余綾の言い分はわからないでもない。確かに、実際に書くのは僕なのだ。極めて面倒だが、仕事のためと考えれば致し方ない。

部長さんは、僕らに対して親切丁寧にバドミントンの基本を教えてくれた。とはいえ、短い時間なので本当に要約のようなものだ。その後はコートでノックをしつつ、サーブとスマッシュの種類や、コツに関するレクチャーに入った。僕はといえば数年ぶりにラケットを振るったので不安だったのだが、意外にも身体はフォームを憶えていたようだった。九ノ里は運動をやらせてもそつなくこなすので、部長さんが感心していた。成瀬さんは運動が苦手なのだろう。部長さんがあらゆる種類のサーブを教えていたが、どれも空振りに終わってしまい、涙目になっていた。ちょっと可哀想だ。

そして小余綾はというと――。

華奢な体躯が、虚空に躍り出る。

運動着の用意をしていなかった彼女の身体は、制服姿のままだった。真っ白なブラウスが体育館の照明を吸い込んで、今にも光を放たんとばかりに煌めいている。スカートのプリーツが、一瞬の滞空にふわりと空気を吸い込み、健康的な腿を大きく露出させる。弓なりに反《そ》った胸はその存在を誇らしげに誇張《こちょう》し、合間でネクタイの臙脂《えんじ》色がそよいでいた。

その景色を見ていた誰も彼もが、その瞬間に息を呑む。

ヘアゴムで括った髪が跳ねて。

ガットとシャトルの激しい衝突音。

円弧を描きながら、踊るように着地。

小余綾はコート脇で呆然としている僕を、どこか得意げに見遣った。

シャトルは、サイドラインぎりぎりに突き刺さっている。

見事なジャンピングスマッシュに、部長さんは眼が点になっていた。

「よしっ」

彼女が無邪気にガッツポーズをすると、周囲で大きく歓声が上がる。

噂の美人転入生がバドミントン部でラケットを振るっている――。そんな話をどこから聞きつけたのか、今では体育館の入り口に多くの生徒たちが集まって視線を向けていた。

「人間が書けてなさすぎるだろ……」

はたして、このお方に不得意なものはないのだろうか……。

あ、でもそんな短いスカートで飛んだり跳ねたりするのはやめた方がいいぞ。僕の位置からだとよく見えちゃうからな？　教えてあげないですけれど。

「それじゃ、少し実際に試合してみよっか」

僅かな時間ではあったが、部長さんの提案により、僕らはダブルスで簡易的な試合をすることになった。もちろん、幾つかのルールがオミットされたお遊びだ。僕と成瀬さん、九ノ里と小余綾に分かれての対戦だった。結果は言うまでもないだろう。小余綾がシャトルを追ってラケットを振るう度、試合を見物している周囲の女子たちがわっと沸いて歓声を上げる。圧倒的な熱量と視線が、小余綾詩凪という人間に降り注いでいた。僕は、彼女が的確に返すシャトルを辛うじて追いかけながら考える。

物語を必要としない人。現実から逃避する必要なく、常に陽向で輝いた人生とは、どんなものなのだろう。美しく、賢く、才能に恵まれていて、こんなふうに、一瞬で多くの人たちに愛され、受け入れられていく——。どうして、僕らはこんなにも違う生き方をしているのだろう。ネットの向こうは、まるで違う世界のようだった。そこで跳ねる体軀を視界の隅で追いながら、シャトルの下へ身体を潜り込ませて、思い切り腕を振って返す。眩しく、きらきらとした世界。あの向こうで踊るのは、物語の主役だ。それに比べて、僕はまるで影そのものだった。じめじめとして、空っぽで、誰からも受け入れられることのない影そのもの。そんな無から、面白い小説なんて生まれるはずがない。愛される登場人物を、描けるはずがない……。

小余綾の身体が、虚空に躍り出る。再び、観衆が息を呑んだ。

その一体感に、圧倒されそうになる。

小余綾詩凪の打ち返したシャトルが、僕の身体の脇を突き抜けていく。

その鋭い風を感じながら。

僕は、彼女の物語を書き進められない原因に気が付いた。

＊

取材から二日が経過した放課後のことだった。

僕の身体は、未だ筋肉痛に苛まれている。普段から体育の授業だったりアルバイトだったりで、それなりに身体を動かしているはずなのだが、それでも使わない筋肉は酷くなまっていたのだろう。身体のあちこちが微かな痛みを訴えている。

文芸部の部室で、僕は時折思い出したようにキーボードを叩いては、デリートキーの連打を繰り返していた。会議机の離れたところで、九ノ里が静かに本を読んでいる。そして僕の向かいには、ノートにペンを走らせている小余綾の姿があった。先日の取材が多くのインスピレーションを与えたのか、ノートのページには普段より多くの言葉が綴られているように見える。ちらりと何度か視線を向けたが、台詞や状況の走り書きが細かく書かれていた。とはいえ、僕に読ませることを意識していないのか、それだけでは文脈の繋がりを読み取れず、物語を把握することは難しい。いいかげん、口頭で説明するのをやめて、文章でプロットを纏めてくれるとありがたいのだが——。

今日は成瀬さんの姿はない。本来なら文芸部の活動日ではない曜日だったし、彼女は彼女で実家の手伝いがあるそうで、そう頻繁に部活に来られないのだという。

「下校時間だ」

なかなか埋まらない空白の画面を睨み付けていると、本を閉ざして九ノ里が告げた。

窓の外を見ると、空は既に茜色の陽に染まっている。

「俺は帰るが、お前たちはどうする」

「ああ……。ええと、どうするかな」

暫し、躊躇した。僕は小余綾に相談したいことがあるのだ。けれど、それをどうまく伝えたらいいのかわからず、時間だけが経ってしまっていた。

「とりあえず、どこかで一仕事していくよ。今日はバイトもないし」

小余綾も顔を上げて頷く。

「わたしも、喫茶店かどこかで考えを纏めるとするわ」

「あまり遅くなるなよ。自分たちが高校生であることを忘れるな」

まるで顧問の教師のようなことを言って、九ノ里が立ち上がる。そんな様子が小余綾にとっても面白かったのだろう、彼女は僕と顔を見合わせて、きょろりと眼を動かした。

部室の鍵を職員室へ戻しに行くという九ノ里と別れて、僕らは校舎を出た。小余綾は例の如く、僕と並んで歩くことをひどく嫌がっているようだった。横顔を見るだけで、その不機嫌そうな様子が伝わってくる。今のタイミングでは、相談は難しそうだ。

「しかし、なんなんですかね、そのお顔は……」

思わずぼやくと、小余綾はこちらをじろりと睨んでくる。

「だから、妙な勘違いをされるのは嫌なの。離れて歩いてもらえないかしら。あなたはもう少しゆっくりとした速度で背筋を曲げながらとぼとぼと歩むのがお似合いだと思う」

「僕は僕のペースで歩いているだけだ。いやなら、そっちこそ離れたらいいだろ」

僕らは互いに睨み合い、同時に顔を背けた。どちらも電車通学なので、駅まで道のりが一緒なのだから、どうしても共に歩くことになってしまう。

そう思っていたのだが、校門を出たところで小余綾の気配が傍らを離れていることに気が付いた。意外に思って振り向くと、彼女は少し離れたところで立ち止まっている。

彼女は、あらぬ方向に視線を向けていた。

五月も半ば、日は延びており、夕陽が世界を黄金色でいっぱいに塗りつぶしている。そんな黄昏《たそがれ》色の景色の中で、小余綾詩凪は一人、道端《みちばた》で佇んでいた。

「おい、どうした？」

声を掛けるが、小余綾は聞こえている様子もなく、ただその制服に包まれた華奢な身を己の腕で掻《か》き抱《いだ》いた。彼女の視線を追いかけるが、とりたてて眼を惹く景色はなにもない。都心に近いこの辺りはオフィスビルも多く、少し学校を離れれば生徒よりスーツ姿の社会人の方がよく目に付く。怪訝に思って、小余綾に近付いた。

開いた唇が、僅かに痙攣している。

「どうしたんだよ」

はっとしたように、彼女はこちらに眼を向ける。それから顔を斜めに伏せると、なんでもないというふうにかぶりを振った。彼女は歩みを再開したが、その足取りはどこかぎこちない。

「ねぇ」

小余綾は小さな声で言った。僕は彼女の隣に並んで、その横顔を見遣る。

「どうしたんだよ」

「仕事……。どこでするの？」

「近くだよ。ここからだと、電車で十分くらいかな」

「わたしも連れていって」

それは、どういう心境の変化だというのだろう。

呆気《あっけ》にとられて見ていると、彼女は顔を顰めて告げた。

「……気が変わったの」

「まぁ、いいけれど……。なら、駅集合でいいか？」

誰かに見られて、勘違いされても困る。そう言った彼女の要望通り、歩《あゆみ》を進めて先に駅へ向かおうとした。その間際、身体へと僅かに掛かる張力にひやりとする。足を止めながら、肩に掛けた鞄の隅を摑む白い指先を、視線で確かめた。

頼りないほどに青白く強《こわ》ばった指が、縋《すが》るように僕の鞄の端を引っかけている。

小余綾は俯いていた。表情は窺えない。

「ええと……。いや、その……。よし、じゃあ、一緒に行こう」

小余綾の指先が離れるのを確認して、僕は酷くぎこちない動きで身体を反転させた。そのまま、静かに歩き出す彼女の歩調に合わせて、道を歩く。

互いに、無言だった。

歩を進めながら、暴れる心臓を確かめるように、胸元に手を押し当てる。小余綾は僅かに遅れて僕のあとを歩いている。様子を窺いたかったが、振り向くことは躊躇われた。

電車に乗り、目的地の駅へ到着する間も、僕らは黙りこくっていた。小余綾は周囲の様子を気にしているようだった。それは僕と二人でいるところを目撃されるのが嫌だからというより、誰か特定の人間の影を警戒しているかのような不安げな視線だった。目的地のビルまで歩く間も、常に周囲に視線を彷徨わせている。しかし、その様子は用心深いというよりは、注意散漫のようにも見えて――。

「って、おい」

咄嗟に、彼女の肩に掛かる鞄を摑んだ。

小余綾の歩む数歩先を、乗用車が通り過ぎていく。

彼女は小さく肩を跳ねさせたまま、暫し硬直していた。

「前を見てくれよ」

こちらを見た小余綾は、大きく目を開いて、どこかきょとんとしていた。

「ええ、そうね……。ごめんなさい」

気まずそうに、顔を伏せられてしまう。

「いや、ええと……。僕も気にしてるけれど、誰も付いてきてない。大丈夫だ」小余綾の不安に、心当たりがないわけでもない。「熱心なファンかなにかか？」

訊ねると、小余綾は顔を顰めて頷いた。

「ええ……。けれど、見間違いだったのだと思う」

「とりあえず、そっち歩いてくれよ。このへん、脇道《わきみち》で車多いから」

狭い道なのだけれど、車がよく抜けてくる通りだ。小余綾を歩道側へ隠すように歩かせ、自分は車道側を歩いた。よそ見で轢《ひ》かれてしまってはかなわない。

歩を進めていた小余綾は、ふと顔を上げて、まるで世にも奇妙なものでも見るかのように、こちらの顔を眺めていた。

「な、なんだよ……」

「べつに――」

上目遣いに睨むような視線が、じろりとこちらを観察する。

穏《おだ》やかな風と歩む動作に合わせ、小余綾の髪が小さく揺れていた。

唐突に、くすりと、吹き出すように笑う。

「ありがとう」

綺麗な笑顔だった。

悪態《あくたい》が飛んでくると構えていたので、拍子抜けするどころか頬が熱くなるのを感じる。

「いや、ええと……。その、すぐそこなんだ。あそこのビル」

前後の脈略もなく、慌てて彼女から視線を背けて、目的地の雑居ビルを指し示す。

「喫茶店じゃないの?」

「コワーキングスペースだよ。知ってるか?」

「名前くらいなら……。へぇ、こんなところにもあるのね」

エレベーターに乗り、目的の階で降りると、小さなガラスのドアに、『サンドボックス』とロゴが記されたステッカーが貼《は》られている。ドアを開けると、店内の独特の気配が一気に伝わってくる。ドラマで見るような小洒落たIT企業のオフィスのようでもある一方で、ボードに貼られた雑多なメモ用紙や手書きの丸っこい文字、パイプの書架に押し込められた多種多様な書籍など、店内の毛色はどこか混沌《こんとん》としていた。カラフルな一人用テーブルの一つ一つに、ノートパソコンを広げた人たちが向かい合っており、エリア中央の大きな円卓では、チームで仕事に当たっているらしきグループがカラフルな紙の資料を囲んで、なにかを相談している最中だった。

「すごい。こういうところに来るの、初めて。みんな仕事をしている人たちなの？」

好奇心に双眸を輝かせた小余綾が、きょろきょろと視線を巡らせている。

「あ、千谷くん、久しぶり」

会議机とパーティションで仕切っただけの受付に居たのは、バイトの矢花《やばな》さんだった。しっとりとした黒髪が印象的であり、はにかんだ笑顔が見ているとくすぐったい。

「ええと」ちらりと、机の上に載ったデジタル時計を確認する。「二時間で」

「はい。じゃ、名前書いてね。五百円になります」

「レシートください」

「ねぇ。もしかして、デート？」

渡されたボードに名前を記入していると、どこかそわそわしながら、そう訊ねられる。

矢花さんは、ちらちらと後ろの小余綾を見ていた。

「仕事です。そんなわけ、ないでしょうが」

「ええっ。でも、ほら、図書館デートってよく言うじゃない？　わたし、いつかきっと、コワーキングスペースデートという言葉が、新しくできるんじゃないかって」

「なにするんですかこんなところで。いい迷惑じゃないですか」

「でもでも、凄い美人じゃない？　もしかして千谷くんのファン？」

　小声で聞いてくる矢花さんを無視して、小余綾を振り返る。

「二時間で五百円なんだ。一日利用だと千円。大丈夫だろ？」

「ええ」彼女は曖昧に頷くと、矢花さんに視線を向けた。「あの、わたし、こういうところ来るの、初めてで……」

「大丈夫です、怖くありませんよ！」

　受付の机に手を置いて、身を乗り出しながら矢花さんが言う。

「最近は、学生の利用者さんも多くて。お友達とのお勉強会なんかにもご利用いただいています。図書館とは違って、会話がＯＫですので。あ、今なら暇そうにしているお兄さんたちから、パソコンの使い方を教えてもらったりとかもできますよ。プログラミングとかご興味あります？」

　とりあえず矢花さんを黙らせて、空いているテーブルへと向かう。丁度二人がけで、向かい合って仕事ができるスペースだった。小余綾は物珍しそうに視線を巡らせながら、僕の向かいに腰を下ろした。

「喫茶店や漫画喫茶と、似ているようで全然違う……。なんだか、変わったところね」

「珈琲《コーヒー》や紅茶、ジュースなんかも飲み放題なんだ。荷物も預けられるから気兼ねなくトイレに行けるし、一時外出だってできる。電源もWi-Fiも使い放題で、マックならバッテリーだって借りられちゃうんだぜ、凄いだろ」

「どうしてあなたが誇らしげに言うのよ」小余綾は、くすっと笑う。「ねぇ、こういうところって、どんな人たちが働いているの？」

「ほとんどは、IT関連の人たちじゃないかな。フリーランスのプログラマーとかデザイナーとか、そういう、自分のオフィスを持っていない人たち。あ、作家もいる。春日井《かすがい》さんは知ってる？　春日井啓《けい》」

「ええ、何度か、パーティーでお会いしたことがあるけれど」

「よくここに来てる。今日は、いないみたいだけれど……」

店内に視線を巡らせるが、目的の人物の姿は見当たらない。

「あなたはよくここに来るの？」

「まぁ、家じゃ集中できないときもあるから。プロットができて、あとは書くだけっていうときはよく利用してる」

会話はその辺りで打ち切り、互いに仕事を再開することにした。

ノートパソコンを開いて、ほとんど進んでいないテキストを睨み返す。

僕は小余綾に、相談しなければならないことがある。

学校ではうまく言い表す自信がなかった。それでも、ここへ至るまで幾つか言葉を交わしたのが功を奏したのかもしれない。今ならうまく伝えられるような気がしていた。

「なぁ、一つ相談したいことがあるんだ」

「なに？」

ノートにメモを走らせていた小余綾は、怪訝そうに顔を上げた。

「その前に——、聞かせてほしい。君は、小説には力があるって言っていたよな。それは、具体的にどんな力なんだ？」

僕の質問に、彼女は眉を顰めた。思索するように、視線が虚空を見つめる。

「そうね。いろいろとあると思うけれど……」

小余綾は、ペンを置きながら言葉を口にする。

「それは、現実に立ち向かうための力だと思う」

まっすぐな、あまりにもひたむきで、まっすぐな。

真摯《しんし》な眼差しが、僕を見ている。

「なんだよ、それ……」

「物語を読むことで、心に湧き上がる力があるのなら。それを用いて、現実に立ち向かってほしい。苦しいことも、辛いことも、物語があるのなら、人は必ず立ち向かえるから」

わたしは、そんな力を、わたしたちの物語に込めたいと思う——。

小余綾の言葉に、僕は眼を落とす。

それから、それはなんてきれいな言葉だろうと胸中で嗤った。いかにも現実の厳しさを知らない、ぬくぬくとした環境で幸せに過ごしている小娘が語る夢想だ。そんな力は誰も必要としていない。読者が求めているのは、ただ楽しくて、笑えて、泣けるエンターテイメントだ。現実に立ち向かうための力なんて、誰も欲していない。売れている作品たちを見てみろよ。ただひたすらに可愛い女の子を描くだけの作品。なにをやらせてもそつがない最強の主人公が活躍する作品。イケメンたちに囲まれ、彼らに迫られるだけのお話。ありえない青春。ありえない美少女。現実離れした名探偵。再現不可能なトリックに驚くだけのパズル。みんなが求めているのは、そういう物語なんだ。誰も現実に立ち向かいたくなんてない。現実を思い起こすような要素なんて、売れる物語には必要ない――。

「この作品は――。あなたが前に言ったように、ときには残酷で、読み手の心の傷を抉るような、そんな展開も多いかもしれないわ。けれど、だからこそ、人の心に響くものだと思うの。このお話を読むことで、読者がほんの一歩だけでも、前に進んでみようと思えるような……。そんな作品になればいいなと、わたしは考えている」

あるいは、なにを書いても売れるのなら。

そういう物語を綴ることも、赦されるのかもしれない。

小説には力があると、そんな夢物語を信じ続けることもできるのかもしれない。

「それは、けれど、誇大妄想だ」

小余綾詩凪は、現実の厳しさを、なにも理解できていない。なんの苦労もなく売れて、無条件で大量に部数が刷られ、書店に大歓迎され本が面陳されるような——。そんな勝者だけが無神経に口にできる、それは戯《ざ》れ言《ごと》にすぎないのだ。

「あなたは可哀想だわ」

だが、哀れみの言葉を発したのは、僕ではなく小余綾詩凪の方だった。

彼女は眉を顰めながら言う。

「あなたには、神様が見えていないの？」

そういえば、以前、同じようなことを言っていた。

自分には、小説の神様が見えるのだと——。

「なんだよ、神様って……」

小余綾はなにも答えなかった。

ただ、挑むように僕の双眸を覗いている。

僕は彼女の視線から逃れて、進まない空白の画面を見遣る。

「それで、相談ってなんなの？」

問い詰められて、吐き出す空気が震えた。

僕は、わけのわからない息苦しさに苛まれながら、それを口にする。

「主人公の……。キャラクター造形を、変えてほしい」

暫し、沈黙があった。

僕の言葉の意味が、彼女には理解できなかったのだろう。

そうだろう。きっとそうだろうと思う。

「どういうこと？」

そう怪訝そうに問う彼女を見返せないまま、僕は訥々《とつとつ》と言った。

「この主人公は、優れた推理力がある一方で……。自分に自信が持てなくて、鬱屈《うっくつ》した想いを抱えているキャラクターだ。未熟で、浅はかで、幼くて……、とても、消極的な考え方の持ち主だと思う」

「ええ……。その認識は、間違っていないと思うけれど……」

「この子は、日陰《ひかげ》の人間だ」

僕は、真っ白な画面へと、手を差し伸べる。

そこに描かれるべき光景を夢想しながら、指先でディスプレイに触れた。

長い間、キーボードを叩かなかった画面はスリープし、真っ暗になる。

指紋の跡だけが、そこに残った。

あのとき、僕は理解した。

陽向で輝く小余綾詩凪を見て、どうしようもなく、思い知った。

僕は、この物語を書いてはいけない。

「それじゃ、駄目なんだよ。この子は、物語の主人公には相応しくない。僕がこの主人公を描写したら、結果は眼に見えている。文章は鬱々《うつうつ》として、いつまでも自信が持てなくて、なかなか前に進めなくて……。弱音と愚痴《ぐち》ばかりを吐き出して、ただひたすら、窮屈な話になってしまう。読者に嫌われることが、眼に見えているんだ。誰も、こんな主人公には感情移入なんてしてくれない――」

　これは僕なのだ。

　この主人公は僕だ。自分から他人を傷付けて、それでいて孤独で、鬱屈していて、そんなのは自己責任で、だからネガティヴで自分勝手で、誰からも嫌われる日陰の人間なのだ。嫌われて当然な人間だ。だから、僕が書いてはいけない。このままでは、読者に嫌われてしまう。つまり、これは売れる本にならない。

　彼女はどこか困惑したような表情だった。

「相応しくないなんて、そんなことないわ。彼女はどこにでもいる、わたしたちにとって身近な存在として描かれるべきキャラクターだと思う。読者が等身大の人物に自分を重ねられるように――」

「君はなにもわかっていない。読者が感情移入したいのは、等身大の自分の姿じゃない。彼らは鏡を見たいわけじゃないんだ。自分よりも強く、自分よりもカッコ良く、自分の持っていないものを持っている、そんな理想の人物に自分を重ねたいんだ。彼らが感情移入したいのは、憧れの自分なんだよ。もっと、陽向で、きらきらと輝いているような――」

　誰も現実に立ち向かおうなんて考えない。

人は、小説を逃避のために読むのだ。

過酷な現実を突き付けるような、そんな主人公の造形なんて、誰も望んでいない。

それは、僕が書いてきた小説に対する批判で、明らかなことなのだ。

「物語の主人公に相応しいのは、君のような人間なんだ。それがわからないのか？」

「茶化《ちゃか》さないで――」

「普通の人は、君みたいになんでもできるわけじゃない。輝いているわけじゃない。じめじめとした日陰に生きて、辛くて苦しい気持ちを抱えていて……。そんなのを、小説でまでもう一度味わいたいなんて、誰も思っちゃいないんだよ」

「わたしは……」

反発する言葉は、虚空で萎《しぼ》んでしまったのだろうか。

唇を開いた小余綾は、視線を落とした。

「わたしは……。そんな人間じゃない……」

「とにかく、もっと魅力の溢れるような、読者から愛される造形に変えてほしい。このままじゃ、書き進めることができない」

「本気で言っているの？」

「書きたいものを書いたって、駄目なんだ……。悔しいけれど、僕は君みたいに天才じゃない。書きたいものを書いて、それが世の中に認められるような人間じゃないんだ」

伝わるだろうか。

理解してもらえるだろうか。

漆黒の画面を見つめながら、僕は彼女に訴える。

「このお話は、面白いよ」

それは、悔しいけれど。

とても、苦しいけれど。

いつの間にか、椅子の脇に垂らした指先が、拳を握りこんでいた。

「すごく魅力的で、プロットを整理するだけで、わくわくするんだ。こんな気持ちは、久しぶりだよ。凄い物語だと思う。僕も多くの人に読んでもらいたい。だから……。僕がこの主人公を書いたら駄目なんだ。僕が書くような嫌われる主人公で、この物語の価値を貶《おとし》めたくない。売れない作品には、したくないんだ……」

この主人公を、僕はとてもよく理解できる。

得意分野だよ。小余綾よりも、うまく書ける自信がある。たぶん、彼女はそれを見越して、主人公の性格や振る舞いをデザインしたのに違いない。

けれど、駄目なんだ。

読者は、こんな主人公、望んじゃいない。

僕に、もうあんな想いをさせないでほしい。

売れなければ、読まれなければ。

どんな作品だって、存在しなかったのと同じことなのだから。

何故だろう。

込み上げてくる熱を堪えるために、僕はいつの間にか唇を噛み締めていた。

俯いたまま、小余綾を見ることはできない。

「少し──、考えさせて」

しばしの沈黙のあとで、小余綾から返ってきたのは、そんな返答だった。

＊

「ファンタジーにするなら、やはり異世界転生ものにするべきだ。タイトルには異世界転生というワードを加え、チートとも付けよう。もちろん主人公は無双キャラで唯一無二のキャンセル能力持ちだ！　これは売れる！」

そう力説しながら、部室のホワイトボードに売れ筋のワードを書き込んでいくと──。

「成瀬さん、そのひと殴っていいわよ」

部室の隅でバドミントンの入門書を開いていた小余綾が、そう素っ気なく告げてきた。

「君な、売れ筋は大事だぞ！　いいか、成瀬さんは素人なんだ。名前が売れている作家とは違う。タイトルやあらすじだけでも惹きつける内容にしないと、読者は書店で手にとってくれないんだよ！」

「ライトノベルの新人賞に投稿するお話でしょう？」胡散臭《うさんくさ》そうな表情で僕を睨みなが

ら、小余綾が肩を竦める。「今から本屋に並ぶことを考えてどうするのよ。そういうのは、編集者がきちんと指導してくれるものでしょう。だいたい、あなたが言っているのって、流行遅れの二番煎《にばんせん》じもいいところじゃない。ライトノベルを舐《な》めすぎよ」

「馬鹿、舐めてなんかいるものか。あそこは一般文芸なんかより遥《はる》かに過酷で熾烈《しれつ》な争いが繰り広げられている戦場なんだ。勝ち残るのが一般文芸の何倍も難しいからこそ、こうしてきちんと対策を練っているわけじゃないか」

「あのぅ……」

　おずおずと、会議机で大人しく僕の話を聞いていた成瀬さんが、挙手をする。

「わたし……。書きたいお話は、もう決まっていて……」

　放課後の部室だった。

　成瀬さんは、ライトノベルの新人賞へ小説を投稿するつもりだという。

　その投稿作を執筆するためのアイデアが欲しいということで、僕は彼女に協力するべく、ホワイトボードへ必勝法を書き連ねていたのだった。九ノ里は相変わらず部屋の隅で小難しい文芸書を読み耽っており、小余綾は経費で購入したのか、バドミントンの入門書を開きながら、ときおりこちらの方を胡散臭そうに眺めている。

　少し考えさせてほしい。

　そう告げた彼女からの答えは、まだ返ってきていない。

「ええと、書きたい話って?」

とりあえず、ペンにキャップを嵌《は》めながら、成瀬さんに訊く。

「そのう……。ええと……」彼女は肩を小さくしながら、気恥ずかしげに答えた。「剣《つるぎ》の乙女、を……」

「ああ、なるほど」

「あの、その……、もちろん、全部、書き直そうと思っています。基本的な設定だけ、そのままにして、キャラやストーリーは全部変えようと思っているんです」

「うーん、そっか……」

顎を撫でさすりながら、一考する。

『剣の乙女と最弱勇者』は、成瀬さんが僕に読ませてくれた、彼女の長編作品だ。タイトルはいかにもライトノベルに影響を受けて中学生が考えましたと言わんばかりの直球であり、その物語のあらすじや展開の広げ方、文章表現や描写能力は、やはり中学生らしい稚さで満ち溢れている。それに関する意見は、数日前に少しばかり厳しめに伝えてあった。

「やっぱり、駄目、でしょうか……」

成瀬さんは自信なさげに、しょんぼりと声を漏らす。

単純な技術面で言えば、中学生でデビューした不動詩凪にはまったく及ばない。最弱最底辺作家である僕の領域にすら届いていないと言えるだろう。

とはいえ――。

「いや……。キャラクター造形や物語構造の基本をきちんと叩き込んで、プロットを大きく変えるなら、悪くないかもしれない」

彼女が読ませてくれた『剣の乙女と最弱勇者』は、こんなライトファンタジーだ。神話の時代に、五十二振りの特殊な魔剣が創り出された。魔剣といってもその形状は斧《おの》だったり槍《やり》だったり様々なのだが、それぞれに人格と意思があり、人の姿へと身を変じることもできる。ヒロインはその魔剣の一振りで、イリシャルと名付けられた。五十二の魔剣は、様々な時代の様々な剣士たちの手に渡ったが、イリシャルだけは例外だった。イリシャルは最も切れ味が弱く、扱える魔法も限られて、そのくせ性格に難のある粗悪で劣悪な魔剣だったのだ。誰もそんな彼女を手に取ろうとしなかったのである。ところが、あるとき一人の勇者が神に功績を讃《たた》えられ、魔剣を授けられることになった。勇者は非力であり、無能であり、とても気弱な人間だったが、その心に秘めた勇気だけは誰にも負けないものだった。神は魔剣が並んだ宝物庫を開き、好きな武器を持って行くように告げる。しかし勇者が手にしたのは、凄まじい切れ味を誇る剣でも、恐ろしい魔力を秘めた槍でもなく、ただ一振りの無力な剣だった。

その剣が、とても美しかったからという、ただそれだけの理由で――。

そこから、二人の冒険が始まるのだが――。

「正直……、この話は、へたくそだ。キャラの作りも、話の運びも、めちゃくちゃへたくそなんだよ」

告げると、成瀬さんは顔面から会議机の上にダイブした。

「大丈夫？」

ぴくりとも動かなくなった成瀬さんを見遣り、小余綾が心配そうにしている。

「ただ、へたくそなだけなんだよ。つまり、なんていうのか……。磨けば光る。土台はいいから、きちんと技術を身に付けて、下手じゃなくなればいい」

「うう……。それって、褒められているのかどうか、わからないです」

ゆらりと顔を上げ、眼鏡の位置を直しながら、成瀬さんが困ったように呻く。

「技術の問題なら、きちんと磨けばなんとかなるだろ。センスとか才能の方は、勉強のしようがないから、どうしようもない。教えられるところは、これからじっくり教えていくから大丈夫だ。今日はまず、主人公の設定を固めよう」

ホワイトボードの文字をイレーサーで消して、固めるべき項目を書き込んでいく。名前、年齢、生まれ、目的、欠落、性格、長所と短所……。

「主人公は大事だ」

腕を組んで、成瀬さんを見下ろす。

彼女は一所懸命な様子で、ホワイトボードの項目をノートに書き写していた。

「いいかい、主人公は読者にとって、深く感情移入できる存在でなければならない。嫌われる特徴や、感情移入できない要素があっては駄目だ。主人公が読者に嫌われてしまったら、もうそれだけで本を読んでもらえなくなってしまう。特に、ネガティヴで卑屈で自分勝手で女の子を傷付けるクソみたいな主人公は駄目だ。最低だ。絶対にやめるべきだ」

そう熱弁を振るうと、成瀬さんは戸惑ったようにまばたきを繰り返した。

「そういう観点で見ていくと、成瀬さんが読ませてくれた『剣の乙女』の主人公ユーリは、確実に読者に嫌われてしまうタイプだと思う。優柔不断で、自分に自信が持てなくて、剣の腕前も未熟だから、仲間に助けてもらう場面ばかりが目立って爽快感《そうかい》を与えられない。心理描写も不安や卑屈さが目立つような過剰な点が眼に付いて、イリシャルの乙女心も理解できずに傷付けてばかりだ。これじゃ確実に読者に嫌われてしまう」

「でも……、その……」

成瀬さんは、反論を口にしようとしたのだろうか。中途半端《ちゅうとはんぱ》に開いた唇は、けれど言葉を紡ぐこともなく、僅かに開閉を繰り返して、沈黙してしまう。

部室は静かだった。窓から差す温かな陽が、僕の半身を包み込んでいる。九ノ里は奥の方で、時折思い出したようにぺらりとページを捲るだけだった。

「成瀬さん、言ってみて」

その沈黙の中。開いたテキストから顔を上げた小余綾が、成瀬さんの言葉を促《うなが》した。

「言わなきゃ、伝えられないわよ」

僕は眉根《まゆね》を寄せて、小余綾を見た。けれど、彼女は僕のことなど意識していないように、成瀬さんの方をじっと見ている。

「えと……。はい」成瀬さんは、こくりと一つ頷いた。「その……。先輩の仰ることは、そうだとも、思います。けれど、このお話は……。なにも持っていないユーリが、その優しさと勇気で、同じようになにも持っていないイリシャルと……。その……。うまく言えないんですけれど……。なにか、自分が持っていない、大切ななにかを、仲間と一緒に手に入れていくお話なんです。だから……」

「そういうのは、デビューをして、ヒット作を生んでから書けばいい」

「ちょっと――」

鋭く批難の声を上げる小余綾を、僕は片手で制した。

「なにを書いても売れるような作家なら、どんな作品を書いたっていいさ。流行や読者の好みなんか気にしないで、自分だけの、自分が書きたい物語を書けばいい。けれど、プロになって小説を書くっていうのは、商売をするってことだ。需要と供給を理解し、お客さんたちへ彼らの好みに適う商品を提供し続けなくちゃならない。それができなきゃ、ラノベの場合はシリーズの打ち切りだ。そのお話をどんなに続けたくても、それをかたちにするチャンスは、永遠に途切れてしまう。それでいいのか？」

成瀬さんは、言葉を失ったように、ぽかんと唇を開いていた。

小余綾は、なにも言わず、ただ僕の方を睨んでいる。

「ユーリの性格を変えよう。タイトルには最弱とあるが、ライトノベルにおいて、最弱と呼ばれて実際に最弱である主人公なんてほとんどいない。秘めたる力を隠し持っているのが通例だ。なにか理由があって、力を発揮できないという設定にしよう。ユーリはイリシャルと出逢って、その力が開花するんだ。優しさや勇気が特徴というのは、そのまま活かしていい設定だと思う。ただ、自分に自信がなかったりする卑屈な部分はやめて、無双して敵を蹴散《けち》らかす、読者が憧れてしまうような、カッコイイ男の設定に――」

「あのっ……」

成瀬さんの言葉が、遮《さえぎ》る。

手にしていたペンを握り締めながら、彼女は僕を挑むように見ていた。

「先輩はっ……。本当に……。そういう主人公が、好きなんですか。そういう主人公に、感情移入、したいと思っているんですか……」

「僕がどう思うかなんて、どうだっていい。大事なのは、読者がどう思うかだ。成瀬さんは、プロになりたいんだろう?」

「でも、それは……」

俯いて、苦しそうに、彼女が言葉を漏らす。

「その……。わたしだって、そう、なんです……」

一瞬、その言葉の意味がわからず、僕は成瀬さんの手元に視線を向けていた。

ペンを握り締めていた彼女の手から、力が抜けていく。

それでも成瀬さんは、文字を綴る道具を手放すことなく、むしろ縋るように両手で包み込みながら、言葉を零した。

「わたしだって……。自分に、自信が持てなくて。ひとの気持ちを理解した気になって、傷付けてしまうこと……。たくさん、ある、から……」

そう。理解は、できるよ。成瀬さん。

僕たちは、いつだって、失敗を重ねて、誤った選択ばかりしてしまう。僕も人の心は理解できない。そうして相手を傷付けてしまうことが、たくさんある。きっとこれからもあるのだろう。

人間を書くなら、小説に力があるのなら。そういった人の過ちと醜さを描くのは、必須なのだと思っていた。だから僕は、いつも主人公に誤った選択をさせる。そうすることで、失敗し、敗北し、傷付いて、けれど、だからこそ大切なことを学んで生きていく姿を描いてきた。だからこそ見えるものがあるのだと、同じ失敗を重ねて傷付いている誰かに、そう伝えることができればいいなんて、おこがましい考えを抱いていた。

けれど、小説に力なんてありはしない。現実に立ち向かう力だって？　みんな、そんな主人公は見たくない。主人公は読者から憧れを抱かれなければならない。失敗して誤った行動を取るような人間は、読者の神経を逆《さか》なでするだけだ。

主人公は失敗してはならない。

まるで人生と同じようだと思った。失敗してはならない。みんなに気に入られなければならない。一度でも間違えたらすべてはアウトだ。汚名は返上できない。回復の見込みはない。取り戻すことは決してかなわない。嫌われたら、もうそれだけで人生は終わりなのだと、そう教えられるようで——。

理解できない行動をとる主人公（笑）言動が子供すぎて共感できず三十ページで終了。男の子が女の気持ち理解できてなくて無理。なんの役にも立たないクソ主人公だな。頼りなくてぱっとしない主人公で残念でした。身勝手な行動で他人を傷付けてばかりで、ここまで読んでいてイライラする奴は珍しいです。ウジウジしすぎ、無理……。まったくオススメできない作品でした――。


僕は、成瀬さんに、そんな想いをしてもらいたくなかった。

だから。けれど、それなのに。

涙が、頬を伝い落ちて、流れる。

その雫《しずく》は、愕然と見開かれた成瀬さんの双眸から、滴《したた》っていた。

「え、あ、いや……」

ぽろぽろと、静かに涙を流す彼女を見遣り、動揺が駆け巡る。

泣かせてしまった。傷付けてしまった。

また、失敗してしまった。

「えと、違うんだ。その、僕は、成瀬さんの作品を批判したいわけじゃないんだ。そういう物語だって、じゅうぶんアリだと思うんだけれど、けれど、そういうのは、自分の作品が売れてから書けばいいだけで……」

そっと、成瀬さんはかぶりを振る。

手の甲で、静かに涙の跡を拭いながら、彼女は言った。

「違うんです……。わたし……。人に、好かれるような人間じゃ、ないですから……。嫌われてしまう部分の方が、いっぱいあるから……。だから、そんな人間は、物語の主人公になったらいけないのかなって……。誰からも、認めてもらえないのかなって……。そう感じちゃって……」

「それは……」

鼻を鳴らし、手の甲を何度も頬に擦《こす》りつけて、肩を震わせる。そんな成瀬さんを、僕は呆然と見下ろしていた。

「わたし……。誰の中にも、物語があると思うんです。どんな……。どんな人の中にも、物語があって……。だから、どんな人でも、物語の主人公になれるって……。そうであってほしいって……。わたしは、そう思っていて……」

僕は、彼女へと中途半端に差し伸べた手を、見下ろす。

誰の中にも物語はある。

誰だって、物語の主人公になれる。

そうだろうか。

そうなのかもしれない。

けれど、それでも——。

そんなものは、売れないのだ。

ただ悲しみだけが鳴り、静まり返る部室の中で――。

音が響いた。


軽快に、読んでいた入門書を会議机に叩き付けて、小余綾詩凪が立ち上がっている。

窓から差し込んでくる陽を、彼女はいっぱいに受け止めて、僕を見ていた。

その瞳は、睨むようでも、挑むようでもない。

ただ、なにかしらの決意を湛《たた》えて、僕をまっすぐに見ている。

「勝負を、しましょう」

唐突な言葉だった。

極めて唐突で、わけがわからない。

「わたしが勝ったら、主人公の造形はそのまま。あなたが勝ったら、あなたの言う通りに主人公の造形を変える」

「なんだよ、突然……」

僕は小余綾の双眸を見返す。そうして、そこに宿る奇妙な炎を見て、知った。これは成瀬さんの小説の主人公に関する話ではない。

保留されていた返答。

僕らの小説の主人公に関する、勝負なのだった。

「勝負って、いったい、なにで……」

喘ぐように問うと、小余綾詩凪は意外なことに可愛らしく微笑んだ。

そうして、そのとびきりの笑顔でこう宣言するのだった。

「決まっているでしょう。バドミントンよ」

＊

ぎらぎらとした眩しさに、細胞の一つ一つが焦がされていく。

ネットの向こうは、別世界のようだ。

コートの只中で、運動着に身を包んだ小余綾詩凪は握り締めたラケットの感触を確かめるべく、それを振るっていた。傍らに立っているのは同じ教室で小余綾と仲の良い中口さんという女子で、一言二言言葉を交わすと、小余綾にスポーツドリンクのペットボトルを渡した。小余綾は猫を被っているときの落ち着いた表情で、ありがとうと微笑み、そのボトルに口を付ける。優しく微笑まれた中口さんは、照れたようにはにかんでいた。

僕も手にしたラケットを緩く摑んで、深く息を吐き出す。コートの外に視線を巡らせると、そこは既に大勢の観客で埋め尽くされていた。同じ教室の女の子たちが黄色い歓声を上げて、小余綾の名前を呼んでいる。女子も多いが、男子も多い。様々な学年の生徒たちが、この奇妙な勝負を見物しに来ているようだった。

「いったい、どこから噂を聞きつけてくるんだよ……」

美人転入生と冴《さ》えないぼっち男子生徒によるバドミントン勝負は、小余綾からの宣戦布告の僅か翌日には、九ノ里や古宮さんの計らいで一大イベントとして開催されることとなった。何度か見たことのある新聞部の部長や、大きなカメラを構えた写真部の姿まで見えるのだから、恐れ入る。この高校に通う生徒たちがいかにお祭り騒ぎが大好きなのか、校風や行事を顧みれば、いやというほど理解できるというものだ。

コートに佇む小余綾詩凪は、多くの歓声と注目を集めて、輝いていた。

僕のことを見ている人間は、当然ながら、誰もいない。

「アウェイすぎるだろ……」

ときおり視線を感じるものの、あの冴えない男子、なんなの？　なんで小余綾さんと勝負するわけ？　と不審そうに話をしているのが眼について、どうにも居たたまれない気持ちになる。

「なんか、小余綾さんのストーカーらしいよ」

「え、マジで、こわーい」

「勝負に負けたら、もう二度と半径百メートルに近付かないとか、そういう話みたい」

おいおい、僕、教室に行けなくなっちゃうじゃないかよ。不登校決定かよ。

小余綾は中口さんを送り出し、コートの只中でラケットを構えた。

臙脂色に縁取られた運動着は純白で、彼女の身体の華奢で柔らかな輪郭がよく覗《うかが》える。

姿勢よろしく胸を張るときなど、その双丘が描く曲線まで、見る者の脳にありありと伝わってきた。思わず喉を鳴らしてしまったが、なるほど、ここにいる男子のほとんどは、それを目当てに集まっているといっても過言ではないかもしれない。臙脂色のショートパンツから伸びる脚も、なめらかでひどく悩ましげな造形を誇っていた。

けれど、負けるわけにはいかない。

見物人たちにとっては意味不明の勝負であっても、僕と小余綾にとって、これは互いにとって譲れないものを掛けた勝負なのだ。

勝てば、主人公を変えることができる。

負ければ、主人公の造形はそのままだ。

失敗は、眼に見えている。

大量の返本。読者からの酷評。伸びない部数。すみません、千谷さん。何度も聞いた声が甦る。今回も数字が悪かったので、次は出せません。もし新しい企画を考えるんでしたら、今度はもっと明るい主人公にしましょう！　現代社会で疲れている読者が安心して読めるような、頼もしくて、カッコ良くて、憧れてしまうような、そんなキャラクターを主人公にしましょう。それなら、もう一度本を出すチャンスも……。

勝たなくてはならない。

僕は、君の本を、そんな目に遭わせたくない。

気付けば、周囲の歓声が静まり返っていた。

コート脇に立っていたバド部部長の古宮さんが、ポニーテールを揺らめかし、マイクでも使っているかのような大きな声で、この戦いの趣旨を見物人たちに説明している。

「そういうわけで、今回は互いに初心者ということなので、ワンゲーム先取のゆるいルールで行います。インターバルは一分ですが、水分補給もオーケイにしますので、ぶっ倒れない程度に頑張ってください。えー、審判は、わたくし、不肖バド部部長、古宮優子が務めさせていただきます。あ、バドミントン部は、部員を募集中です！　バドミントン、楽しそうだなって思ったら、遠慮せずに声をかけてください！」

両手を広げる部長さんへと、まばらに拍手が飛んでいく。彼女は満足げに頷いていた。トスはジャンケンで決めた。勝ったのは小余綾で、彼女はサービスを選んだ。僕は右のエンドを選んで立つ。

小余綾はネット越しに僕を見ると、不敵に笑った。

「自信の方はどう？」

「馬鹿言うなよ。これでも中学のとき一年間やってたんだからな。昨日の今日で初めてラケット握った奴に負けるかよ」

「あら、前の取材のときはボロ負けだったじゃない」

「あれは……。て、手加減してたんだよ！」

運動音痴の成瀬さんが一緒だったしね！

微かに鼻を鳴らした小余綾は、おもむろにラケットの先端をこちらへ突き出してきた。

それは、さながらホームランを宣言するバッターのように。

「物語を、摑んでみせて」

ピンクの唇が、その奇妙な言葉を告げる。

どういう、意味だろう。

「オンマイライト、小余綾、文芸部。オンマイレフト、千谷、文芸部。小余綾、トゥサーブ、ラブオール・プレイ!」

部長さんが紡ぐ複雑怪奇な呪文と共に、試合が開始された。

小余綾のラケットが、シャトルを送り出す。

彼女のサーブは、初心者らしい不安定な揺るぎが一切なく、ただまっすぐにネットギリギリを駆けて、ショートサービスラインへと突き進んでくる。それは僕が苦手とするバックハンド側のコースだった。手首を返して慌てて打ち返すと、力を入れすぎたラケットはシャトルを高く浮かせて、放物線を描いてしまう。まずい、と思ったときには遅かった。オーバーヘッドストローク。緩やかに落下するシャトルの下へ、俊敏に身体を滑り込ませた小余綾がラケットを思い切り打ち振るう。

空気が破裂するかのような音と共に、シャトルは僕の後方へ突き刺さっていた。

「ワン・ラブ!」

部長さんの声が高々と響く。

「あ、小余綾さんに一点入ったってことね! ラブってのはゼロで、今は一対ゼロ」

とたん、わっと歓声が沸いて、小余綾さんファイトー！　という声が重なり響く。

僕はラケットの先端でシャトルを拾い上げ、小余綾へと放る。

彼女はそれを片手で受け取ると、不敵に笑った。

「なんだか余裕で勝ててしまいそうね」

「言ってろ。たかだか一点だ」

再び、小余綾のサーブ。やはり先ほどと同じコースを描いて、ショートサービスライン
ぎりぎりへ落ちてくる。狙って打っているのなら、かなりいやらしい。初心者だったら打
ち返せずに終わってしまうこともあるだろう。踏み込んで、フォアハンド側で押し出すよ
うに跳ね返す。鋭く飛んだシャトルは、しかし俊敏に踏み込んだ小余綾によって、華麗に
打ち返されていた。位置は離れている。慌てて追いかけ、届くかどうかギリギリの位置へ
吸い寄せられるシャトルへと、ラケットを振り上げる。

だが、ガットはなにも叩くことがなく、空振りに終わった。

シャトルが無慈悲にコートを転がる。

「トゥー・ラブ！」

再びの歓声。

すごーい！　と誰かが声を上げている。

小余綾詩凪は、強かった。

いつだって、陽向にいる彼女は、ぎらぎらと眩しく僕の身体を灼いていく。

酸素を奪って、潤《うるお》いを蒸発させて、お前にはなにもないのだと、そう告げて嘲笑《あざわら》う。

それでも、勝負はまだ続く。豪快なストロークを追いかけて、僕は走る。途中、どうにか一点を取り返すが、続くラリーに一瞬の隙《すき》でも見せてしまえば、一撃必殺のスマッシュが鋭い破裂音となって僕に襲い掛かってくる。連取などさせてもらえない。

「サービスオーバー、フォー・ワン！」

シャトルを拾い上げながら、ネットの向こうを見遣る。手の甲で、額の汗を拭った。

大勢の人たちが小余綾を応援し、歓声を上げている。本当に彼女は物語の主人公に相応しい。それに対して、自分はどうだろう。この脆弱《ぜいじゃく》な身体は何度もコートを駆け抜けて、既に息が上がっていた。まだ一点しか取れていない。勝てるわけがないのだ。日陰に生きる人間に、活躍の機会なんて、あるはずがない——。

いつだって、僕は——。

いけない。諦めていた。そっとかぶりを振って、息を整える。

本当に、自分は嫌われる人間だと思う。こんなふうに、すぐに諦めて。だからこそ、主人公になり得ないのだろう。

だって、物語の主人公は、いつだって諦めずに前へ進んでいく。

僕には、それが真似できない。

どうしても、真似、できない。

駆け出す。

小余綾の放つ鮮烈なストロークを、辛うじて打ち返す。シャトルは高い位置へと舞い上がる。彼女の身体が虚空へ躍り出て、それを弾《はじ》き返す。鋭く刺さるような一撃を、ほとんど条件反射でカット。突き返されるようにして、シャトルが相手ネット際へと墜落する。

「サービスオーバー。トゥー・セブン!」

辛うじて、得点。これで、五点差だ。

しかし、安堵する暇もない。ネットの向こう、どこか優雅にすら感じられる微笑を浮かべて、小余綾は僕を見つめていた。こちらがサーブを放つと、二度の打ち合いのあと、彼女はふぅと唇から息を放ち、中空へ舞い躍り出る。次の瞬間には、再び風の破裂音。バド部部員も顔負けのジャンピングスマッシュを速攻で決められていた。

「サービスオーバー。エイト・トゥー」

バドミントンをやったことがなかっただって?

嘘を吐くのも大概にしろよ。

駆ける。走る。追いかける。ラケットを振るう。遮る。打ち返す。追いつかない。打ち返す、届かない……。息を切らし、前へ前へと身体を動かしながら、ラリーを続ける。歓声。声援。ぎらぎらとした煌めきに、身体が焦がされていく。

子供の頃から、なにも持っていなかった。

小学生のとき、背はいちばん低くて、整列をさせられると、自分だけが手を腰に当てる恰好を取っていた。どうして、僕だけがみんなとは違うことをさせられているのだろう。

先生の目が離れると、クラスのみんなは後ろの方で楽しそうに会話をはじめる。けれど僕はいちばん前で、ならえの姿勢を維持しなくてはならない。だから会話に交ざれず、陽向の輪に加わることのできない呪詛《じゅそ》を、そのときからこの身に刻まれたような気がする。

なにかを持っている誰かが、常に羨ましい。その人の周りには、自然と人が集まる。人気のゲームや漫画、あるいは大きな声で快活におしゃべりをする方法とか、他人の顔色を窺わなくても人と会話ができる術《すべ》だとか、道具なんて持ち合わせなくても絶対的に人を惹き付けてしまう器量の良さだとか——。人の輪を自分の周りに作るための術を持っている人たちが、羨ましくてたまらなかった。

駆けても、駆けても。

追っても、追っても。

ラケットを何度閃《ひらめ》かせたところで——。

僕は常に、日陰の人間だった。

父親の書斎にある小難しい小説を読み耽るような、奇妙な子供だった。クラスのみんながテレビの話題で盛り上がる中で、僕はパソコンを話し相手に使った。知らないこと、わからないことを、検索エンジンのフォームに打ち込んでいく。みんなが友達に、昨日のどうだったよ、マジすごくなかった？　なんて声を掛けるのと同じように、僕は検索エンジンのフォームに言葉を入力する。わからないこと、知らないこと、読めない文字、なんでも知ることができた。小説を書き始めたのは、小学四年生のときからだった。

今でも、後悔している。

小説なんて書いている暇があったら、声を掛ければよかった。

仲間に入れてほしい。僕のことも、君たちのいる、あのぎらぎらとした陽向の世界へ連れていってくれないだろうか。そこで一緒に、遊ばせてもらえないだろうか——。けれどそれと同時に、日陰で生きることを運命付けられた僕は、その眩しい世界の陽を浴びている最中でも、きっと小説のことを考えてしまうのではないだろうかと思う。

どうして、小説なんてものを書いてしまったんだろう。いったいなんのために——。

きっともう、僕は永遠にそこへ脚を踏み入れることができないのだろう。人の世界に恋い焦がれる吸血鬼の物語のように。

違う種類の人間として、生まれついてしまったから——。

「——先輩っ、頑張ってください！」

視界の外から、跳ね上がるような声が響いて、耳朶を打つ。

相手の一撃を打ち返すべく突き出したラケットは、空を斬《き》った。

シャトルが後方で墜落し、小余綾の得点が加算される。

僕は声のした方へ眼を向けた。

成瀬さんだった。

僕の方を見ている。

「イレブン・フォー。インターバル！」

僕は汗を拭うため、コートの外へ向かう。と、立ち上がった成瀬さんが近付いてきた。

「先輩、大丈夫です。まだ勝てますよ」

そう言って差し出してくるスポーツドリンクを、僕は条件反射的に受け取っていた。

「いや、どうだろ。あいつ強すぎるだろ……。というか、なんで僕の応援？」

「わたしだけじゃないですよ」

そう言って、成瀬さんは振り返った。

後ろにいる九ノ里と眼が合う。相変わらず無表情の彼は頷くだけだった。

「ええと、ありがとう……」

僅かばかり喉を潤して、ペットボトルを突き返す。

彼女はそれを両手で受け取った。

「あの……。わたし、二人の勝負のことは、よくわからないんですけれど……」成瀬さんは、ペットボトルに視線を落として言った。「最初は、わたしの小説の主人公のことで、勝負をするんだと思っていました。けれど、たぶん、違うんですよね……」

「ええと、まぁ……」

うまく説明できず、僕は頭を掻いた。

「それでも――」成瀬さんは、ぐっと顔を上げて、僕のことを見詰める。はらりと、彼女の前髪が跳ねて動いた。「わたし、部誌に載っている先輩の小説、全部読みました」

どこか真摯な眼差しで、成瀬さんが訴えてくる。

「わたし、感情移入をするなら……、先輩が主人公の物語がいい。そう思ったんです」

どこか啞然とした思いで、僕はその言葉の意味を摑もうとする——。

「ほら、時間だから戻ってー。大会だと失格だぞうー」

けれど、しっしと手を振るう古宮部長に急《せ》かされてしまった。

僕らは再び、コートに立つ。

小余綾詩凪は、余裕たっぷりの、どこか涼しげな姿で佇んでいた。

僕が主人公の物語——。

深く、息を吐いて漏らす。

僕に、物語なんてない。誰も僕を主人公にした話なんて書きたがらないし、読みたがらない。編集者だったら絶対に止めるだろう。小説の教本だったら悪例として掲載されてしまうだろう。どこにでもいて、空っぽで、物語が進みようなく停滞していて、日陰を生きるような、そんなありふれた、ちっぽけな人間だから——。

ネットの向こう側は、ひどく眩しい。

人に愛され、読者から憧れと共感を得られる世界。

けれど、たとえ、そこにいることが赦されなくても——。

僕は、僕なのだ——。

ここに、生きているのだ。

駆ける。走る。打つ。返す。追う。放つ——。

息を切らしながら、身体を跳ねさせながら、シャトルを追いながら。

得点され、得点され、それでもストロークを打ち込んで、加点を奪う。

物語の、主人公。

できることなら、そうなりたかった。

それでも、それは赦されなかった。嫌われたら、おしまいだ。失敗したら、終わりなのだ。読み手のページを捲る手が離れてしまったら、物語は終わってしまう。部数が伸びず、倉庫に仕舞われ、誰からも読まれなくなるだけ。それは社会や世界に受け入れられてもらえないことによく似ていた。叩かれ、罵られ、嫌悪され、理解されなくて、だから爪《つま》弾《はじ》きにされるのと同じなのだと思った。

「けれど……。僕だって、生きているんだ……」

失敗したって、いいじゃないか。情けなくたって、いいだろう？

苦しんで、辛くて、悲しくて、いいことなんてなにも持っていないけれど。

読者の憧れになんてなり得ない、根性なしのウジウジした人間かもしれないけれど。

それでも、精一杯に生きているんだ――。

どうして、駄目なんだよ。どうして、物語の主人公になっちゃいけない？　お前は不要なのだ不快なのだと、どうして切り棄てられなければならない？

悔しかった。苦しかった。悲しかった。

怒りが満ちていた。

「お前は、絶対に失敗しないのかよッ……！」

叫んで、ラケットを振るう。

「お前は、人の気持ちが完全に理解できるのかよッ……！」

叫んで、シャトルを叩き落とす。

「お前は、後悔なんてしたことないのかよッ……！」

コートを駆けて、シューズを鳴らして、呼吸するように、悲鳴を轟かせる。

「最初から、そんなふうに、完璧《かんぺき》でっ、完全な人間なんてっ、いるのかよッ……！」

怒りは誰に対するものだったのだろう。陽向の向こうで僕を圧倒する彼女だろうか。それとも、僕の物語が綴る主人公に嫌悪感を抱く読者たちにだろうか。わからない。それでも、僕は叫んでいた。言葉にはなっていなかったかもしれない。それでも叫ばずにはいられなかった。

なにも持たない主人公がいたって、いいじゃないか――。

「悔しかったら、あなたが証明してみせなさいよッ！」

ネットの向こうで小余綾の身体が躍る。

その言葉は、けれど、小余綾詩凪が発したものではない。

まるで、小説を綴るときのようだった。生み出したキャラクターが自然と言葉を口にして会話を続けるように、僕の中に築かれた小余綾詩凪というキャラクターが、僕を圧倒しながら、そう罵ってくる。

悔しかったら、あなたが証明してみなさい。

あなたの物語で、あなたの綴る物語で、それを証明してみせてよ！

「やってきたさっ！」

今まで、精一杯やってきたんだ！

何度も何度もやって！　それでも駄目だったんだ！　それでも嫌われてきたんだ！

「もう失敗なんて、したくないんだよッ！」

コートを駆ける。シャトルを叩き付ける。

「違う。あなたは、あなたのことが嫌いになってしまっただけ。誰かに嫌われるのは、とてもつらいもの。だから、自分で自分を嫌おうとしている。だから——」


だから、書くことをやめてしまっている！


ネットの向こうで、小余綾の身体が跳躍する。

強烈なジャンピングスマッシュ。

けれど、僕は呻きながら、苦しみながら、泣きながら。

予測したその軌道でラケットを打ち振るう。

ガットに衝突したシャトルが、小余綾のコートへと跳ね返り——。

油断していた彼女は、それを追うことがかなわなかったのだろう。

「サービスオーバー、シックスティーン・セブンティーン」

気が付けば、接戦となっていた。

その盛り上がりを表現するかのように、大勢の歓声がどっと上がっている。小余綾を応援する女子たちの黄色い声音と、そして僕の耳に届くのは、たぶん、成瀬さんの声援だ。その声が耳に届くと、まるで僕まで眩しい陽向に包まれているかのような、そんな優しい錯覚を抱いてしまう。

荒々しく息をついて、小余綾が手の甲で汗を拭う。

「なかなか、やるじゃないの」

「当たり前だろ」こちらも、ぜえぜえと息を漏らしながら、答える。「素人に負けてたまるかってんだよ」

「一年でやめたくせに」

そう言って、小余綾はくすりと笑う。

「けれど、やっぱり勝負はこうじゃなきゃね」

「ああ、燃えてきた。絶対勝つ」

「言うじゃない。なら、負けた方は勝者にケーキをご馳走するのも追加としましょう」

「おう、望むところだ」

小余綾が放ったシャトルを受け取り、コートを下がる。

身体が熱い。呼吸は荒く、普段使っていない筋肉が活発に反応しているのを感じる。屋内なのだから太陽なんて遮られているはずなのに、ぎらぎらとした眩しい陽が降り注ぐのを感じていた。こうなったら、なにがなんでも勝ってやる。乾いた唇が、獰猛《どうもう》な獣のように笑みのかたちを浮かべるのを感覚する。ネットの向こうでラケットを構える小余綾は、どこか余裕たっぷりといった表情で、くすりと笑っていた。

＊

風が心地いい。

息の上がった身体を休めるため、僕は体育館の外、水道近くのステップに腰掛けていた。成瀬さんが差し出してくれたタオルで額を拭って、深く息を漏らす。勝負は接戦だった。小余綾のストロークは力強く正確だったが、しかし、そのパターンはある程度決まったものだった。後半、僕が挽回することができたのは、それが理由だろう。

「先輩、おめでとうございます。勝っちゃいましたね」

成瀬さんが、屈み込んで僕の顔を覗き込んでくる。

「勝っちゃいましたねって、なんか意外そうに言うね……」

「え、あ、そういうつもりじゃなくて」

慌てふためく彼女の様子が面白くて、僕はぷっと吹き出した。

すると、体育館の入り口から、運動着姿の小余綾が姿を現した。長い黒髪は未だシュシュで括られ、ポニーになっている。その髪を揺らしながら、華奢で美しい身体が水道のところまで歩んでいくのを、僕はぼんやりと見つめる。

彼女はそこで顔を洗った。蛇口から飛び出す水が、きらきらとした水滴となり、小余綾の紅潮した頬と垂れた髪を飾っていく。彼女は顔を上げて、心地よさそうに伸びをした。

「うーん、気持ち良かった。やっぱり思いっきり運動するのって、人間の身体には必要なことよね」

肩に掛けたタオルで頬を拭いながら、こちらへと歩んでくる。

「僅差《きんさ》でしたね、先輩」

成瀬さんの言葉に、小余綾は微笑んだ。

「そうね。けれど、体力が持たなかったのよね。この人、見かけ以上にタフなんだもの」

視線で、じろりと示される。

「まぁ、バイトで鍛《きた》えているからな。君よりは体力あるだろ」

「けれど、楽しかった」

にこやかに、小余綾は笑った。

前髪に、未だ雫が付いていて、それがきらきらと光っている。

その頬の透明感に、惹かれてしまったのだろうか——。

僕は、暫く彼女の笑顔に見とれていた。

小余綾が、隣に腰を下ろす。僕ははっとして、言葉を探した。

「ええと、楽しかったって……。負けたのにか?」

「ええ。楽しかった」彼女は、深い色の青空を見つめていた。「あなたはどう?」

「まぁ……」思い返しながら、ふっと笑う。「楽しかったよ」

後半、僅差で点数を追い抜き、そして追い抜かれて。

勝負のことなんて、忘れるくらいには、楽しいひとときだった。

きらきらとした、時間だったと思う。

「わたしも、凄く楽しかった。こんなに楽しくて、こんなに心地よいのは久しぶり。あなたの言葉がなければ、こんな経験をすることも、できなかった」

それは、とても眩しい笑顔だった。

だから、僕は彼女の顔を直視することができずに、俯いて自分の影を見下ろす。それから、どうしてか、一つの景色を思い返していた。夕陽の差し込んだ部室で、どこか寂しそうにテーブルへ視線を落としながら、煌めきの世界に想いを馳せていた小余綾詩凪の表情を。そっと伏せられた、長い睫毛の美しさを。

成瀬さんは僕に訊いた。取材が役に立たないのなら、どうして小余綾を誘ったりしたのかと。気恥ずかしくて、答えることができそうにないけれど、単純なことだよ。僕は九ノ里に誘われたとき、嬉しかったんだ。楽しかったんだ。だから、あのきらきらとした経験を、彼女にも分けてあげたいと、そう思ったんだ。

もしかしたら。

陽向の世界。

そこで生きる彼女にも、眩しさへの憧れが、あるものなのかもしれないって——。

「一緒に取材をしようって言ってくれたとき……。わたし、嬉しかった。誘ってもらえて、とても嬉しかった」

言葉に、はっと顔を上げる。

静かに顔を傾けて、僕の眼を覗き込むようにしながら、彼女が告げる。

「わたしは……。こんな大切なものをくれるあなたの中に、物語がないなんて思わない」

そう告げる小余綾は、大切な言葉をしっかりと届けようとするかのように、微かに僕の方へと身を乗り出してくる。互いの距離が近付いて、汗にまみれた彼女の体軀の鼓動が、鋭敏に感じ取れるような錯覚を抱く。僕は運動による発汗とは別の要因で、自分の頰が熱くなっていくのを感じる。小余綾詩凪のピンクの唇が、優しげに笑った。

「だから、わたしはあなたの物語を読みたいの——」

それから、わたしを誘ってくれて、ありがとう。

僕は息を止めて、視線を落とす。

どんな人の中にも、物語はある。そうであってほしいと、成瀬さんはそう言っていた。

僕は僕が嫌いだ。こんなにも卑屈で、失敗ばかりで、いつまで経っても成長なんてしない、空っぽの自分が大嫌いだ。自分で自分を嫌いなのだから、読者が僕の書く人間を嫌いになるのは、やっぱり当然のことなのだろう。

きっと楽なんだろうな。逃げるようにして、忘れるようにして。誰もが憧れる人間を、誰もが好きになれるような人間を書いて夢想することは、楽なんだろう。

けれど、だからこそ僕は、僕という人間から逃げるべきではないのかもしれない。

僕は僕を書き続けなくてはならない。

僕の中にも物語があるというのなら。

ただいっときだけでいい、物語を牽引《けんいん》する役目を担っても良いというのなら――。

僕はおもむろに立ち上がり、不思議そうにこちらを見上げる小余綾へと告げる。

「主人公の変更はなしだ。勘違いするなよ。ケーキだけで勘弁してやるってことだ」

小余綾詩凪は、どこか優しげに微笑んで、それから、くすりと頷いた。

きっと、僕は帰ってすぐ、父が仕事で使っていたデスクに向き直り、真っ白な画面を相手に何時間も睨めっこを続けて、このどうしようもない主人公について考えるのだろう。

この主人公は、無神経で、臆病《おくびょう》で、人の気持ちがわからなくて、失敗ばかりしてしまって。

とても自分によく似た、僕にしか書けない主人公だ。

もし、この物語を求めている人がどこかにいるのだとしたら。

その人たちは、僕やこの主人公と同じように、きっと涙を堪え、歯を食いしばって、それでも日々を必死に生きているのだろう。

誰の中にも物語はある。

たとえ空っぽでも、僕は書かなくてはならない。この胸から沸き立つ涙でペン先を浸し、物語を綴ろう。それがどんなに醜くても、この身から溢れるものがある限り、書き続けることはできるのだから。

強くなくてもいい。

失敗しても、嫌われても、挫折を繰り返してしまっても。

君は、主人公になってもいいのだと、ページを捲る誰かへ、そう伝えるために。

第四話　物語の断絶

開いた網戸から、虫の声が意識へと入り込んでくる。

キーボードを叩くことをやめて、椅子に深く埋もれた。六月の気だるい暑さに、額から汗が伝い落ちてくる。時計を見ると二十二時近く。二時間ほど集中して書いていたことになる。椅子から立ち上がり、書くべき物語の続きを思索しながら、風呂場を洗った。母は仕事で明日に帰るというから、風呂を使うのは僕だけになる。水もガスも勿体《もったい》ないが、僕にとっての風呂場は、どういうわけかインスピレーションの宝庫だ。身体を洗いながら、ひたすら小説に関して想いを馳せていると、ときどき考えもしていなかった展開だったり、胸を打つような台詞がふっと湧き出てくることがある。

現在、取り組んでいるのは第三話の半ばであり、主人公が推理のための重要な手がかりを得て、そこからの判断に悩み苦しむという、第三話の佳境とも言えるシーンだった。

久しぶりにやったバドミントンの経験はうまく活きたと思う。読んだらきっと彼女も驚いてくれるだろう。けれどここから先の展開が少し難しい。うまく書かないと、登場人物たちの苦悩を読者へ満足に伝えられない気がする。もっとうまいやり方、良い台詞があるはずで、僕はそれを見付け出さなくてはならない。

中間試験があったため、僕らの作業は互いに少しばかり停滞していた。それでも、出版社側の計画は遅滞することなく動いている。先日の打ち合わせで、河埜さんは重要事項を僕らに伝えてきた。彼女の所属する部署がかねてから進めてきた、文庫新レーベルの立ち上げ企画――。その第三弾刊行の枠に、僕らの作品を投入したい、ということだった。

「発売月と校正の期間を考えると、あなたたちが期末試験に入る七月頭までに、入稿を終える必要があると思う。スケジュール面としてはとても厳しいと思うけれど、わたしは、二人に是非挑戦してみてもらいたいと思っているの」

河埜さん曰《いわ》く、第二話まで書き上げた際の、僕の執筆速度が思いのほか速かったのだという。それで急遽《きゅうきょ》、部長に頼み込んで枠を抑えてもらったらしい。

新レーベルの第三弾となれば、話題性も充分で、部数も充分に確保できる。

確かに、これ以上のチャンスはないだろう。

無茶なスケジュールではあるが、僕も小余綾《こゆるぎ》も迷うことなく承諾した。しかし、僕は渡されたその新レーベルの企画書に眼を通し、意外に思ったことを小余綾に訊ねた。

「基本的に、全ての刊行作品はシリーズものになる、って書いてあるけれど……。僕らの作品も、シリーズにするのか？」

同じく企画書に眼を通していた小余綾は、顔を上げずに頷く。

「ええ。それは初めから、河埜さんから頼まれたことだったの。そろそろ、不動詩凪《ふどうしいな》が書くシリーズ作品を読んでみたいって、そう言ってもらえて」

「千谷《ちたに》くんもそうだけれど、詩凪ちゃん、いつも作品を単刊で終わらせてしまうから」

なるほど、と内心で頷く。僕も不動詩凪も、いわゆるシリーズものを書かずに、作品は単独で完結させてしまう。以前にも、仕事の合間に似たような話をしたことがあった。今の時代、読者は単独作品よりシリーズものを求める傾向が強い。君は、どうしてシリーズものを書かないいんだ。僕の質問に、そのとき小余綾は肩を竦めてあっけらかんと応えた。

「だって、一つの物語として終わらせて、登場人物が幸せになるように書いているのよ。それ以上続けても仕方ないじゃない」

蛇足《だそく》にしかならない、ということなのだろう。そのスタンスはどこか僕に似ていて、奇妙な親近感が湧いたのを憶えている。

「僕は構わないけれど、いいのか？」

問うと、小余綾は企画書に眼を落としながら頷いた。

「そうね。今回は、わたしの物語がこうしてかたちになっていく度に、登場人物に対して少しずつ愛着が湧いてきて……。それが繰り返されていくのなら、シリーズとして続けていくのも、悪くないかもしれないって思っているところ」

そこで、彼女は顔を上げた。傍らの僕を見遣り、くすっと笑って問うてくる。

「ねぇ、あなたはシリーズものを書いたりしないの？」

「僕は――」

風呂を沸かして部屋に戻ると、仕事机の上に置きっ放しにしていた携帯電話が鳴っていた。訝《いぶか》しんで、表示を見る。小余綾詩凪、と書かれていた。

息が止まりそうだった。彼女から電話が掛かってきたことは、これまでに一度もない。小説の内容に関して、僕の方から質問のために電話することはよくあるのだが——。

「もしもし」

怖々と、電話に出てみる。

『千谷くん？』

どこか弾んだような声音が、電波に乗って届く。彼女は言葉を続けた。

『あのねあのね、四話ができたのよ！』

「はぁ」

高く、柔らかく、羽毛がふわりと舞うような声音だった。

いつもの、どこか冷たく他者を小馬鹿にしたような高慢な調子は微塵もない。

電波に乗ると、人の声はここまで優しく可愛らしくなるのだろうか？

『今回は傑作よ、自分で言うのもなんだけれど本当にすごいの！　ああ、ほんとうに悩んだかいがあった……。あ、それでね、今から、そっちへ行くから』

矢継ぎ早に話す声音を、僕は暫し呆然としながら聞いていた。

「今からって……。えっと、もう夜ですよ？」

『早く話したいの。わたしがわざわざ出向いてあげるのよ、もっと嬉しそうな声を出しなさいよ。あ、駅まで迎えに来ること、それじゃあね』

問答無用で、通話は途切れた。

「マジかよ……」

こちらの最寄り駅まで来るということなのだろうか。既に遅い時間だ。すると、時刻を示す数字四桁《けた》だけが記されたメールを受信する。あと三十分ほどで駅に着くようだった。

中間試験では、小余綾は転入生でありながら見事に学年一位の座に就き、クラスメイトたちに持て囃されていたようだ。その試験勉強が影響したのかどうかは不明だが、彼女は第四話のプロットに苦戦していたようで、昨日も文芸部の部室で頭を抱えていた。声を掛けるとまるで猛獣が唸るように睨み付けてくるものだから、相談に乗ってやることもできない。たぶん、その問題が解決したので、彼女は上機嫌だったのだ。今すぐ、できたての物語を聞かせたいくらいに――。その気持ちは僕もよくわかる。小説を書き上げた直後は、すぐにでも誰かに読んでもらって、感想を聞きたくなる。高慢で冷淡な売れっ子作家であっても、そういうところは、なんだかちょっと可愛らしく感じてしまう。

と、いつの間にか外で轟々《ごうごう》と音が鳴り響いていることに気が付いた。雷だった。網戸から風に乗って、雨が吹き込んでくる。外は一気に土砂降りと化していた。慌てて戸締まりをして、傘を二つ持ちマンションを出る。ここ数日は天候が酷く崩れやすく、豪雨のような通り雨が多かった。おかげで夏に入ったことを強く実感できるのだが、はたして、小余綾は傘を持って家を出たのだろうか――。

結果として――。

駅の改札前で佇んでいる小余綾詩凪は、ずぶ濡《ぬ》れだった。

服装は、夏らしい薄手のシャツブラウスに、総花柄の涼しげなミニスカート。しかし、頭に被ったいつもの白いキャスケットは水を吸って重たく変色しているのがわかる。激しい横殴りの雨に打たれてスカートは濡れそぼち、覗く白い腿にはまるで絞りたての果実のように水滴が張り付いていた。そしてブラウスはといえば、水を吸って柔らかな肌がたっぷりと透けており、内に着ているキャミソールの線がありありと浮き出ている。細かい雨粒で飾られた大きな黒縁眼鏡の向こうで、小余綾は不機嫌そうに僕をじろりと睨んだ。

「変なところ見ないで」

帽子から零れた髪の房が、濡れて頬に張り付いている。

彼女は身体を掻き抱いて、震えていた。

「いや、ええと……。大丈夫か？」

「大丈夫」小余綾は眼を落として言った。「早く、どこかのお店に入りましょう」

「そうは言うけれど……」

どこをどう見ても、びしょ濡れだ。その状態で電車の中のエアコンに当たったのだろう。ひどく寒そうだった。

「笑いたければ、笑えばいいでしょう」

小余綾は、あまりにも頼りない小さなハンカチで身体を拭《ふ》いている。

どこかの店に入っても、きっとエアコンが効いているだろう。逆効果だ。

暫し、逡巡《しゅんじゅん》した。すぐに決断を下せないのは、我ながら優柔不断で情けないと思う。

改札前は混み合っており、同じようにずぶ濡れになっている人たちが溜息をつきながら歩いている。駅のロータリーは、迎えの車でいっぱいだった。

仕方ない。酷く嫌悪される未来しか想像できなかったが、それでも、風邪を引かれてはたまらない。

「うちに行くぞ」

手にした傘を突き出しながら言う。

「うち？」

どこか覇気なく、小余綾が問い返してくる。顔色も、あまりよくない。

「十分もかからない。風呂に入れ。風邪ひくぞ」

小余綾は、奇妙な話だが、段ボール箱に入れられた捨て猫のような眼で僕を見ていた。実際のところ、そんな猫と遭遇した経験はないので、彼女の表情を見てただそう連想しただけにすぎない。意外にも文句を言うことなく、小余綾は力ない手で、僕が突き出した傘を受け取った。

＊

玄関で立ち尽くしている彼女に、バスタオルを放る。

「とりあえず、脚だけでも拭いてから入ってくれ」

「お邪魔、します……」

小余綾は、どこか途方にくれたように呟いた。

彼女が屈んで脚を拭うと、濡れて透き通った肩の滑《なめ》らかな丸みが、僕の呼吸を熱くさせる。慌てて視線を背け、深呼吸をした。

彼女を連れて、浴室まで案内する——。そこで思い至ったことがあり、方向転換する。

「その前に、妹の部屋だ」

「どうして？」

「着替えが必要だろ。それでもって、その、なんだ……。君が風呂に入っているところへ、脱衣所に着替えを持って行くのは、その……。つまり、面倒だろ」

辿々しく言うと、小余綾は小さく鼻を鳴らした。笑ったのかもしれない。彼女は僕の後ろにいるので、表情はわからなかった。

「先に着替えを、その、選んでくれ」

妹の部屋を開けて、電灯を点ける。ほとんど使われることのない部屋だが、殺風景というほどではない。小学校時代の、まだまだ活動的だった頃の彼女の思い出の品が、勉強机だったり、ベッドだったりを彩っている。僕は衣装箪笥《だんす》を示して言った。

「そっちは外出着だから、たぶん、丁度よいものがあると思う。パジャマとか部屋着の類は病院に持って行っちまってるか、洗濯機の中でさ」

「けれど、妹さんのなんて、なんだか悪いわ」

「なら、僕の服にするか」

「それは死んでも嫌」

真顔で即答だった。

「なら、妹の服にしてくれ。あんまり着てない奴もあるし、新品同然だよ。不動詩凪が着てくれるんだから、雛子だって大喜びさ、たぶん」

母の服を貸すという手もあるのだろうが、それだと母に知られてしまう可能性が高く、厄介な事態が想像できた。

「僕の部屋はあそこだから、なにかあったら呼んでくれ。ちゃんとあったまれよ」

着替えの服を抱えた小余綾を脱衣所へと押し込んで、僕はキッチンへ向かう。牛乳を注いで、それをごくごくと喉に流し込んだ。いやな汗を至るところにかいている。

深く息を吐き出す。

自分の家に、まったくの他人がいるという状況が、極めて異例だ。

しかも、その相手は恐ろしく美人で可愛らしい、同年代の少女だ。それに加えて——。

風呂場の扉が開く音が鳴る。暫しの沈黙を挟んで、プラスチックの桶《おけ》がお湯を流す音が響いた。僕は牛乳のコップを片手に、瞼を閉ざす。まさか、こんなところで小説家としての才能が、僕の脳で鮮明な映像を結ぼうとは誰に予想できただろう。耳に届く音だけで、その景色はありありと脳裏に浮かんでいた。どこか途方に暮れた表情で、そっと浴室に入り込む小余綾の白い裸身。長い黒髪はシュシュで纏め上げて、濡れたうなじが覗いている。彼女は僅かな躊躇いのあと、プラスチックの桶を手に取る。そうして前屈《まえかが》みになることで、露わになった鎖骨の下、柔らかな質量が僅かにかたちを変化させ——。

僕はかぶりを振って、自室に戻る。椅子に座って、暫し瞑目《めいもく》した。仕事だ。仕事をしなくては。余計なことを考えては駄目だ。収まれ。

だが、お湯の流れる音が耳に届くと、やはり想像してしまう。その湯は、彼女の身体のどの部分を熱く撫で上げていったのだろう——。浴槽へと、脚を抱えるようにして入って、きちんと彼女は肩まで浸《つ》かるのだろうか。ゆらゆら動くお湯の水面が、彼女の乳房の麓《ふもと》の辺りを、擽るように漂っている……。

「僕、官能作家になれるんじゃないか?」

気分を変えるために独り言を呟き、一人で笑う。そうでもしなければ、もう、収まってくれない。

ひたすらに、小説を書いた。集中はできなかったが、意識を誤魔化すためにも、前進するしかない。自分の文章がひどく拙《つたな》く、台詞に無駄が多いことはすぐに理解できたが、それでもキーボードを叩くことでしか、自分を落ち着かせる術《すべ》を知らなかった。

前へ。前へ。ひたすらに、物語を前へ。

いつの間にか、時間が経っていたのだろう。

不意に扉が開き、僕は椅子から腰を浮かせていた。

小余綾詩凪が、部屋に入ってくる。背の高く、ほっそりとした体躯を包んでいるのは、緑を基調とした花柄のキャミソールだった。肩は剝き出しであり、滑らかな腰と白い臍《へそ》までもが露出している。ショートパンツからは、すらりとした長い脚が伸びていた。彼女は髪をバスタオルで拭きながら、上気した頰で僕を睨み付けた。

「こっち見ないで。仕事してたんでしょう」

僕はぱくぱくと金魚のように口を開閉させていたが、言葉は結局なにも出てこない。慌ててディスプレイに視線を向けて、キーボードに手を乗せた。彼女が隣を過ぎると、ふわりと甘いシャンプーの薫りが鼻を突く。心地よい匂いで、蕩《とろ》けそうだった。普段、自分が使っているのと同じシャンプーのはずなのだが、どうしてこんなに良い匂いと思ってしまうのだろう。小余綾は、僕の真後ろにあるベッドに腰を下ろしたようだった。微かにスプリングが軋む音が伝わる。

「ねぇ、ドライヤーはどこなの？」

「ええと、いや……。確か、そのへんに」

反射的に振り向いて、自分のベッドの傍らを指し示す。

また、呼吸が止まるかと思った。

室内を探っていた小余綾は、身体を捻《ひね》りながら前屈みになっていた。薄手のキャミソールの胸元は空洞となり、自重で存在を強調した思いのほか豊かな白い乳房と、それを覆うレースで縁取ったブラの一端がちらりと覗いていた。キャミの肩紐《かたひも》がずれて、その下のブラジャーの紐が露わになっている。小余綾は僕を鋭く睨み付けると、人差し指を引っかけるようにして肩紐を直しながら言った。

「仕事してて」

「すみません……」

僕はキーボードを叩く。が、綴れる言葉はなにもなかった。かきくけこ、ほげほげもげら。そう意味の無い文字を綴って、キーボードの音を鳴らす。

「と、いうか……。いや、なんだよ、その恰好は」

着ているキャミソールは、たぶん、彼女が元からシャツブラウスの下に身に着けていたものだろう。あの模様、透けて覗いていたのを克明に記憶している。

「暑いんだもの。なにか羽織ると肌に張り付いちゃうし……。お風呂上がりくらいはいいでしょう。あなたがその卑猥な眼で、こっちを振り向かなければなんの問題もないわ」

こちらがなにか言い返す暇もなく、ドライヤーの轟々という音が鳴り出す。

まったくもって、どういうことだろう。お風呂上がりの薄着の女の子が、すぐ後ろで髪を乾かしている。ラノベか？　現実が書けていなさすぎる。神様はリアリティというものを勉強するべきだろう。あるいは僕の物語を綴る神の日常では、自分の傍らで半裸の美少女が髪を乾かすことなんて日常茶飯事なのかもしれなかった。おのれ神。

デリートキーを連打し、ドライヤーの雑音を耳にしながら、なんとか台詞を書き込んでいく。ドライヤーの音は、幸いなことに僕の煩悩を擽ることはしなかった。衣擦《きぬず》れの音や微かな息遣いなど、そういったものが聞こえてくるよりぜんぜん健康的な駆動音だった。

「ねぇ、リビングの椅子、持ってきていい？」

少しは集中できていたのだろう。やがてドライヤーの音が途切れて暫く。

クライマックスが近付いてきていた物語の手を止めて、僕は振り返らずに問い返した。

「椅子って……。なにに使うんだよ」

「見張るの」

止める暇もなく、小余綾はリビングから椅子を運んできた。彼女が僕の隣を過ぎる度に、甘い薫りが心臓の鼓動を急かしていく。彼女は椅子を、僕の腰掛ける椅子の傍らに置いた。そこに腰掛け、デスクへと身を乗り出してくる。ディスプレイの物語を、じっと覗き込むようにして。僕は緊張に喉を鳴らし、ちらりと片眼《かため》で小余綾を見遣った。小余綾の上気した柔らかな頬の輪郭が、視界の端にある。

「すごい」

彼女は小さくそう呟いた。

「もうクライマックスまで進んでるじゃない」

「ま、まぁな……」

ちらちらと、彼女の様子を探る。小余綾は熱心に、画面に映し出されている文章を眼で追っていた。文庫体裁に近い文字組みで表示しているので、二ページ分だ。書かれていない空白があるので、実際には一ページと半分くらい。微かに身を乗り出し、前屈みになりながら、彼女は物語を追っていく。僕は喉を鳴らし、白い鎖骨とその下の柔らかなふくらみが生み出す魅惑の谷を眺めていた。甘い匂いに、鼓動は破裂寸前だった。

「手を動かして」

じろりと睨まれ、僕は肝が冷えるのを感じていた。嫌悪されたかもしれない。

なんとかキーボードに手を添えるが、頭の中は真っ白だった。

これはいったい、どんな拷問だろう。

「ほら、続き。書きなさいよ」

「そう言われても、集中、できないだろ……」

「気にしないで。見ているだけだから」

いつかと同じ言葉を口にして、彼女はデスクに頬杖を突いた。小余綾は、まるで勉強を教える家庭教師かなにかのようにして、じっと僕の作業を見守っている。

「早くしなさいよ。いいところじゃない」

そう不服げに呟く唇は、健康そうにピンクに色付いていた。

それを見て、どこか胸の奥が安堵する。

びしょ濡れだった彼女の唇は、今にも倒れてしまいそうなほど、青ざめていたから。

「具合は、大丈夫か」

「お陰様《かげさま》でね」

小余綾は、どうしてそんなことを訊くのか、というふうに顔を傾げていたが、やがて気まずそうに瞼を伏せた。

「助かったわ。本当は寒くて仕方なかったから。本当に、その——」

「風邪を引かれたら、困るからな」僕は画面に視線を戻して言う。「その……、作品の完成が、遅れるし。締め切りが、近いから」

小さく、彼女が鼻を鳴らす。

「そうね」

その言葉を合図にするように、僕はキーボードを叩く。しかし、隣に彼女がいるという緊張はなかなか拭えず、思うように文章が出てこないのは相変わらずだった。

「行き詰まってるの？」

「まぁ……」

半分は小余綾のせいではあるが、思うように進まないのは事実だった。

「ここは……。静かに溜めた方がいいと思う」

ふと、小余綾が言った。彼女が手を差し伸べて、ディスプレイの台詞の一つを示す。

「もしよかったら、とりあえず、これを削ってみて。それから、静けさを蓄える」

「静けさを、蓄える？」

「ここは、荒々しい感情の爆発が、みんなの心を揺さぶるところ。けれど、その嵐《あらし》のような想いを直接に書いてしまっては駄目なんだと思う。静かに、静かに、ぞっとするくらい空気を冷たくして、心理描写を淡々と連ねていく。改行を抑えて、時間の流れを遅くして、主人公が意識する匂いや音から、五感と記憶を辿って……。静けさを、限界まで蓄えるの。わかる？」

　そう告げる小余綾の、真摯に小説に向き合った眼差しが、僕を射貫《いぬ》いている。

「わかる、と思うけれど……。できるかな」

「大丈夫。あなたは得意だと思う」

　いつの間にか、キーボードを叩いていた。打鍵《だけん》の音を意識することすらなく、僕は文章を綴る。物語の世界を想像した。その場の空気の冷たさと匂い。張り詰めた感情が叫びそうになる、その一歩手前の静寂を、静かに、静かに……。

「そこで、爆発する」

　小余綾の言葉は、ほとんど耳に届いていなかった。

　その囁きに、従ったわけではない。小余綾も、指示するために囁いたわけではない。

　そこで爆発するのは、ただ必然だったのだ。

　僕は猛烈にキーボードを叩き、台詞を連ねた。登場人物の絶叫が、想いを打ち明ける言葉の痛々しさが、舞台となる体育館の中で鳴り響いている。登場人物の情念が、物語を突き動かしていく。もちろん、不意に文字が止まることもある。けれど、今は傍らに小余綾が居た。

「ここで、彼女はなんて言うだろう」

「あなたはどう思う？」

「もちろん、怒る。けれど、どんな顔で、どんな言葉で怒るだろう」

「嫉妬が強く混じっているはず。女の子だもの。友達をとられるのは、男の子と比べて、ずっとずっと悔しいものよ」

物語は綴られる。加速していく。

「待って、その区切り方はちょっと反対」

「反対って、なにが？」

「台詞で説明しすぎている。そこは沈黙の重苦しさを描いて、すぱっと切った方がいいと思う。その方が次のシーンの冒頭に繋げやすくない？　ほら、そこの言葉が対比になる」

「ああ、なるほど……。けれど、読者が気付いてくれるかな。説明不足にならないか？」

「大丈夫よ。あなたが綴る物語を信じてあげて」

暫し思案し、自分でもそれがベストだと判断してから、キーボードに指を添えた。

言葉を紡いでいく間、小余綾が面白そうに笑った。

「誰かが小説を書いているところを見るのって、初めて」

普通は、そうだろう。僕のように、売れない作家の父親を見て育ったりしない限りは。

「当たり前だけれど、物語って、こんなふうに作られていくのね」

僕は彼女の横顔を見る。

そんな、とても当たり前のことを。

小余綾はどこか大切そうに、あるいは懐かしむように。

とても嬉しそうに語るのだった。

＊

第三話が完成したのは、深夜零時を半ば過ぎた頃だった。

椅子に埋もれて、安堵の吐息を漏らす。今すぐに読みたいと訴える小余綾に応え、原稿を印字するべく、プリンタがぎこちない駆動音を鳴らし続けていた。

と、唐突に重大な事実を思い出し、僕は勢いよく立ち上がる。

「って、おい、零時過ぎてるぞ！」

小余綾詩凪は僕のベッドの上に尊大に寝そべり、本棚から抜き出したらしい漫画に視線を落としていた。ちらりと僕を見上げると、はぁと深く溜息を漏らす。

「なにのんびりしてるんだよ。電車なくなるぞ！」

「そのことなんだけれど……、わたしとしたことが、一生の不覚だったわ」

漫画本から手を離し、額に手を押し当て、小余綾は呻いてみせた。

「とっくに、過ぎてるのよね……。終電」

二人して駅名を時刻表アプリへと入力し、頭を抱える。

「どうするんだよ……」

「どうするって……」小余綾は僕のベッドに転がったまま、顔を顰めた。「この土砂降りの中、女の子をほっぽりだす気？　不本意だけれど、その……。朝まで、泊めてもらえるとありがたいわ。けれど、ご両親に見付かってしまうかしら……」

隠れるつもりなのかよ。青春小説かよ。

「こんな狭いマンションで誤魔化せるわけないだろうが……。けど、まぁ、母さんは今日は帰らないし、親父は地獄で執筆中だから」

「お母様、お仕事はなにをされているの？」

「出版社勤め」

「ああ……」

それだけで、納得したらしい。

本当に、出版社の編集者たちって、いつ家に帰ってるんですかね？　夜中の三時にメールしても速攻で返事来ちゃうしね？

「けれど、母さんが働いているところは文芸じゃないし、僕も名前を聞いたことがない弱小出版社だからな。マイナーすぎてビビるぞ……。というか、君のところはまずくないか？」

どう見ても、小余綾はいいところのお嬢様だ。性格に難はあるが、育ちの良さというのを至るところから感じる。大事な娘が深夜になっても家に帰らないとなれば一大事なのではないだろうか。

「それは大丈夫。わたし、一人暮らしなのよ」

小余綾はさらりとそう返してきた。

「だから、わたしの家のことは気にしなくていいわ」

「一人暮らしって……。すごいな。ラノベかよ」

「人間が書けていませんから」

皮肉の効いたその表現を、彼女は気に入ったのかもしれない。

小余綾はそう言って、くすりと笑った。

＊

「凄くよく書けてるじゃない！　重苦しさの中に、苦々しい切なさが湧き出てきていて、後半になるに連れてそれがよく表現されてる……。わたし、ここの表現が好きなの。ほら、ここよ、見てみて、これ、三話の題材が、とても活きてて――」

意外なことに、小余綾は三話の感想を熱く語ってくれた。普段はメールで素っ気ない返事が返ってくるだけだったので、本当に意外なことだった。この子は、こんなふうに双眸をきらきらと輝かせて、読書の感想を口にするような、そんな子だったのだろうか――。

もちろん、これまでと同様に幾つか修正したいところもあるらしく、それは最終話まで書き終えてから、全体を通して推敲《すいこう》していこうという話になった。河埜さんもよく言っていることだが、まずは最後まで書き進めることが肝心だ。修正の度にいちいち歩を止めて後退していたら、物語は完成しない。

その後は、小余綾が第四話の筋書きを語り、僕がそれを丹念に拾い上げ、プロットとして纏め上げていった。第四話の話をすることが、彼女のそもそもの目的だったのだ。きっと待ちかねていたのだろう。嬉しそうに楽しそうに、そして愛しそうに物語を語る小余綾の声に、僕はずっと耳を傾けていた。

一仕事を終えたあとは、眠らないようにと珈琲を淹《い》れた。それを部屋へ持って行くと、小余綾は本棚の前で四《よ》つん這《ば》いになって、なにかを探しているところだった。サイズの合っていないショートパンツから覗く腿と、もしかしたら、そこはお尻の丸みなのではないでしょうか、という白い輪郭に眼が吸い寄せられ、盛大に珈琲をひっくり返してしまうところだった。自制心をフルに発揮し、零さずちゃぶ台に置く。

「本格モノにサスペンス、ライトノベルにお仕事小説、はては伝奇や怪奇小説まで……。随分といろいろな本があるのね」

小余綾は、ちょこんとお尻を床に接地させ、本棚を見上げる。

「ほ、ほとんど親父の本だけどな。なんでも読んで、なんでも書く人だったから」

「雑学や資料の本も多い。羨ましい本棚ね。あなたは、これを読んで育ったの?」

「まぁ、そうかな。あんまり、子供向けの本とかは読まなかったんだよ」

「なるほどね。うん、なんとなくわかるな」

「なんだよ、それ」

「わかるの。ここにある小説が、あなたをかたち作っている……。それが、よく伝わってくる。ここにある本は、どれもとてもよく愛されているから」

「べつに……。そんなことないだろ」

愛されている。

人から愛される本とは、どんな本を指すのだろう。

小余綾の視線を追って、本棚に視線を向ける。壁一面を覆う、背の高い書架。ここに並んでいる本が、僕という人間をかたち作った。相変わらず、詩的な表現をする人間だな、と感じる。そして僕は、そんな言葉をさらりと使ってしまえる、小余綾詩凪という人間のことが、羨ましくて、妬ましい。

「けれど、ここにない本がある。この部屋に、見当たらない本があるわ」

小余綾は、こちらを振り返って言った。その視線は、不思議とどこか責めるような眼差しだった。僕は居住まいを正し、珈琲のカップに口を付けた。

「なんだよ……」

「あなたの本が、一冊も見当たらない」

いつの間にか、雨は上がっていた。

網戸の向こうから、虫の鳴き声が秘やかに響いている。

部屋の空気は、生ぬるい。

「どうだって、いいだろ。僕の本なんて」

口を付けた珈琲は酷く苦かった。いつも、珈琲を淹れるのには失敗してしまう。何度挑戦しても、美味しい珈琲を淹れることができた試しがない。

書いても書いても、くだらない作品ばかりが、できあがるように。

「駄目よ。自分の本は、まずは自分が愛してあげないと」

「僕は……。駄目なんだよ。自分の本を見ていると……。眼に入ると、苛々《いらいら》するんだ。たくさんのことを思い出して……。失敗ばかりが、頭を過る」

自分の本。自分の作品。その無垢な表紙を見つめる度に、いつも後悔と屈辱が甦った。読者を楽しませることができなかった自分の無力さを痛感し、どうして多くの人たちが駄作だと嗤うような作品を、得意そうな顔をして出版してしまったんだろうと泣き叫びたい衝動に駆られる。摑んで、引き裂いて、叩き付けて、視界の外に追いやりたくなる。

小余綾は、どこか悲しそうな表情を見せた。

「でも、自分を励《はげ》ましてくれるのは、いつだって自分の綴った物語なのよ」

けれど僕は小余綾とは違う。不動詩凪のように、多くの読み手に愛されていない。

「ねぇ、ラブレターって、書いたことある？」

唐突に、そんなことを言われた。僕はどきりとし、眼を瞬かせながら彼女を見返す。

小余綾はちゃぶ台に肘《ひじ》を突いて、書架の方に視線を向けていた。

「たぶん、小説もそれと同じなのよ。溢れる想いが、正確に伝わるように、丁寧に丁寧に綴って、この作品を好きになってもらえるよう、願いと祈りを抱きながら届けるの」

奇妙な言葉だった。けれど僕は視線を落としたまま想像していた。見たこともない室内は小綺麗に整理整頓《せいとん》されており、隅の勉強机へと小余綾詩凪が向かっている。彼女は一枚の便箋《びんせん》の上へと、一所懸命に文字を綴っていた。部屋の明かりは消えていて、勉強机のライトだけが、彼女の頬と手元を照らし出している。彼女は文字を、想いを綴っていく。言葉に乗せて、相手にこの気持ちが届くよう懸命に考えて、物語を創り上げていく……。届かないかもしれないけれど、伝わらないかもしれないけれど、それでも、誰かの胸の奥に響くように——。まだ見ぬ誰かへ、そんなメッセージを込めて祈りながら——。

それが、小説を書くということなのだと、彼女は言う。

「だから、まずは、あなたが、あなたの作品を好きにならないといけないわ」

かつて、僕はどんな願いを託して、物語を綴っていただろう。

その想像を打ち消し、彼女の言葉から逃れるように、ちゃぶ台の珈琲を示した。

「飲んでくれよ。不味《まず》いけれど、眼は醒《さ》めると思う」

小余綾は少しの間、珈琲のカップに視線を落としていた。リラックマの模様を気に入ったのかもしれない。ほんの少し微笑んで、ありがとう、と呟いた。マグカップを両手で包んで、窄《すぼ》めた唇でふぅふぅと冷ましている。

「なぁ、小余綾は、どうして小説を書いているんだ?」

物語を必要としない人——。

どこか夢見るような表情で、書架を見上げながら珈琲を飲んでいる、その美しい横顔にそう訊ねた。彼女はちらりとだけ、僕の方を見遣った。それから視線を落として呟く。

「そうね……。どうしてかしら」

それから、僕のベッドの縁に頭を凭《もた》せかけて、思索に耽るように瞼を閉ざす。

「たぶん……。わたしには、それしかないからだと思う」

「そんなこと、ないだろ」

言うと、小余綾は瞼を開けて、不服げに言った。

「あなたが思うほど、わたしはなんでもできる人間じゃないの」

たとえば、物語を綴るのなら――。彼女はそう続ける。

「小説で、表現する必要だって、本当はないのかもしれないわ。物語は、漫画や映画といった別の表現方法で綴ることだってできる。わたしが、それをしないのは……。やっぱり、単純に、そういった才能がないからなんだと思う。わたしには、言葉を綴ることしかできないのよ。だから、小説を書いているのかもしれない」

「絵が描ければ、漫画家になっていたかもしれないってことか？」

「そうね、そうかもしれない……。小説なんて、文字さえ綴ることができれば、誰にでも書けることだもの……。だから、誰もが物語を綴って、次々に物語が氾濫《はんらん》していく……」

それは、なんだかひどく、小余綾詩凪らしくない言葉だと思った。

僕は、あらゆる面で小説は漫画や映像などの表現媒体に劣っていると考えている。小説は、所詮は文字の羅列だ。想像力を駆使して物語を汲み取るのは、酷く労力を伴う作業だろう。厳しい現実に疲れ切った人々は、もっと気軽に楽しめる娯楽に飢えている。そして消費者の激減とは反比例するように、その手軽さから小説は世の中へと大量に生み出され、生存競争は過酷なものへと変化した。出版不況が叫ばれ、文芸書の部数が激減し、多くの書店が潰れていく中で、小説の時代はきっと終わりを迎えているのだろう。

けれど、小余綾詩凪は——。

小説の、力を信じているはずの彼女は——。

どうして、そんなことを、呟くのだろう。

「なぁ……。小説の神様って、なんだよ」

彼女には見えていて、僕には見えていないもの。

どうしてか、そんな戯言《たわごと》の正体を、知りたいと思った。

「そうね……」

ゆらりと、彼女が身を起こす。どこか難しげな表情のまま、視線を落としていた。

「わたしは、物語を綴る人には、すべてそれがあるのだと思っていた……。けれど、どうにも違うみたいね。あなたにも、見えていないみたいだもの」

「だから、それがなんなんだよって訊いているんだよ」

「うまく言えないのよ……。言葉という次元に落とすことで、その価値も、意味も、別のものに変わってしまう気がする。わたしは言葉を使う仕事に就いているのに、それを言葉では表現しきれないの。きっと、言葉だけでは語れないものが、世の中にはたくさんあるのね。だから、わたしたちは物語を紡ぐんだわ」

「さっぱりわけわからん。どういう意味だよ」

「あえて言うなら……。自分が、物語を綴る生き物なのだということを、どうしようもなく宿命付けられているのだと、そう感じる瞬間のことかしら……。あらゆる運命と、あらゆる熱情が、すべて巡り巡って正しい位置へ収まっていく。ああ、わたしは、物語を書くために生きているのだって……。そう悟ることのできる、瞬間」

その酷く抽象的な概念を咀嚼しようとしながら、熱い珈琲を飲み干す。雨は上がり、時刻は深夜三時を過ぎて、網戸から漂う空気は少しばかり涼しくなってきたとはいえ、珈琲のせいで身体は熱を放っていた。小余綾も同じだろう。妹のカーディガンを傍らに用意しておきながら、未だにそれを羽織ることはせず、薄いキャミソールとショートパンツのまま、華奢な体軀を晒している。そんな姿で、どこか気だるげに、あるいは哲学的な命題を読み解こうとするかのように視線を落とす彼女の横顔を、僕は美しいと思っていた。普段は覗えない、露出したうなじと首筋に、汗のしずくが煌めいている。

小説の神様。

小余綾にはあって、僕にはないもの。

「ねぇ」

小余綾詩凪が、視線を上げて僕を見つめる。

「あなたはどうして、小説を書いているの」

僕は彼女の眼差しから逃れるように、珈琲カップを手に立ち上がった。

「決まっているだろう。お金のためだよ」

「誤魔化さないで。それとも、本当に言っているの？」

どうして、そんなことを訊くのだろう。

小説を書くのに、大層な理由なんて必要ないだろう？

「僕は……、小説なんかと心中するのはごめんだ」

売れない作品を書き続け、借金ばかりを残したあの駄目な男のように——。

小説で生きていくことなんて、僕は選ばない。


小余綾に急かされるようにして第四話の執筆を開始し、朝を迎えるまでひたすらに書き続けた。最初、彼女は僕の執筆作業を覗きこもうとしていたが、筆が乗るまでの状況でそれをやられると、まったく集中ができない。放っておいてくれと言い含めると、彼女は親父の残した本棚を物色し、今ではもう入手しにくいような古い文庫を見付けては、愛しそうにページを開いていた。しかし一時間もすると、彼女はやはり僕の傍らに腰を下ろし、ディスプレイを勝手に覗き込んでは、たくさんの言葉を口にした。すごいじゃない、いい台詞ね。うわ、そこは駄目。ぜんぜん女の子の気持ちがわかってない。わたしの中の彼女はそんなこと話さないの。え、わからない？

うーん、そこは、もう少し別の表現にしてみたら？　感情よりも情景を並べて、時間が止まったような感覚を読者に汲み取ってもらうようにしたりして……。そうそう、直接的じゃない方が、ここはぐっとくるもの。あっ、その表現、いいわね。なんか悔しい。売れない作家のくせに、生意気ね。ほらほら、ふてくされてないで、手を進めなさいよ。わたしが見ていてあげてるんだから――。」

始発電車の時間帯では、小余綾を一人で電車に乗せるのが躊躇われた。そのため、軽い朝食を食べてから人通りが多くなる時間を見計らい、彼女を駅まで送っていった。見栄《みえ》を張って少しばかり工夫したトーストを、小余綾は気に入ってくれたようだった。

早朝にも拘わらず、外は蒸し暑い。彼女はキャスケット帽と黒縁の眼鏡で変装し、キャミソールの上から妹のカーディガンを羽織って身軽そうに歩いていた。その容姿の美しさは、眼鏡や帽子などでは誤魔化しきれなかったのだろう。駅が近付くに連れて、多くの人たちが彼女の姿へちらちらと視線を向けていくのを感じた。美人というのは本当に気苦労が多そうだ。あるいは僕は、朝帰りをする彼女を駅まで送る恋人のように見られてしまうのかもしれない。そんな妄想をしてしまうくらいには、どこか心が浮き立つような、晴れやかな朝だった。どこか楽しげに、鼻歌を口ずさみながら弾んで歩く小余綾の後ろ姿を見ていると、尚更にそう感じた。

「今日はありがとう。一時はどうなるかと思ったけれど、すっごく楽しかった」

駅の改札口で、振り返った彼女が、そう告げて笑う。

僕は暫くなにも言えず、気まずくなって視線を落としてしまった。

「一緒に小説を書くのも、きっと悪くないわよね」

「まぁ、そう、かな……」

「服も、ありがとう。洗濯して、あとで返すわ。雛子ちゃんにも、よろしくね」

「ああ。うん……」

僕は俯き、視線を上げて、それから、またのろのろと言葉を探した。何故だろう。その言葉を最後に小余綾を帰してしまいたくなかった。もう少し、なにか話をしていたかった。たとえ、それが小説などという、僕を苦しめるだけのものに関する話であっても。

「どうしたの？」

「いや……」

顔を覗き込むように、上目遣いでこちらを見られて、紅潮する頬を自覚する。

「今度、その……。妹の見舞いに行ってやってくれよ。すごく喜ぶと思うから……」

小余綾は、何度かまばたきを繰り返した。

嫌がられるだろうか、と恐れた瞬間に、くすっと彼女が笑う。

「それは名案ね。それじゃ、また今度一緒に、あそこのケーキを買ってお見舞いに行きましょう。仕事の進捗報告もしなくちゃ」

「ああ、そうだな……」

僕は頬を掻いて笑う。

「千谷くん」

「うん？」

「あなたのデビュー作、今度、文庫になるわよね」

そう言われて、きょとんとした。

確かに、僕のデビュー作は、来週、文庫になって発売される。

それから、彼女は僕に横顔を向けた。視線を落として言う。

「わたし、あなたのあの作品、けっこう好きよ」

休日だというのに、出勤する人は多いのだろう。多くの人たちが改札を潜《くぐ》り抜け、駅へと入っていく。踏切《ふみきり》の警報機が甲高く鳴り、線路を振動させながら、電車の到着が近いことを報せた。夏の暑さが、僕の頬に、ひとしずく、汗を伝わせる。

「もしかして、あの作品って、シリーズになったりするんじゃない？」

小余綾の言葉に、僕は曖昧に頷いた。シリーズものに対するスタンスは、僕も小余綾と似たようなものだった。けれどデビュー作であるあの作品だけは、可能なら続けていければと思っていた。それを小余綾は作品の雰囲気から感じ取ってくれたのかもしれない。

それがどうしてか照れくさくて、俯いてしまう。

「ああ、まぁ、うん……。実は、二作目は書いてあって……。まだ、編集さんのところで、止まっている段階なんだけれど……」

「ほんと？　それは楽しみね。装丁もすてきだから、期待しちゃう」

思わず顔を上げると、そこには、驚くくらい、顔を輝かせてこちらを覗き込んでいる彼女の表情があった。

「ねぇ、附木《つけぎ》さんは？　あの子はまた出てくるの？　わたし、あの子がいちばん好きなのよ。まさか、そのまま放置ってことはないでしょうね。わたし、あの子には幸せになってもらいたいの。わたしのお気に入りのシーンはね、ほら、終盤になって、彼女が夜の教室で、あんな意味深な台詞を口にするじゃない？　それでね——」

きらきらと。

輝かしい双眸で、熱っぽく、小余綾が語るのは。

僕の書いた小説に対する、愛情、なのだった。

「実は、その、三作目も……」

僕は、曖昧に頷きながら、のろのろ、言葉を紡ぐ。

「書けたら、書こうと思っていて、一応、プロットはあって……」

けれど、この頃の不調のせいで、作業は一向に進んでいなかった。だから——。

忘れていたのだ。そんなこと。

三作目を、書こうとしていたことなんて——。

それが、どうして、言葉に出てしまったのか。

「書けるわ。大丈夫」

小余綾は僕を見ていた。

まるくて大きな黒縁眼鏡の奥の双眸が、じっとこちらを覗き込んで、頷く。

「物語を紡ぐ意思と、それを待ってくれている人がいる限り……。物語は、きっと続くから」

小余綾は顔を上げた。電光掲示板を見たのだろう。電車が来る。

「それじゃ、またね」

彼女は片手を振ると、改札を潜って、階段へと消えていった。

僕は、その後ろ姿が見えなくなったあとも、その景色を見つめていた。

胸に手を置く。そこがどきどきと熱く脈打っている。心は昂揚を保っていた。頭の中を、無数の言葉が駆け巡っている。物語が、台詞が、登場人物たちの表情が、叫んで、泣いて、苦しんで、そして嬉しそうに涙を流す姿がとめどなく溢れては、僕のこの身から飛び出そうとしている。

「書けるかな……」

その言葉は、実際に唇に乗せて呟いたわけではなかったけれど。

ああ、これは、とてもとても、すごく、懐かしい気持ちだ。

きっと、徹夜で頭がおかしくなっているんだろう。

彼女と肩を並べて小説を書いて――。

小説を書くことが、こんなにも、楽しいと感じてしまうなんて。

＊

夕食時を迎えて、『サンドボックス』の店内は静かだった。見渡せば、席に人はまばらになっている。緩やかな有線の音楽が流れている他は、ときおり誰かが仕事のためにキーボードを叩く音だけが、静かに響いていた。

第四話の執筆開始から、既に二週間が経過しようとしていた。

正直なところ、進捗はそれほどよろしくない。学業やバイトが忙しいというのもあるのだが、あの小余綾が苦戦しただけあって、第四話は緻密で繊細なものだった。主人公の身の内から溢れ出る感情を、自分のものにできていない感覚に苛まれて、どうしても筆を動かすことを躊躇ってしまう。

第四話の後半へ至るにつれて、物語は暗く胸を抉るような展開へと落ちていく。生半可な気持ちでは、描写することのできないシーンの連続だった。僕自身と主人公とを一体化させる必要がある。彼女の心に、僕自身が深く潜り込んでいかなければならない。

それとは別に、懸念することが幾つかあった。その一つは、小余綾が僕たちの作品を、連名名義ではなく、正体不明の若手小説家二人からなる、新しい作家名で発表したい、と言い出したことだった。河埜さんは意外にも賛成したが、僕としては想定外の事態だ。不動詩凪の名前を出せば売り上げが伸びるはずなのに、それをしないなんて――。

「お、千谷くん。久しぶりじゃないか」

掛かった声に、僕は振り向いた。見知った人物が紙コップを片手に、傍らに立っている。三十代半ばの男性であり、どこか草臥《くたび》れたワイシャツに薄いベストを羽織っている。

「ここのところ、見かけなかったから心配してたよ。書けるようになったか？」

「春日井さん――」

「ああ、いや、これは……」

僕は、ノートパソコンの画面に視線を落とした。

「たぶん、まだ、駄目……、だと思います」

「そうか」春日井さんは笑った。「でも、河埜さんに聞いたよ。不動さんと組んで、書いているんだろ」

「そうですけど……」僕は眼をぱちくりとさせて、溜息を漏らす。「河埜さんって、意外とお喋りですね」

「それだけ、君たちに期待してるってことだよ」

春日井さんの担当編集者も河埜さんなので、その辺りは仕方ないのかもしれない。

「なぁ、手が止まっているなら、久しぶりだし、少し話さないか？」

それはありがたい申し出だった。進んでくれない画面を睨み付けていると、気が滅入《めい》ってしまう。僕は頷いた。二人で話し込んでいても邪魔にならないような、窓際のカウンター席へと移動する。

僕は覆面作家ではあるが、僅かばかり他の作家さんたちと交流を持っている。作家は孤独、仲間を作ることはとても大事なことだ、というのは、僕のデビュー当時の編集部長さんの言葉で、各出版社の受賞パーティーなどに、よく連れ出してもらっていた。自分から名乗ることは極めて少なかったが、やはり十代の若僧がパーティーに混じっていると目立つようで、よその出版社の編集者さんたちから声を掛けられることも多い。

春日井さんとは、パーティーで出会った。彼は僕と同じ新人賞でデビューした、いわゆる先輩作家で、エンターテイメントを中心に、キャラクター小説、警察小説、青春小説、本格推理小説、ライトノベル……と、様々なジャンルに挑戦している。面倒見の良い人で、僕がパーティーでぽつねんとしていると、いつも声を掛けてくれ、若手作家たちの輪へと招いてくれた。ここ『サンドボックス』を紹介してくれたのも、春日井さんだった。

僕らは互いに近状を報告し合った。彼は美少女作家の人となりに関する話を聞きたがっていたので、僕はなんとなく、以前に小余綾が口にした、小説の神様に関する話をした。

「へぇ。不動さんがそんなことを言ったのか」

「なんなんですかね、小説の神様って」

「俺は、なんとなくだけれど、わかる気がするよ」

「本当ですか？」

「まぁ、不動さんが言っていることとは、違う理解なのかもしれないけれど……。俺も、わかる気がする。作品の善《よ》し悪《あ》しや、作品が語っているテーマに関して、ぜんぜん理解できない編集者と話をすると……。まぁ、この人には小説の神様がついてないんだから、わからなくて仕方ないか、と思うことがある」

「なんだか、意味がますますわかりません」

顔を顰めて言うと、春日井さんはおかしそうに笑った。

「小説を書く人間と、書かない人間は、ぜんぜん違う生き物だってことさ。けれど、中には作家であっても小説の神様とは無縁でさ、編集に依頼された仕事を淡々と正確に、機械的に書いていくような人もいる。もしかすると、編集者が求める理想の作家像は、そっちなのかもしれないな。もう、腰が重たい奴が生き残れる時代じゃないからさ」

春日井さんの言葉は、やはり僕にはうまく理解できないものだった。それが小余綾の言う概念と同じものだとも思えない。あるいは、小説家というのは、人それぞれそういうものを持っているものなのかもしれない。小説の神様と名付けられた、なにかを——。

「そういえば、デビュー作、文庫化おめでとう。表紙、すごくいいじゃないか。ハードカバーのときの良さを活かしながら、ポップになって、手に取りやすい雰囲気になってる」

「その、ありがとうございます」

そこで言葉を途切れさせてしまったのが、悪かったのかもしれない。

「どうした？　なにかあったか？」

「あ、いえ、なにかあったというほどでも、ないんですけれど……」

それは、ずっと抱えていた不安だった。

窓際の席からは、駅に続く街中の様子が見える。街灯やネオンのきらきらとした眩しさが、僕の眼にはよく染みる光景だった。

「部数か」

核心を突かれて、僕は頷いた。

「その……。五千部、でした」

「文庫で五千か……」

深く息を吐きながら、春日井さんが言う。

「そいつは……。厳しいな」

「その……。凄く、驚きました……。一万部以下って、ほとんど、四六判と変わらない数字じゃないですか……。まさか、文庫になっても、そんな数字だなんて……」

「最近、出版業界は本当に過酷だと思うよ」

春日井さんは、カウンターの上に肘を乗せた。両手を組み合わせて、そこに顎先を乗せながら、夜景を眺めている。

「一部のネット記事じゃ、出版不況に回復の兆《きざ》しありとか書かれているけれど、俺に言わせれば、そんなのは大きな間違いだよ。売れているのは、売れている本だけ。売れない本はどこまでも売れずに、どんどん初版部数が下がっている。とんでもないピラミッド構造が出来上がって、その差は大きくなるばかりだ」

本当に、どうしてそんなに差ができてしまうのだろう。巷《ちまた》では、たちまち重版、十万部、二十万部、百万部突破というコピーが至るところで躍っている一方で、僕のような作家は、どんなに苦労して本を作ったところで、一万部を超えることすらできていない。膨大な数の数字をたたき出す人たちと、いつもいつも一万部以下の弱小数字しか出せない作家の、どんなところに差があるのだろう。

「ほんの一年前まで、俺みたいに売れない作家でも、文庫なら初版で一万二千は刷ってもらえた。けれど、最近じゃ一万以下って数字は珍しくなくなってきているよ。まぁ、どう考えても、売れない作家の本に数字を回すより、どんどん売れて、書店のランキングに入ったり、ドラマ化したりするような作品を売りたいに決まってるからなぁ。彼らにとって、俺らの書く本なんてないのと同じか、売れる作品の邪魔をしているだけの存在なのかもしれないな。俺らが本を出さなければ、そのぶんだけ、売りたい作品の部数を増やせる。書店のスペースだって確保できるしね」

「今日は、なんだか、めちゃくちゃ後ろ向きに辛辣《しんらつ》ですね……」

「千谷くんだけじゃないよ。厳しいのは俺も同じってことさ」

彼の言葉を耳にしながら、寂れた夜景を見遣る。きらきらと煌めく灯《あか》りの一つ一つを、ただじっと見つめた。僕らの書く本は、ないのと同じか、売れる作品の邪魔をしているだけ。反論の余地もなかった。

「俺も、駄目だったんだ」

「え――」

溜息と漏れた声音に、春日井さんを見る。

彼は窓の外の暗い景色を見下ろしていた。

「『木陰亭奇譚《こかげていきたん》』打ち切り、食らったんだ」

「そんな――」

それは、先月に春日井さんが刊行した新作小説だった。一般文芸とライトノベルの中間地点の読者層をターゲットとするような新レーベルでの刊行で、とても魅力的な物語と、文庫ながら美しい装丁が眼を惹く作品だった。僕は、春日井さんが送ってくれたその作品を、貪《むさぼ》るように読んだ。

春日井啓渾身《こんしん》の新シリーズ。そう銘打たれたウェブでの告知も、ネットを見る限り評判がよく、大手通販サイトや読書感想サイトのレビューも軒並みに高評価だったはずだ。

「まだ、一ヵ月も経っていないじゃないですか――」

「だよな。甘く見てたよ」春日井さんは、固く瞼を閉ざした。「本当に、今の出版業界は厳しい。競争相手が多すぎる……。毎年、新しいレーベルが立ち上がって、毎月、百何冊って文庫が刊行されて、洪水みたいに、自分の作品が押し流されちまう」

言葉は、深い溜息と共に、奈落《ならく》へと落ちていくかのようだった。

物語の氾濫。僕は小余綾の言葉を思い返していた。

「一万五千部、刷ってもらったんだ。充分な数字だと思った。それでも、一ヵ月かけて三千部しか売れなかった。販売部の予想だと、ここから一年かけて、あと二千部が売れる見込みになるらしい。続きは――、出せないってさ」

呆然としながら、その事実を耳にする。

一万五千部。それだけ刷っても、叶《かな》わない。届かない――。

「僕は……。その、『木陰亭奇譚』好きでした。もう……。あの作品の、続きは読めないって、ことですか」

「すまねえなぁ。好きって言ってもらって、嬉しいんだけれど、つらいわ」

まだまだ、登場人物たちの冒険は続く。そんな胸躍るような、想像が膨らむような、そんな物語は、唐突に断絶された。

「悔しいよなぁ……。今回は、いけると思ったんだ。勢いの乗ってる新しいレーベルだし、告知もたくさんしてもらった。それなのに、こんな散々な結果出しちまって……。本当に、悔しくてよ。二巻も、もう書き上げてたんだよ。俺、馬鹿みたいにさ、ネットで、二巻は既にできあがってるんで、楽しみにしてくださいねって、書いちまったあとだったんだ。本当に、なんていうか……」

重たく、溜息が零れていく。

「今もネットを検索するとさ、次巻が楽しみだって言ってくれる人たちがいてさ……。それなのに、俺は期待に応えられないんだ。『木陰亭奇譚』、最高でした。これからも頑張ってください。そんなふうに続きを読みたいって言ってくれる人たちがいるのによ……」

常に笑顔を絶やさず、それでいて、深く眉間に刻まれている皺――。

それはきっと、十年間作家を続けている間に陥《おちい》った、多くの苦境の証なのかもしれない。春日井さんは、指先で額を押さえた。それから、僕を見遣って笑う。

「でもさ――、今、俺みたいなレベルの作家は、たぶんみんな同じ状況だと思う。だから、ここで俺だけが諦めるわけには、いかないんだよな」

それは、まるで、僕のことを励ますような笑顔だった。

長い間、この場所を訪れていなかった僕を、春日井さんは、どう思っていたのだろう。

「どうして、書けるんですか、春日井さんは——」

彼は、書くことを諦めていない。

どんなに駄目でも、どんなに苦しくても、前に進もうとしている。

まるで、物語の主人公のように——。

「どうしてだろうなぁ」彼は視線を上げて笑う。「毎日毎日、嫁さんには愚痴ばかり。何度本を書いても部数は伸びなくて、前の仕事の方が三倍は年収がいい。今じゃ、嫁さんがいなけりゃ生活もできないヒモ男だ。よくドラマとかに出てくるだろう。夢を追い求め続けて、自分は大して稼げないで、それでも恋人がさ、いつかあなたは大成するって信じて支えてくれるやつ。あれな、俺、嫌いなんだよ。好きな人に迷惑かけて、金払ってもらって、本当に、駄目人間じゃん」

その言葉を耳にして、僕は当然のように父親のことを思い返していた。

「正直、辞めちまおうって、何回も思う。俺、嫁さんの前じゃ、カッコいい男でいたいもん。前の仕事に戻って、きちんとお金を稼いでさ、ちゃんと家族を養って、家を買ったり、子供作れるくらい余裕のある生活を送りたいって思うよ。そっちの方が、絶対に幸せだよ。ときどき、仲のいい作家仲間で飲むことがあるんだ。みんな若くて、売れてる作家たちでさ。でも、俺がいちばん年上で、俺がいちばん作家経験が長くて、もっとも早くデビューしていてさ……。それなのに、俺だけ、一万部を超えたことがないんだ。他の奴は、三つも四つも年下で、デビューして二年とか、三年の奴もいるのに、十万部、二十万部、五十万部超えてるやつだっている。そういう若い仲間と酒を飲むのも、最近はほんとうに辛くてさ……。みんな、仲良くしてくれてるのに、俺はみんなとどう話したらいいかわからないんだ。俺、本当に馬鹿みたいだろ。後から来た奴にどんどん追い抜かれるだけで、自分には才能がないんじゃないかって、怖くなるよ」

その痛みは、まるで自分が経験したもののように、胸に染みる。

これから先、僕が陥ることになる、未来のようだと思った。

「たぶん……。それでも続けるのは……。待ってるからだよ。少ないかもしれないけれど、でも、いるんだ。俺にしか書けないもの、待ってくれてる人たちが」

僕にも、待ってくれている人たちが、いるのだろうか——。

作品を、愛して、待ちわびてくれている人たち。

「俺、千谷くんにはさ、最初、凄い嫉妬したよ」

「え——」

「ものすごい文章うまくてさ、選評で、奥村《おくむら》先生がすごい褒めていたじゃん。俺、奥村先生のファンだから羨ましかったよ。先生がこんなに褒める文章を書くなんて、いったいどんな奴だろうって思ってた。けれど蓋《ふた》を開けてみたら中学生のクソガキじゃねーかよ。才能ってものの存在を、思い知らされたよ」

「僕は……。けれど……。ぜんぜん、駄目でした。売れない作家です」

「奥村先生が、君の文章をどう褒めていたか、憶えてるか」

「それは……。当たり前ですよ。僕だって、嬉しかったですから」

「文体は、研ぎ澄まされた日本刀のように、読み手の心へ深く切り込んでくる——。それでいて刃は酷く繊細で、叩けば折れてしまいそうなほどの、危うくも流麗な美しさなのだ」

選評で書かれた言葉を、そのまま暗唱して、春日井さんは笑った。

「あとで、奥村先生に聞いたんだ。あれ、作者のプロフィールを知らずに書いたんだってよ。作者が中学生だって知って、先生、大笑いしちまったらしい。とんでもない作家が現れたって」

「僕は、そんな……」

「久しぶりにさ、ここで君の顔を見ることができてよかったよ。ああ、まだ書いてくれるんだなって、安心した。千谷一夜の小説を、まだ読めるぞって。俺、なんでもいいから、お前の書く小説を待ってるよ。だからさ、お前の作品を選んでくれた先生たちを、裏切ったりしたら駄目だ」

それは、小説をずっと書けないでいる自分の心を見透かすような、そんな言葉だった。

うまく返事ができず、僕は春日井さんを見返した。

「俺も、裏切らないようにする。苦しくても、苦しくても、結局のところ、作家が前に進むためには、書くしかないんだ」

僕はどうだろう。自分だったら、そんなふうに闘えるだろうか。

「春日井さんは……。前向きですね」

「俺、思うんだ。苦しければ苦しいほど、いいものを書けるような気がする。だって、そうだろう。苦汁をなめず、血の味を知らず、自分の本を引き裂いて、もがき苦しんだ経験がないような人間に——、いい作品が書けるものかって」

春日井さんは立ち上がった。嫁さんが待っているから、そろそろ帰るよ、と告げて。

それから、彼は思い出したように言った。

「それにさ……。不動さんの話じゃないけれど、この世界に小説の神様みたいなのがいるとして……。うじうじ、ぐだぐだ、不満ばかり言って筆を進めない奴と、涙を流して、血を吐きながらペン先を進めるやつ。神様は、どっちに味方してくれると思う?」

＊

帰宅してすぐ机に向かった。気合を入れ直すように、深く息を吐く。

ディスプレイに表示されていたのは、第四話の原稿だった。作業の進捗はよろしくない。これは、明日にでも小余綾に相談してから取り組んだ方がいいだろう。今、僕がやらなくてはならないことは——。

書けるようになったか？

春日井さんの言葉を、心に留める。

お前の書く小説を待ってるよ。

第四話の原稿を閉ざし、別のファイルを開く。それは小説が綴られたテキストではない。物語の骨格と、伝えるべきテーマが散文的に書き殴られた、プロットの雛形だった。

僕の小説の、プロット。


わたし、あなたのあの作品、けっこう好きよ——。


黒縁の大きな眼鏡の奥で、嬉しそうに輝いていた黒い双眸を思い出す。

シリーズ三作目——。書ける、だろうか。

シリーズ二作目の原稿は、既に半年も前に、担当編集者のところへ送ってある。そのときは、デビュー作文庫化のあとを目処《めど》に刊行しようという話だった。その方が売り上げに繋げやすいのだという。とはいえ、手直しをしなくてはならない箇所は多いだろう。幾つか書き直したいところもある。うまく、直せるだろうか。うまく、書けるだろうか——。

半年以上、小説が、書けなかった。

怖くて怖くて、指先が動いてくれなかった。

何度繰り返し本を出しても、ただただ減っていく部数と売り上げに、才能を否定され続けた。慰めを求めて読者の評価を探しても、積み重なる酷評と主人公への嫌悪に、才能だけではなく、自分自身の存在までこの世に在ることを拒絶されているような気がした。

もう、なにも書けないような気がしていたんだ。

すぐ傍らに、眼を向ける。もちろん、今はそこにリビングの椅子は置いていない。けれど、彼女と肩を並べて物語を綴った時間を思い返すと、今なら書けるんじゃないかと、希望が湧いてくる。自分自身の物語を、書けるんじゃないかと——。

三作目の構想を詰め込んでいく。どんな物語にしたいのか、今度はどこを舞台にして、どんな問題が起こって、どんな逆境と成長があるのだろう。なにをテーマにして、どんなふうに心へ切り込んでいこう。

雛子や、小余綾や、春日井さんが、喜んでくれるような物語に、なれるだろうか——。

深夜を過ぎて、そろそろ眠らなければ明日に響くと思った頃、メールを受信した。

それは野中さんからのメールだった。

僕は、そのメールを開いた。

＊

雨が降っていた。

カフェの奥まったテーブル席で、僕はただじっと、野中さんから聞いた言葉を頭で反芻《はんすう》させていた。なにか面白いことでもあったのか、あるいは常に笑顔でいることが仕事上の秘訣《ひけつ》と考えているのかもしれない。久しぶりに会った野中さんは、微かに唇を笑みのかたちに保持したまま、僕の様子を探るようにして首を傾げている。

僕は、どこへ視線を向けたらいいのかわからなくなり、俯く。それから喉を震わせた。上擦った声しか、出なかった。

「それって……。打ち切り、ってことですか」

「そうなりますね」

微かな笑顔のまま、顔を顰めるようにして、野中さんは頷く。彼女は僕がデビューした出版社の二代目の担当者で、付き合いはそれなりに長い方だったが、表情から読み取れる情報は少なく、とても苦手なタイプの女性だった。

「でも、その……」脳は焦って抵抗を試みようとしていたが、実際のところ、頭の中は真っ白だった。「二作目の原稿は、もう、できてて、とっくに野中さんに送ってあったじゃないですか」

「はい、すみません」彼女は頭を下げた。「本にすることはできません」

唇を開く。

呼吸が欲しかった。あるいは、説得のための言葉が。僕はただひたすらに喘いで、告げられた言葉を胸中で繰り返す。打ち切り。本にすることはできません。

「わたしの方も、努力はしたんです。けれど、千谷さんのこれまでの数字をみると、シリーズとして続けていくのは難しいだろうと……。販売部の方からも、続きは書かないでくれと言われちゃいまして。もちろん、原稿は既にありますから、なんとか通そうとはしたんです。でも、その、文庫の消化率も、そのう……。よくない数字で」

言葉に、目眩のようなものを感じる。

続きは書かないでくれ——。

「文庫が、よくない数字って……。まだ発売して二週間くらいじゃ」

「すみません。現時点での数字ですと、経営的な判断で続きは出せないことになりました。あ、もちろん、今回の続編が駄目というだけであって、ぜんぜん別の話なら、可能性は充分あると思います。これは何度も言ってしまっているかもしれませんが、正直なところ、千谷さんのデビュー作は時代に合っているとは言いがたい内容なんです。シリーズにしたところで、きちんと数字が伸びて読者が付くかどうかは分の悪い賭《か》けになります。それより、違う話を考えてみませんか？　もっと時代のニーズに合った、明るくて、心がほっとするような、そういう売れ筋の物語を書いてみましょうよ。きっと読者も、千谷さんのそういうお話を待っていると思います」

僕は彼女の言葉を耳にしながら、叫び出したい衝動を必死に堪えた。文庫の消化率が悪い？　それは当然だろう。あなたたちが決めた文庫の部数は幾つだった？　たったの五千部、たったの五千部だったんだぞ？　文庫で五千部って、四六判のハードカバーとそう変わらない数字じゃないか。どうしてそんな数字に決めた？　そんな圧倒的に少ない数で、売り上げが伸びて読者が手に取ってくれると、本気で考えていたのか？　それなのに、文庫の消化率が悪いから？　それは全て僕のせいなのか？　あなたたちのせいではなく、僕が退屈で、稚拙で、流行にそぐわない陰鬱《いんうつ》で痛くて嫌われる主人公の話を書いているから、だからそんな数字で、そしてその挙げ句に打ち切りなのか？　彼ら彼女たちの人生と物語を、ここで終えろというのか？

ほんと？　それは楽しみね。装丁もすてきだから、期待しちゃう――。

きらきらと、眩しくて、そして本当に嬉しそうに煌めいた双眸を、思い返す。

少しだけ、期待していた。確かに、僕は売れない作家だ。それでも、処女作からずっと売れないのは、出している本がハードカバーだからなのではないかと考えていた。ハードカバーは一冊辺りの値段が自然と高くなる。部数は文庫よりも圧倒的に劣り、書店では他の有名書籍に平台の場所を奪われて、読者の手にも目にも届かない。だから、少しだけ期待していた。もしかしたら、文庫になれば売れるんじゃないかって。文庫化すれば、部数が増えて、書店に並んで、多くの人たちの目に止まるんじゃないかって。実際に読んでもらえれば、作品の良さを理解してもらえるんじゃないかって。

そんな甘い夢と希望を、僅かでも抱いてしまっていた――。

僕は、愚か者だった。

書店に眼を向ければ、四十万部突破、五十万部突破といった数字が躍る中で。

たった、五千部。そして打ち切り。

それが、僕という人間が綴る物語に与えられた、価値だった。

電車から降りて、大粒の雨の中を、歩いた。

風が強く、横殴りの冷たい雫が頬を濡らし、ズボンの足首を湿らせ、僕を搦《から》め取《と》ろうとする。この道を、小余綾詩凪と共に歩いたことを思い出した。ずぶ濡れの彼女を家まで連れて、そして朝には駅まで送り届けた。微かな昂揚感と幸福に、あのとき、確かに胸は高鳴って、希望を感じていた。

書けるだろうか。不安に思った僕に、彼女は笑って言った。

「書けるわ。大丈夫」

けれど、それはもう叶わない。

わかっている。全て、僕が悪い。出版社の人を呪ったところで、そんなのはただの八つ当たりでしかない。すべては、読者の心を摑めないような、糞みたいな作品ばかり量産する自分が悪い。愛される物語を綴ることができたのならば、物語が途切れることなんてないはずだった。続きは書かないでくれなどと、出版社の人に懇願されることなんてないはずだった。全て、僕が悪い。屑で糞で空っぽの、僕が悪い。

傘を翳《かざ》す。前へ前へと翳し、よろめきながら歩く。顔を護《まも》っても、雨粒は容赦なく僕を打ち付けた。顔は熱く、唇は醜く変形し、腹腔を、喉を、今にも絶叫が駆け抜けていきそうだった。

久しぶりに、考えていたんだ。主人公たちに、どんな物語を紡がせようって。主人公たちが、どんなふうに成長し、どんな大人になっていくのだろうって、わくわくしながら、想像していたんだ。

今なら物語が書けるかもしれないと、そう勘違いしていた。

僕は駄目な人間だ。やはり屑だ。小説の中の登場人物たち。彼ら彼女たちの、心弾むような、胸を切なく締め付けるような、それでも、前へ前へと進んでいくための物語は、もう途切れてしまった。僕のせいで、彼ら彼女たちの人生は、失われてしまった。

物語は、断絶したのだ。

＊

胸を、ただひたすらに、掻きむしりたい。

小余綾とは、言葉を交わせなかった。彼女の姿を見ないようにし、彼女の声を聞かないよう意識した。休み時間はなるべく教室を離れて過ごし、いつも通っていた文芸部の部室にも近付かないようにした。

彼女と仕事をすることは、もうできない。だって、どうしろというのだろう。小余綾の目の前でノートパソコンを開き、指を震わせ、唇を戦《おのの》かせ、逆流する胃液をなんとか呑み込んで、情けない呻きと涙でできた汚物を垂れ流す。そんな醜態を晒せばいいのか。小余綾、やっぱり僕の物語は駄目だった。まったく売れず、続編を出すことは叶わず、書かないでくれと出版社の人に頭を下げられ、きみが好きだと言ってくれた物語を断絶させてしまった。僕は登場人物たちの命を奪ってしまった大量殺人鬼だ。きっとこれまでのように、また同じ事を繰り返すだろう。君の小説もそうだ。君の美しい物語、君の愛しい登場人物たち、すべて、僕のせいで、断絶することになるだろう。

そのとき、いったい君はどんな顔で悲しむだろう。

バイトのシフトが忙しくなったという理由で、部活を何日も休んだ。執筆作業は、妹が不調で暫くは共に仕事ができないと、河埜さん経由で小余綾に伝えてもらうことにした。河埜さんのメールには、小余綾が最終話のプロット作りに難航しているらしいから、可能なら手伝ってあげてほしいと書かれていた。けれど、僕のような人間にできることはなにもない。小余綾は天才だ。これまでのように、一人で名作を生み出すだろう。

慰めはなにもなかった。

なにをしても心は晴れず、胸苦しい想いと不安感に苛まれながら日々を過ごす。バイトのシフトを多めに入れて、自分の身体を酷使しているというのに、それでも眠れる時間は増えない。眠りに就くまで、二時間、三時間、四時間とかかるのが当たり前になり、息苦しさに何度も寝返りを打って、ようやく眠りに落ちたと思ったら、数十分後に、僕は絶叫しながら布団から跳ね起きる。いつも、見る夢は決まっていた。

「打ち切りです」

笑顔で、野中さんが言う。

僕は焦って、彼女や出版社の考えをなんとか変えられないかと必死に説得する。

「もう少しで、書けそうなんです。今まで、小説が書けなくて、でも、これから、なんとか書けるような気がしていたんです。小余綾や、春日井さん、河埜さんだって褒めてくれて、あの作品が好きだって言ってくれる人たちが、大勢いて、だから……」

「でも、それはきっと、千谷さんのやる気を引き出すための言葉で、嘘ですよ」

「嘘……」

「そうでもしないと、千谷さん、やる気を出さないじゃないですか。実際に、ぜんぜんまったく売れてないんですから、みんなが千谷さんの作品を好きだなんてこと、ありえませんよ。好きな人がいるんだったら、このゴミの山は、どうして売れてくれないんです？わたし、千谷さんのせいで、担当作で連続で赤字ばかり出してるんですよ。クビにされちゃったら、千谷さんが責任とってくれるんですか？」

「でも、小余綾は、好きだって……」

「お互いの関係をうまく構築するための方便でしょう。ほら、千谷さん、そんなことより、次のプロットを考えましょう。売れる見込みのある作品なら検討しますよ。厳しい現実に疲れた現代人が読んでほっとできて、優しくて泣けてしまえるような、そんな売れ筋のプロットはどうですか――、そうでなければ、打ち切りです」

　大声を上げて、みっともなく泣き喚きながら眼を覚ます。怒りに身体は暴れていた。子供が駄々をこねるように脚を跳ね上げさせ、布団を蹴り上げ、狂ったように雄叫《おたけ》びを上げながら、拳で壁を何度も叩き付けた。一度、二度、三度。壁に穴が開くまで。僕の拳が涙のように血を溢れさせるまで。気付けば頭を叩き付け、なにもかも終わらせたい衝動を喉から迸《ほとばし》らせていた。このまま死んでしまいたかった。書きたかったもの。書けると信じていたもの。それらを全て失って、僕の願望は、この役立たずの頭脳を壁に激突させて脳《のう》漿《しょう》を撒《ま》き散らかし、誰の役にも立つことのできなかったくだらない人生を断絶させることだけだった。何事かと部屋を訪れた母に、僕の身体は押さえ付けられていた。僕は荒々しく呼吸を繰り返しながら、ただみっともなく涙を流していた。僕を見ても、母はなにも訊ねなかった。ただ、丁寧に静かに、拳の傷を消毒して包帯を巻いてくれた。切れた額を拭ってもらうと、タオルは血で汚れていた。母はただただ優しかった。次第に僕は落ち着きを取り戻し、羞恥心に顔を伏せたくなる。小余綾と仕事をするようになってから、こんな悪夢を見ることはなくなっていた。けれど、それまでの半年間、小説を書くことができなくなった僕が、こうして夜中に眼を覚ますのは珍しいことではなかったからだろう。

「学校、無理して行かなくてもいいから。眠れるときに眠っておきなさい」

　母は優しくそう告げてくれる。けれど、僕には安堵できる場所が、もうほとんど残されていない。学校では小余綾の存在と気配に怯え続けなくてはならない。いつ声をかけられてしまうだろう。最近はどうしたのかしら。第四話の調子はどう？　わたしが見てあげましょうか？　そういえば、文庫本は好調？　第二作が出来上がったら、読ませてちょうだいね。けれど、その前に、まずはわたしたちの物語を完成させるわよ——。

僕を殺す言葉は、幾らでも想像が付いた。想像が言葉となって僕の心に綴られていく度、胃液が逆流しそうになり、布団を被って嗚咽した。けれど、ひたすら家に籠もっても、静寂と無為な時間が僕を真綿のように絞め殺す。台所に立って洗い物をしているとき、僕の指先は洗剤の泡《あわ》に包まれて、皿の表面を丁寧に磨き上げていく。そんな毎日のように繰り返す動作を余所《よそ》に、僕の思考は考えを続けてしまう。物語を。書きたかったものを。書くべきだったものを。書けるはずだったものを——。登場人物たちの言葉が過り、どうすれば物語がより魅力的になるだろうと想像し、そしてそれが滑稽《こっけい》な夢想でしかないことに気付かされて、涙と喘ぎを撒き散らかす。

僕の物語の、なにが悪かったのだろう。

わからない。本当にわからなかった。やはり僕はおかしいのだろう。同じ新人賞からデビューした後輩作家の作品が、大ヒットすることをまるで予測できなかったときのように、僕の感性は狂っている。人間として、様々なものが欠落した不良品なのだ。だから自分の作品が面白いと思ってしまう。自分の作品が素晴らしいと勘違いしてしまう。

僕は昔からそうだった。小学生の頃から、どうしようもなく普通の人と違っていて、不良品だった。うまく話せず、うまく笑えず、うまく他者と交流することができない。勉強することの意味を見いだせず、運動はなにをやらせても駄目で、本当に日陰に生きるのが相応しい、どうしようもなくなにも持っていない人間だった。

だから僕は逃げた。虚構へ。架空へ。想像へ。読書で孤独を癒《い》やし、物語を綴ることを身に付けた。みんなから笑われようとも、邪魔だからあっち行ってよと告げられようとも、誰にも負けないものを得たのだと勘違いした。物語を綴り、語って聞かせると、心優しい妹は顔を輝かせて喜んだ。眼をきらきらとさせて、続きの話をせがむようになった。それだけが、僕がたった一つ持っているものだった。眩しくて、ぎらぎらとした熱い陽射しに心を焼き尽くされそうになっても、それでも胸を張って誇れる特別な才能なのだと、大きな勘違いをしていた。

僕はなにを間違ったのだろう。

壁を殴りつけ、大量に売れ残って断裁を待つばかりの文庫本を破り棄てながら、僕は叫んだ。どこにいるのかもしれない、なんという名前なのかもわからない神様へと、問い続けた。僕はなにを間違えた。なにを間違えたんだ。けれど、そんなのは知っている。そんなのはわかっているんだよ。僕は全て間違えた。僕なんかが生きていること自体、大きな間違いだ。だって、どうして僕のような能なしが健康体で、雛子のような素晴らしい人間が病に冒されているのだろう。僕はもう、この空っぽの身体に残る生命力をすべて差し出して、この世界から消えてしまいたかった。そうすれば、登場人物たちが命を失っていく瞬間を、もう見ないですむだろう。物語が断絶する絶望を味わうことも、血肉を注いで綴った物語を酷評され、たった一つあると信じた才能を、星一つと評価されることもなくなるのだろう。

あなたはどうして、小説を書いているの――。

どうしてか、唐突に小余綾の言葉が耳に甦った。

知るか。そんなこと。金のためだ。金のためだよ。君は小説には力があるというが、本当は、小説にはそんな力なんてないんだ。そんなことを信じて小説を書いたって馬鹿を見るだけだ。だから、僕はそんなことのためには小説を書いたりしない。でも、わからないな。どうして人は小説を書くのだろう。どうして人は小説を読むのだろう。どうして物語を求め、物語を綴るのだろう。物語は、こんなにも自分を苦しめるというのに――。

暗闇《くらやみ》の中、ただ眠った。何日も学校やバイトを休んで、ただひたすらに眠った。自分が生きていることを忘れかけた深夜近くになって、携帯電話がメールを受信したことを告げた。のろのろと画面を見ると、メールは小余綾からだった。『あなたどうしたの』ただそれだけが書かれた文面だった。まるで小説家の文章とは思えないような簡潔で中身のない文章だった。気遣われているのかもしれないが、実際のところは面倒だと思いながらメールを打ったのだろう。僕は鼻で笑って、そのメールを閉ざす。数時間前に、もう一通のメールを受信していた。成瀬さんからのメールだった。

『先輩、ここのところ、ずっと学校を休まれているようですが、どうされましたか。小余綾先輩も、九ノ里《くのり》先輩も、みんな心配しています』

九ノ里から、何度か電話の着信があったことには気が付いていた。ほとんど電源を切っていたので、あえて無視をしていた。メールを閉ざし、携帯電話の電源を落とす。

瞼を閉ざして横になると、少しばかり気まずい思いが過る。成瀬さんと約束をしていたのだ。ライトノベルの新人賞のために、彼女の作品作りに協力するのだと——。以前、部室で会ったとき、彼女は僕になにか訊きたいことがあるらしいそぶりを見せた。そのときはたまたまバイトのシフトが入っていたので、僕はその話は今度聞くよ、と告げて部室を去ったのだった。それ以来、彼女とは顔を合わせていなかった。

けれど、どうだっていい。どうだっていいじゃないか。僕なんかに、なにができる。僕みたいな空っぽの作家が下手に口を出して、成瀬さんの作品を駄目にしてしまったらどうするんだ。物語を断絶させてしまったら、どう責任を取るんだ。

もうどうでもいい。どうせ、僕がなにをやろうが、なにを書こうが、作品は読まれず売れず、酷評されて断絶する。何度も何度も苦しんで、それでも書き綴る意味を、僕はもう見出せない。

神様は、どっちに味方してくれると思う?

耳に甦る言葉を、僕は嗤う。

僕は春日井さんのようにはなれない。彼と違って待ってくれているファンは皆無であり、そもそも僕と彼とでは初版発行部数が圧倒的に違っている。実力が違いすぎるのだ。それにもう、三年間、精一杯に頑張ってきたじゃないか。それでも神様は僕を見てくれていなかった。もう疲れたんだ。休ませてくれ。逃げさせてくれ。僕はこの暗い日陰で、物語適正値が皆無な名前のない登場人物のように、ひっそりと朽ちていくよ。

それが今の僕の、たった一つの願いだ。

＊

けれど、その安寧《あんねい》の時間は、唐突に破られた。

朝だった。暑苦しい朝だ。自分が汗をだらだらと流してまで、布団にくるまっていたのだと知る。呼びかける声にうっすらと瞼を開くと、開いた部屋の扉に母が立っていた。そしてその傍らに、長身で、無口で、なにを考えているのかよくわからない、哲学者みたいな顔をした眼鏡の男が学生服を着て立っている。まるで死神みたいな奴だな、と僕は寝ぼけた頭でぼんやりと思う。

「一也《いちや》。朝だ」

九ノ里は姿勢良く立ったまま、わかりきったことを言った。

「それじゃ、よろしくね。あたし、出張で、もう行かないと駄目なのよ」

既に外出着に着替えていた母は、笑顔で九ノ里にそう告げる。

九ノ里は馬鹿丁寧なお辞儀で答えた。

僕は布団から身を乗り出す。うんざりとした顔をして、彼を睨んだ。

「行くぞ。俺まで遅刻する」

「僕は……。行かないよ。体調が悪いんだ」

「精神の体調か？　それは部屋に籠もっていて、よくなるものじゃない」

「風邪ひいたんだよ」

僕は毛布を被り、彼に背を向ける。

「そうではないことは、よくわかる。しかし、これまでにも似たことはあったが、今回は特に酷そうだな」

「ほっとけ」

「放っておけない」

九ノ里は勝手に部屋の中に入り込んでくると、なにかを拾い上げたようだった。それが妙に気になり、僕は彼を振り返って、毛布の合間から覗かせた双眸でそれを確認する。

僕がぐしゃぐしゃに破り棄て、辛うじて原形を保っている、それは文庫本だった。

千谷一夜の、デビュー作。

四六判ハードカバーの刊行から、三年。

ようやくの、文庫化。

そして散々の、大敗。

「そんなもの、棄てておいてくれ」

九ノ里がそれをぺらぺらと捲りはじめたので、僕は唸るように告げた。

「いや、もったいない。棄てるくらいなら、貰《もら》う。読み返したい」

「どうでもいいから、もう帰ってくれよ」

「いや、俺は一也が一緒に登校するまで、ここに居座る」

言って、九ノ里は書架を仰ぐように、どさりと座り込んだ。

「ここには読みたい本が山ほどあるんだ。お前が学校に行かないなら、俺はここにある本を読み耽る。面白い描写を見付けたら、感激のあまり朗読するかもしれないな。それが嫌なら、一緒に登校しろ。それとも俺の皆勤賞を潰したいか？」

「どうでもいいことを人質にするなよ……。ただの風邪だって言ってるだろ。心配しないでくれよ……」

「心配しているわけではない。ただ、成瀬が小説の件でお前を待っている。せっかく入部してくれた後輩は、大事にしたい」

「あのさ、ときどき、ツンデレみたいなこと言うよな、君はさ……」

いったい、今は何時だろう。携帯電話を探し、電源を入れて時刻を確認する。

すると、とたんにメールを受信した。成瀬さんからだった。

『先輩。今日は学校にいらっしゃいますか？』

僕は携帯電話の画面をじっと見詰めながら、変形しようとする唇に力を込める。

「どうして成瀬さんは、僕なんかを頼るんだろう……」

「簡単だ。お前が部誌に寄稿した小説を、よっぽど気に入ったんだろう」

親友の背中を見ると、彼は書架から本を抜き出し、本気でそれを読み始めようとしていた。僕は溜息を漏らし、のろのろと立ち上がって告げる。

「いいか、勘違いするなよ。君のお節介《せっかい》が原因じゃないし、ましてや君の皆勤賞のためじゃないからな。僕は成瀬さんと交わした約束を守らないといけない。それだけが理由だ。わかるか？」

背中を見せてページを捲る九ノ里は、本をぱたりと閉ざして深く頷いた。小さく、その鼻から吐息を漏らしながら。

＊

とはいえ、酷く気が重たかった。学校という陽向は、僕という人間を苦しめるのに本当に最適な場所だと思う。

昼食時は隠れるようにして、校舎裏にあるベンチで横になっていた。ここは校舎や樹木の影が落ちていて、僕に相応しく、じめじめと陰気な場所だった。

日陰であっても汗は流れる。空腹に腹が鳴った頃、人の話し声が聞こえてきて、必要もないのに僕は息を潜めた。校舎の角から、女の子の一団がやってくる。

「ていうかさー、あの先輩、マジ腹立たない？」

「あー、あの、モデルみたいな人でしょ。転入生だっていう」

「なんかさ、顔が良いからってなんなの。どいつもこいつも、あの人の話ばかりでさ」

酷く苛立たしげな声が聞こえた。噂の的が誰なのか、丸わかりの内容だ。ここは普段、人通りの少ない場所ではあるが、上履きが汚れるのを気にしなければ、別校舎への近道となる。僕はベンチで寝たふりを続けた。暫くすれば、一団は通り過ぎるはずだった。ところが声の主たちは移動する様子を見せない。どうやら、少し離れたベンチに腰を下ろして、おしゃべりの続きに興じているらしい。

「まぁまぁ、気にしないのがいちばんだって、あんなの顔だけだよう。なんか、噂だとさ、凄いお嬢様学校から来たみたいなんだけどね、どうせなんか問題起こして転校してきたんじゃない？」

「えー、なにそれこわーい」

「そうそう、先輩がさ、そのお嬢様と同じ教室なんだけどさ、なんか、付き合いマジ悪いらしいよ。メールとか素っ気ない返事しかしてこないらしいし、放課後は誰ともつるまないし、お嬢様は庶民と付き合う気がないんじゃない？」

「うわ、それ性格わるそー」

「だからさぁ、リカも気にする必要ないよ。わたしが男だったら、絶対リカと付き合うもん。男子とか、バカだからノリで噂してるだけだって」

瞼を閉ざしながら、一つだけ考えを改めた。美少女というのは人生イージーモードに違いないと思っていたが、どうやら美少女には美少女なりに苦労というものがあるらしい。

「ていうか、この前さ、あの人、バドミントンの試合してたでしょ、なんで？」

「あー、みたいだね。卓球部の子たちの間で超噂になってた」

「なんか初めてやったらしいよ、バドミントン」

「それでなんで試合してんの？　へたくそそー」

「それはもう、箱入りお嬢様ですから、致し方ありませんわって感じでしょ」

「で、対戦相手って誰だったの？　なんか文芸部の凄い冴えない男だったらしいけれど」

「なんでバドミントンの試合で文芸部なのマジウケる」

ものすごい爆笑の渦が、僕の鼓膜を静かに揺らした。思わず目尻《めじり》に涙が浮かぶ。

「あ、友達に聞いたんだけどさ、あきのん、その文芸部の人、応援してたんでしょ？」

「えっ……」

その動揺の声音は、これまで耳に届かなかった少女のものだった。恐らく、周囲の話を耳にしながら、黙って笑顔を浮かべ、相槌《あいづち》を打っていたのだろう。そんな光景を、容易に想像できてしまう。

そうか、この前すれ違った、成瀬さんたちのグループだったのか……。

「え、あきのん、なんで文芸部の応援？　文芸部入ってるの？」

「あ、えと、その……」

「なに、もしか、秋乃ってば、まだ小説なんか書いてるの？」

そう冷たく問い詰めるのは――。

成瀬さんが、リカと呼んでいた少女だろう。

綱島利香、という名前だったか。

「えー、あきのん、小説とか書くの？」

「マジうける！」

「なにそれこんど読ませてよー」

「あはは、あきのん真っ赤ー」

「あの、その……」

「ねぇ、書いてるの？」

茶化す取り巻き女子たちの言葉とは違って、綱島利香の言葉は、鋭利な刃物のようだ。

その冷たい一閃《いっせん》に、周りの女の子たちの笑いが凍《こお》り付いたように収まった。

「あ、あの……」

成瀬さんは、そこで一度、押し黙る。

どう答えるのだろう、と考えた。

どういう理由か知らないが、綱島利香は小説を書くという行為を快《こころよ》く思っていないようだった。イエスと答えれば、グループから爪弾きにされそうな匂いすら漂ってくる。

僅かな空白の時間のあとで――。

「か、書くわけないじゃん、そんなの」

成瀬さんは、そう答えた。

「もーっ、そんなダサいのとっくに卒業しちゃったよー。わたし、文芸部なんか入ってないし、そもそもバドミントンの試合なんて見に行ってないよ？　人違いだって。ほら、わたし、けっこう地味だからさー」

そう自分を嗤いながら、必死に場を取り繕うとしている。

綱島利香は、その答えに納得したのだろうか。僕はベンチに横になり、瞼を閉ざしているので、その景色は想像できるものの、彼女たちの表情を窺うことはできなかった。

「あー、そろそろ行こうよ。マジ、早めに行くって話だったじゃん、そもそもさー」

誰かが、場をフォローするかのように言った。

女の子たちは少しぎこちなかったものの、次々と同意していく。

「あきのん、どうしたの？」

「えと……。えーと、ごめん、携帯忘れちゃったから、先に行ってて」

やがて、ぞろぞろと女の子たちの一団が、僕が横になるベンチの前を通り過ぎていく。

念のため数分待ってから、深く溜息を漏らし、ベンチから身を起こした。じっと身を潜めていたので、身体が固まってしまっている。と――。

「ひゃっ……」

驚愕の声を漏らしたのは、近くで立ち尽くしていた成瀬さんだった。

僕の方を、ぎょっとした表情で見ている。

僕は、思わずばつの悪い顔を浮かべてしまった。できることなら、彼女とは部活の時間まで顔を合わせたくなかった。今の話を聞いていたというのも、なんだか気まずい。

「す、すみません、驚いたりして。そ、その、先輩、あまりにも存在感がなくて、気が付かなくて」

謝りたいのか傷付けたいのか、どちらなんですかね？

「携帯、忘れたんじゃなかったの」

反撃に、嫌味を一つ。

成瀬さんは、一瞬、表情をなくした。

取り繕うような笑顔も、悲しむような泣き顔もなく、ただ魂が抜けてしまったかのように、僕をじっと見た。

暫しして、自虐的に笑う。

「すみません。聞かれちゃってましたよね……」

「まあ……、聞かなかったことにするよ」

顔を背けると、成瀬さんが近付く気配がした。隣いいですか、と問われて、僕はぎょっとしながら反射的に傍らのスペースを空けていた。そこに、成瀬さんが腰を下ろす。

「先輩、お加減は、もうよろしいんですか」

「ああ、うん、まぁ……」

不安そうに問われると、罪悪感に胸がちくりとする。

「それなら、よかったです。その……。先輩に、よかったら、聞いてほしくて」

どこか小さな溜息の混ざった言葉に、僕は頭を掻きながら頷く。

「まぁ、聞くだけなら……」

視界の端、半ばスカートのプリーツに覆われた彼女の膝小僧《ひざこぞう》を見遣る。姿勢よろしく腿は閉ざされており、小さく握られた拳が一つずつ、その上に乗っていた。拳は、なにか堪えるように、きゅっと指を固めていた。

「わたし、駄目ですよね……。自分が大好きなこと、自分で否定しちゃうなんて……」

「それは──。難しく、考えすぎじゃないかな……。趣味なんて人それぞれだし、小説なんて、そんな市民権が得られるほどメジャーなものじゃないよ。書店が続々と潰れているのは、みんなが本を読まない証拠だ」

そこまで言って、そういえば成瀬さんの実家は街の本屋さんだったということを思い出す。想像するまでもなく、経営難にあるだろう。

「違うんです」

けれど、それを気にしたふうもなく、成瀬さんはかぶりを振った。

彼女の肩までの髪が揺れ動き、どこか甘酸っぱいシャンプーの匂いが僕に届く。

僕が見ているのは、横顔だ。だから、眼鏡の赤いフレームに遮られて、その双眸が痙攣するように激しく揺れ動いている様は、見えなかったことにもできるだろう。

「わたし、本当に卑怯《ひきょう》者で……。だから、リカに、小説が好きだって伝えられなくて」

どう答えたらいいかわからずにいると、成瀬さんはぽつぽつと言葉を続けた。

「中学校のときなんですけれど……。教室に、真中《まなか》さんっていう女の子がいたんです。大人しい子なんですけれど、少し我の強い一面もあって……。リカは、ああ見えて基本的に誰に対しても優しいんです。わたしは人見知りする性格だから、中学に入って、なかなか友達を作ることができなかったんですけれど、リカはすぐにわたしのことをグループに入れてくれました。それで……。彼女は、真中さんも誘おうとしたんです。けれど、真中さんは、なんていうのか……。リカと相性が悪くて、お互いに反発することが多かったんです。二人は、あるとき、すごい喧嘩をして……。リカは、真中さんをぶったんです。喧嘩はそれで終わったと思ったんですけれど……。真中さんも、ただやられて黙っているような子じゃありませんでした。真中さんは、リカが片思いしていた男子に宛《あ》てて、偽物のラブレターを書いたんです。それを、誰かが拾って読み上げるように細工して……。結局、リカは学校中で大恥を掻くことになって」

「その、なんていうか、女の子って怖いね……」

手段が陰湿すぎる。

成瀬さんは、小さく笑った。

「真中さんは、小説を書くのが好きな子でした。いつも教室の片隅で、ノートに物語を書いているような子です。わたしは、いつからか彼女の物語に興味が湧いて……。それで、他の誰にも読ませたことのない物語を、真中さんは、わたしにだけは読ませてくれるようになったんです。それで、わたしも影響を受けて、小説を書くようになって……。いつか、真中さんに読んでもらおうと思っていたんですけれど、そんなときにリカとの喧嘩が起こって……。リカは、真中さんに仕返ししました。彼女が物語を書きためたノートを奪って、みんなで回し読みをして、教室中で、その物語を嗤ったんです。最後には、とうとう、そのノートを燃やしたりして……。女の子たちは、リカの味方でした。誰も真中さんに声を掛ける子はいなかったし、庇《かば》ったりしてあげる子もいなかった。わたしも……。わたしも、リカの、味方……、だったんです」

訥々とした語りだったからだろう。

それは、とてもとても長い昔語りのように聞こえた。

「真中さんは、転校してしまいました……。そのあとで、わたしが、小説を書いているってこと、リカに知られて……。真中さんとのことがあったから、リカは、小説を書くという行為が、憎くてたまらないんだと思います」

綱島利香の感情を、僕は想像できるような気がした。

偽物のラブレター。自分を陥れるための虚構の文章は、いったいどのような言葉で綴られていたのだろう。きっと、美しく、それでいて滑稽で、中学生の乙女が綴るのに相応しい、夢物語のような文で溢れていたのではないだろうか——。それは物語を綴る力で巧みに装飾されていたのだ。虚構を綴る力。人を騙す力。物語は、所詮は嘘っぱちの偽物。

「最近……。小説を書くのが、苦しいんです」

ブラウスの胸元を、きゅっと握り締めて、成瀬さんは呻く。

「小余綾先輩に、わたしの作品のテーマはなんなのか、考えて整理するべきだって、そう言われたんです。それで、わたし、考えたんですけれど……、それから、胸が、痛くて」

呻くように、喘ぐように、成瀬さんは顔を顰めて、汚らしい嘘を吐き出す苦痛を語る。

「わたしの書く、物語の主人公は——。ユーリは、弱いけれど、それでも、誰にも負けない勇気があって……。そのたった一つの勇気を振り絞って、前へと進んで、イリシャルに想いを伝えるから、彼女は彼に応えて、大きな力が生まれる……。けれど……」

力なく、胸を握り締めた手が、ぱたりとスカートの上に落ちた。

「初めてお会いしたとき、先輩に言われたこと、胸に染みました。物語の力は、わたしの中には留まっていなかった。わたしは卑怯なんです。現実のわたしは、こんなに弱くて、勇気がなくて。そんなわたしが、こんなことを書いたって、それはただの嘘っぱち、偽物の物語です。そう思うと、辛くて、書けなくなってしまって……」

彼女が吐き出す胸中は、僕の空っぽの胸を、深く抉る。僕も、空っぽの人間だ。空っぽの人間からは、なにも生まれない。空っぽから生まれるものは、全て偽物だ。愛を語っても、勇気を説いても、友情の素晴らしさ、前へ進むことの大切さ、そのどれも、美しく飾り立てて綴ったところで、偽物なのだ。

偽物だから、人の心に響かない。

ただの断裁物でしか、なくなってしまう。

愛や、勇気や、希望や、温かさ——。それを語る資格があるのは、きっと、それを持ち得る人間だけなのかもしれない。陽向で輝き、強くまっすぐな意思を持っていて、小説の神様に愛されているような——。たとえば、小余綾詩凪のような。

彼女は、物語でよく愛や勇気を語っている。なにが人にとって大切なものなのかを、僕らに訴えてくる。その言葉は、読み手の心に自然と響く。なぜなら、それは偽物ではないからなのだろう。それはきっと、僕と彼女との間にある、大きな隔《へだ》たりだ。

僕らに、物語を綴る資格なんてない。

こんなこと、初めてです。

呆然と、成瀬さんは言った。

「辛くて、辛くて、たまらない……。わたし、今まで、小説って楽しいから書くものなんだと思っていました。どんな作家も、書くのが楽しくって仕方なくて、だからあんなにも楽しい物語が生まれているんだって」

教えてください。千谷先輩。

困惑した表情で、成瀬さんは訊いてきた。

「物語って、どういうふうに生まれるんでしょう——」

*

憂鬱な気分のまま、少しばかり遅れて、部室のいつもの椅子へ腰を下ろす。

僕が不在の間は、小余綾が成瀬さんの相談に乗っていたのだろう。二人は成瀬さんの小説に関して、会議机を挟んで会話をしている最中だった。小余綾は僕の方をちらりと見て、「雛子ちゃんは大丈夫なの？」と訊いた。妹の体調を理由に嘘を吐いてしまったのだと自覚し、胸の罪悪感がちくりと痛んだ。

九ノ里の姿は見えなかった。聞けば、文化連の会議で出ているのだという。

僕は暫く、黙って二人のやりとりを耳にしていた。成瀬さんの基本的な悩みは、やはり物語のテーマに関してなのだろう。

「成瀬さんは、どうしてこの小説を書くの？」

小余綾は、そんなことを訊いた。

「それは……。その……。わかりません」

しょぼんとした表情で、成瀬さんは肩を竦める。

「それじゃ、言い方を変えるわ。あなたは、この小説でなにを伝えたい？」

「なにを……」途方に暮れたように、彼女は呟く。「伝えたいこと……。それが、テーマだっていうのは、わかっているつもりなんです。けれど、わたし、なんだか自分の物語が、すごくごちゃごちゃしているように思えてしまって……。どんな言葉を伝えたいのか、それが、よくわからなくなっちゃって……」

「違うわ、成瀬さん」小余綾は、静かにかぶりを振った。「わたしたちは、言葉を伝えたいわけじゃない。言葉では遅すぎる。言葉では不自由すぎるのよ。だから、言葉だけでは伝わらないことを、表現しきれないことを、一つの物語に編んで届けることしかできない。それがきちんと届いて、正確に伝わるかどうかなんて、きっとわからないことなのだわ。それは、受け手によってどんなふうにでも解釈できる。どんなふうにも咀嚼される。完全に伝わる物語なんてありえない。そんな曖昧でかたちを持たないものを届けるしかないの。それでも、自分だけは確たる信念を持って物語を綴らなければならない。わたしに説明する必要はないけれど、自分自身では理解しておくべきなの。あなたは、まだそれを見付けられていない。だから迷って、筆を進められなくなっているんだと思う」

長々とした説明だった。言わんとしていることは理解できるが、極めて小余綾らしい、随分と遠回りをする表現だ。反吐《へど》が出るくらいに、苛《いら》つく表現だった。

綺麗で、美しくて、正しくて。

本物の小説家の言葉——。

「テーマなんか、要らないだろ」

思わず、そう呟いていた。

「はぁ？」

素っ頓狂な声を上げて――。小余綾は、腰を浮かせて僕を睨んだ。

「なにを言っているの。自分の作品のテーマを理解せずに、読み手の心を震わせることなんて、できるわけがないでしょう」

「読み手の心を震わせる?」僕は鼻で笑う。「君は随分とご大層な作品を作りたがってるんだな。成瀬さんも、そう思っているのか? 読んだ人の心を震わせる小説を書きたいって?」

眼を向ける。成瀬さんは、ぱちくりとまばたきを繰り返していた。

「わたしは……」けれど、自信を喪失したように、彼女は俯く。「でも、わかっています。わたしには、自分の作品のテーマがなにか、うまく掴めないだけじゃなくて……。それを表現できる……、文章力すら、足りなくて」

「さっき、短編小説を幾つか書くことを薦めたのよ」小余綾は僕を睨みながら、椅子に腰を下ろす。「テーマや作品構造が散乱的になってしまうのは、一つの物語を短く纏める経験が不足しているからだわ。まずは短編を幾つか書いてみて、物語を綴る筋力を鍛えるの。それを繰り返していくうちに、自分が伝えたいものを伝えるためにはどんな表現が必要なのか、経験に即して判断できるようになる。それになにより、物語を終わらせるようにして書くのは、大きな実力の向上に繋がるもの」

「物語を終わらせるように書くことが、実力の向上になるだって?」

「なによ、異論があるわけ?」

「大ありだな」

小余綾詩凪は、夢ばかりを見ている。僕は溜息を漏らし、顎で扉の方を示す。

「書店へ行って、一般文芸でも、ラノベでも、漫画でも、本棚を眺めてこいよ。成瀬さんはラノベの新人賞を目指しているんだから、ラノベの棚がいいかもな。まぁ、どこだって同じだ。ぐるっと見渡してみろ。綺麗に物語が終わっている作品が、どれだけある？」

僕の言葉の意味を、二人はすぐに理解できたのだろう。

想像した景色の書架で、延々と続く続刊の数字——。小余綾は顔を顰め、成瀬さんはなにか新しい発見をしたかのように、微かに唇を開いた。

「ラノベだけじゃない。最近に限って言えば、売れている作品はどれもこれもが続刊を前提にした作品ばかりだ。アニメになる小説も、ドラマになる漫画も、ほとんど物語は終わっていない。時代はシリーズなんだ。単独であっさり終わる作品を書いたところで、実力が向上するどころか、続きを書く能力と機会を失ってしまうだけだよ。売れなければ切り棄てられ、売れれば続刊を書くように催促される。そういう時代なんだ」

僕の語る真理に、小余綾はあからさまに不快そうな表情を示した。

「本気で言っているの？」

「当たり前だろ。物語を続ける能力のない奴は、打ち切りにされる。断絶するんだよ。それが嫌なら、時代に合わせろ。成瀬さんだって、もし受賞したならシリーズの続きを書きたいだろ？　ユーリたちの話を、それっきりで終わりになんかしたくないだろ？」

「それは、そう、ですけれど……」

「一般文芸もラノベも、新人賞は破綻してるよ。完結した作品を投稿してくるように求めるくせに、デビューしたあとは続刊を出すように求めてくる。必要なのは定期的に物語を提供する継続能力だ。終わってもいない作品が評価され、メディア化していく時代だ。読者はその作品が綺麗に破綻なく終わるのか、そんなことまるで気にしない。こんな時代に、短く物語を書く能力なんてまったく必要ない。短編小説なんて時代遅れもいいところだ。そんなものばかり書いていたら、時代に合わせられなくて、打ち切りを喰《く》らうだけになる」

長々と、長々と――。

この唇から吐き出される言葉は、まるで毒素のようだった。

周囲を蝕《むしば》み、僕自身を汚染し、そうして心地よく麻薬となって身体を巡っていく。

間違っている。あまりにも間違っている。

けれど、いちばん間違っているのは、きっと僕なのだ。

時代に追いつけない僕だ。

時代が正しいと判断しているものを、受け入れられない僕自身だ。

だから、断絶した。

だから、僕の言葉は、本心ではないが、真実だ。

受け入れろ。

正しいと、認めろ。

「あなた、本気でそんなことを考えているわけ？」

「そうだよ。さっきからそう言っているだろう。真面目に考えるだけ、無駄なんだよ。君の考えもやり方も、時代遅れなんだ。成瀬さんの作品を駄目にしたいのか？」

「あなたの言う通り、エンターテイメントに限って言えば、確かにその傾向はとても強いと思う。でも、それじゃ駄目なのよ。一つのシリーズを、物語を終わらせることなく延々と書き続けていたら……。読者の記憶に残るのは、作品であって作者ではなくなってしまう。下手をしたら、ヒット作を一つしか出せないようになって、作品の幅を狭めることになりかねない」

「それのなにが間違ってる？　作品が売れなければ、作者は生活できない。なんの問題があるんだよ？　出版社の要求通りに続きを出せない作家が、これからの時代、生き残れると思うのか？」

「それは——」

小余綾も、認めざるを得ない。

単発の作品を書いていくだけでは、小説家は生きていけない。よほど幸運に恵まれた大物作家にでもならなければ、それは難しいだろう。その一方で、一つのシリーズを確立し、それを延々と続けて書いていくのは堅実な仕事のやり方だ。一冊一冊の部数は少なくとも、シリーズを重ねれば重ねる分だけ、新刊を手に取る新規読者を摑まえやすくなる。

シリーズは書けば書くほど、部数を増やしやすいようになっている。逆に言えば、シリーズを続けられない作家、シリーズを書けない作家は、部数が減っていくばかりで、この時代では生きていけない。

君もどこかでそう思っているから、今回の話をシリーズにしたんだろう？

かつての文豪たちも、今の時代に生きていれば、シリーズ作品ばかり書くことになっただろう。吾輩《わがはい》は猫である6。大好評銀河鉄道の夜シリーズ六冊目。人間失格十一巻……。笑えてくる。本当に、笑えてくる。

「成瀬さんには、新人賞より、小説投稿サイトで小説を連載するのがオススメだよ。そっちの方がデビューできる確率が高いし、作家っていうのはデビューよりもデビューしたあとの方が大変なんだ。けれどウェブ出身なら、それも安泰だよ」

「どうして、ですか……？」

「今は新人賞でデビューしたところで、作品が売れない新人作家の方が圧倒的に多い。けれど、ウェブ小説は書籍にする前から売り上げの数字が見込めて、その数字にほとんど裏切られることがない。ウェブ小説の連載を読んでいる読者の数字から、初版部数を計算できるんだ。売れるかどうかもわからない新人賞のプロ作家と、ウェブ小説で絶大な人気を獲得している素人作家、どっちが出版社にとって安定した利益になるのかは眼に見えているだろう。その証拠に、今じゃほとんどの出版社がウェブ作家の引き抜きと書籍刊行に大忙しだ。大手出版社の幾つかは、独自のウェブ小説投稿サイトまで作って、そこから作家を拾い上げようとしている。もう、プロの作家が選出する新人賞の時代は終わったんだ。プロが選ぶプロ作家なんかより、これからは確実に、素人が選ぶ素人作家の時代になる。いいや、もうなっているんだ。たいていの一般文芸の新人作家は、ウェブ作家の初版部数に圧倒的に負けているからね」

「そんな時代は……。長く、続かないわ。ふざけたこと、言わないで。こんなのは一時の間のことで、すぐに破綻する」

反抗的に双眸を光らせる小余綾を、僕は平然と眺めた。

「破綻しているのは、これまでの時代だよ。出版社はどんどん小さくなり、併合されて、書店は潰れまくって壊滅状態。それもこれも、本が売れない時代だからだ。けれど、今僕が言ったビジネスモデルだけは、売り上げを伸ばし続けている」

「あんたは……。なにが言いたいのよ」

小余綾は立ち上がり、机に大きく掌を叩き付ける。

あのとき、初めてここで彼女と言葉を交わしたときのように――。

僕は溜息を漏らす。

「わからないのか……。だから、真面目に小説なんかのことを考えたって、無駄だって言ってるんだ」

「成瀬さん」

小余綾は、彼女に向き直った。

「こんな奴の言うこと、一つも耳に留める必要ないわ。あなたは、きちんと物語に向き合って、自分の好きな小説を書いていけばいい。そうすれば、いつか自分の望む作品が書けるようになる」

続いて、小余綾は僕に指先を突き付けて、宣告した。

「出て行って。あなたなんかに、小説のことを語る資格なんてない」

僕は、瞼を閉ざす。

そうだ。これでいいのだ。

なにが正しくて、なにが間違っているのか、もう、僕にはわからない。

ただ一つ、圧倒的に正しいのは、僕という人間の存在そのものが、誤りだということ。

正しいと思っていたことは、全て間違っていた。信じていたことは、すべて無駄だった。それなら、僕が正しいと思っていたことの真逆が、僕の存在が示すことの真逆が、きっと正しいのに違いない。

だから、これでいいのだ。

「すみません……。わたしっ……」

困惑と悲痛の声音を漏らして、部屋を駆け出していったのは、成瀬さんの方だった。

僕と小余綾の間にある奇妙で重たい空気を、彼女は鋭敏に感じ取ったのだろう。自分のせいで二人が険悪になっていると感じて、その罪悪感に耐えきれず逃げ出してしまったのかもしれない。

小余綾は、唇を噛んで僕を睨み付けた。

長い髪を翻し、成瀬さんを追うべく部屋を出て行く。

自分が部屋に取り残されてしまったのは、計算外だった。

ここを離れるべきなのは、僕の方だ。

空っぽで、無価値で、なにもかも間違ったことをして、物語を断絶させる害悪こそ、ここからいなくなるべきだったのに。

蒸し暑い部屋の中で、暫く佇んでいた。

小余綾は僕を嫌悪しただろう。これで仕事も終わりだ。関わらなくていい。大丈夫。僕なんかよりずっと素晴らしい作家が彼女と組んでくれるはずだ。あるいは、彼女自身で文章を書いたっていい。そう、それがいちばんだ。小余綾のファンは、小余綾が綴った美しい言葉を待ち望んでいるのだから。僕なんて最初から不要で邪魔な人間だったのだ。

きっと彼女が自分自身で書き上げるあの物語は、ベストセラーになるだろう。僕よりも美しい言葉、僕よりも適切な表現、僕よりも活き活きと魅力的に動く登場人物たち。目に浮かぶようだ。物語は断絶しない。キャラクターたちは幸福そうな表情だった。物語には先がある。どこまでも続いていられる。読者は待ち望んでいる。ファンに小説を送り届けることができる。それは素晴らしいことだ。それは尊いことだ。かけがえがなく、物語を綴る行為への愛しさを考えれば、それだけで温かい気持ちになれる。大切に、とても大切に、生まれてきてくれた本を、そっと誰かの胸に抱いてもらえること。それは、とてもとても。とてもとても……。

沸騰する熱を、拳で拭う。痛めた拳には、まだ包帯が巻かれていた。白い帯が、僕の心から溢れた醜く穢らわしい毒を吸って滲んでいく。空っぽの身体。溢れるのは、涙と糞《ふん》尿《にょう》と胃液。それと毒々しい血液だけ。美しい言葉は、一つも出てこない。誰の心にも響かない。響かなかった。綴っても、綴っても、何度繰り返しても、僕は駄目だった……。

「あんた、なにがあったの――」

周囲に蔓延《まんえん》する沈黙はどこまでも重たく、この蒸し暑さの中でさえ、世界はまるで氷漬けになったかのようだった。それでも、気付けば戸口に小余綾詩凪が佇んでいた。僕は慌てて、汚れた右手を腰の後ろに隠しながら、左手で目尻を拭う。

「なにもねぇよ」

掠れるな、と祈った声は、僕の意にそぐわない声音をしていた。

「なにもないわけ、ないでしょう」

肩を怒らせて、つかつかと上履きを鳴らす。彼女は部室の中に入ってくると、会議机に置かれた彼女の鞄を漁《あさ》った。そこから一冊の本を取り出して、僕に突き出してくる。

美しい装丁のカバーは外れ、背は曲がり、小口は不気味な花が咲き誇るようにぐしゃりと開いて、表紙の角には折れ目が付いている。覗くページの幾つかは力任せにねじ切られて、綴られた醜い言葉が幾つも欠損していた。

それは、千谷一夜《ちたにいちや》という作家のデビュー作だった。

ようやく文庫になって、多くの人に読んでもらえるはずだったもの。

けれど、現実はどうしようもなく過酷で、続きを書かないで欲しいと懇願されるくらいに、この世から必要とされない物語だった。

「なんで、それ……」

僕は、喘ぐように唇を動かす。小余綾は厳しい顔付きで僕を睨み続けていた。

「九ノ里くんに渡されたの。なにも言われなかったから首を傾げていたのだけれど、あなたを見て、ようやく意味がわかったわ」

「それは……。関係、ねぇよ」

僕は彼女から眼を背け、呻く。

「嘘をつかないで。なにがあったのか、言いなさい」

「君には、関係、ないだろ」

「関係あるわ。わたしたち、チームでしょう」

「僕は……。もう、降りる。解散だ。僕たちは、もう、チームじゃない」

「ちょっと、なに言って……」

小余綾が、一歩、迫る。喉から悲鳴が漏れそうになった。僕は逃れるように後退する。狭い部室の書架に背中が当たった。

寄るな。

近付くな。

関わるな。

「ねぇ、右手、どうしたの」

「もう、僕は……、書かない」

はっ、と息を吐く声がした。小余綾は僕の言葉を笑い捨てる。

「ふざけないで。今更、仕事を放り出すって言うの？」

「僕は……」

包帯を巻いた手を、何度か握り返す。微かな痛みが、皮膚と骨を刺激した。

なぁ、きっと君にはわからないだろう。

書けないんだよ。書きたくないんだよ。嫌なんだ。苦しいんだ。辛いんだ。死にたくなるんだよ。仕方ないだろう？　僕は君とは違う。ぜんぜん違うんだ。

瞼と頬の上の辺りが、激しく痙攣していく。駄目だ。泣くな。堪えろ。泣いたって仕方ない。こんな醜い人間が泣いても、みっともなくて気持ち悪いだけだ。

「辞めるというのなら、わたしを納得させるだけの理由を言いなさい」

挑むように、睨むように――。言葉が、僕を追い詰める。

眼を背け続けているというのに、僕のことを串刺しにしようと、彼女のあの黒い双眸が爛々と輝き、僕の皮膚を焦がし続けているのが伝わる。僕は鼻で笑った。理由なんて、散々言ってきただろう？　教えてきただろう？

「小説なんて、糞だ。なんの役にも立たない。くだらない現実逃避の……」

とたん、右の手首に鋭い痛みが走った。小余綾は僕の腕を摑み上げながら言った。

「わたしの眼を見なさい」

鋭く叫ばれて、僕は反発を示すように、じっと靴先を睨み付ける。

「言いたいことがあるなら、わたしの眼を見て言いなさいって言ってるのよ！」

鼓膜が破けるかと思うほどの叫びだった。

小余綾詩凪を睨み付ける。美しい貌は、今はどこか緊迫した様子に強ばっていた。黒く炎を宿す双眸が、ぎらぎらと僕のことを覗き込んでいる。心を見透かされるような、自分の感情に侵入されていくような、そんな錯覚があった。僕はすぐに眼を背ける。

「駄目、だったんだ」

自然と零れた呟き。同時に、手首を摑む彼女の指先が、僅かに緩んだような気がする。

「僕の、小説は、いつも駄目なんだ。なにを書いても、なにをやっても、売れない……。しまいには、とうとう打ち切りだ……。僕の小説の中で、唯一、シリーズにしようと思っていた作品は……。なにをやっても駄目な僕のせいで、打ち切りだ……」

自分のものではないような感覚のする手首が、ずるりと彼女の指先を抜けて墜落する。

「笑えよ。君が好きだって言ってくれた話は……、もう、書くことができない」

小余綾の呼吸が耳に届くかのような静寂が、蒸し暑い部室を支配している。彼女は何度か、息を吸った。

「それは——。でも、だから……？　だから、わたしとの仕事を終わりにするの？　それが理由だっていうの？」

「わかれよっ、君の作品まで、駄目にしたくないんだよッ……！」

暑い。汗が、身体中を流れ落ちていく。もうなにもかもが嫌だった。逃げ出したかった。この部屋からも、小余綾の前からも。小説を書くという行為からも。それでも、彼女は僕の前に立ちふさがり、書架に追い込んで、部屋を出て行こうとするのを阻《はば》んでいる。

「駄目になんて、ならない」

眼を向けると、小余綾は僕をまっすぐに見詰めながら、なんの根拠もない言葉を、ただそう告げてくる。

「笑わせるなよ……」俯いて、僕は笑う。「僕がネットでどんな酷評を受けているのか、君は知らないのか。星一つ。ゴミ。駄作。才能なし。眼を覆いたくなる文章、読む価値無し、主人公が最低で気持ち悪い……」

まだまだ、思い付く。僕は見ている。僕は知っている。僕は眼を通している。全ての言葉、全ての評価、全ての侮蔑。僕の作品に関する言葉を、すべて知っている。僕はそれを呪詛のように呟く。呪文のように繰り返す。

「逃げないで」

けれど、その呪いの言葉を強く、小余綾は遮った。

書架へと、彼女の白い腕が伸びて、突き刺さる。僕のことを至近距離から睨み付けるように、彼女の顔が寄った。鼻先が擦れそうなほどに。視界の端で、彼女の黒い髪がはらりと垂れていた。溢れる熱で塞がりかけている鼻腔《びこう》を、小余綾詩凪の髪の匂いが擽る。

「ねぇ――。あなたは、そんな言葉を使う人たちのために、小説を書いているの？」

「なんだよ、それ……」

「そんなふうに汚い言葉を使って、作品や作者を貶めて嗤うような、そんな感性を持った人たちに向けて、小説を書いているわけじゃないでしょう？」

「僕は……」

「あなたは、もっと別の人たちに向けて、物語を綴っている。その人たちの言葉は、今はまだ、あなたの元へ届いていないのかもしれないけれど……。けれど、あなたの物語は、きっと誰かの心に響いている。世界のどこかにいる、誰かのための力になっている！　わたしたちはそれを信じて物語を綴っているんじゃないの。たった一人でもいいの。誰か一人の心に強く響くような、そんな物語を届けたくて――」

ああ、これは――。

僕を書架に押し付けて、叱咤《しった》するように叫んでいる小余綾の言葉を聞きながら、とても強く感じる。僕と、彼女との間にある、大きな隔たりを、強く感じている。

ああ、これは――。

勝者の論理だ。

「ふざけるなよ……」自然と、笑えた。馬鹿馬鹿しかった。「心に、届く？　小説にそんな力なんて、あるものか。本当に、売れている勝者の言うことは、理想に塗《まみ》れていて現実がなにも見えていないな……」

僕は顔を上げ、小余綾を睨み返す。

なぁ、小余綾、教えてくれよ。

心に届くってなんなんだ。小説の力ってなんなんだよ。

誰かの心に響いたところで、それがなんだっていうんだ。

そりゃ、世の中にはたくさんの人たちがいるんだから、誰か一人くらいには、僕のくだらない物語が、その人の心を震わせることもあるのかもしれないな。けれど——。

「それでなにが変わるんだよッ！」

僕は叫んだ。絶叫した。

唸った。吠えた。拳を握り締め、振り上げた。背にある書架へと叩き付けて、そこに収まる背表紙を指にかけ、雪崩を呼び起こすように引き裂いた。

幾つもの書物を床にぶちまけながら、僕は叫んだ。

「誰かの心に響いて、それでなにが変わるっていうんだ！　部数が増えるのか？　書店の平台に並ぶようになるのか？　作家を続けられるのか？　大勢の人に読んでもらえるのか？　雛子の病気が治るのかッ！　たった一人の心を動かして、物語の断絶は避けられるのかよッ？　読者が一人でもいるから、打ち切りはなしにしましょうって、販売部が、営業部が、編集部が、そんなことを言ってくれるっていうのか！　教えてくれよ、答えてくれよッ！　僕はいったい、他の作家となにが違うって言うんだよッ！」

彼女の肩を摑む。強く指先を食い込ませて、揺さぶる。言葉を出せ。答えを示してみろ。僕を納得させてみせろ。けれど、いいか小余綾。君がなにを言おうが、君と僕はあまりにも違いすぎている。君はなにを書いても売れる。なにを書いても重版する。なにを書いても読者が喜んで、なにを書いても特集を組まれ、なに書いても様々な媒体で告知される。数字なんて心配することなく、今後の作家生命に不安を抱く必要もなく、ただひたすらに重版の通知が届いて、物語を書く喜びに満ち溢れた生活を送り続けている。けれど、僕は違う。僕は違うんだ。僕の作品は、この世界から否定されているのだ。それがわからないのか？

「あなたは――」唇を嚙み締めて、小余綾は視線を揺らがせた。僕から眼を背けて、訥々とした様子で言う。「今、あなたは……、自分を見失ってしまっているだけなんだわ。あなたがするべきことは、自分を信じて、最後まで物語を綴っていくことでしょう。今は巡り合わせが悪いだけなのよ。あなたは悪くない。どんな作家にだって、そういうときはある。どんな作品が売れて、どんな作品が売れないのか。そんなの誰にもわからないことじゃない。今は活躍している作家たちも、かつてはまったく売れない時代を過ごしていたなんてこと、珍しい話じゃ――」

「なにが自分を信じてだ。僕は悪くない？　それなら誰が悪いんだ。他人のせいにすればいいのか？　読者のせいにすれば救われるのか？　書店に責任をなすり付ければそれでいい？　そんなわけないだろうッ。悪いのは圧倒的に僕だッ。面白くない屑みたいな小説を書く僕が悪いんじゃないかッ！」

僕は、ただひたすらに叫んだ。無我夢中で、叫んだ。

小余綾の肩を摑んで揺さぶり、この胸に渦巻く醜く穢らわしい汚物を、撒き散らかす。

「問題があるなら改善しろよッ！　面白くないのなら、面白いものを書く努力をするべきじゃないかッ！　けれど僕にはそれができなかった。できなかったんだよ！　好きなものだけ書いていればいいなんて、そんなの成功者だけが赦される綺麗事の夢物語じゃないか！　間違いがあるから認めてるんだ。問題があるから改善したんだ。でも、それをしないで、自分の信じるものだけ書いていればいつか救われるだなんて……、そんなの、馬鹿じゃないか……、裸の王様じゃないかよッ！」

夢を、見させないでほしい。

諦めさせてくれよ。

僕が悪いんだって。

全て僕の責任なんだって。

才能なんてないんだって。

そう、告げてほしい。

もう、僕は終わりたい。新しく出来上がった書籍を手に見つめ、今度こそきっと売れる。今度こそみんなが喜んでくれる。今度こそ、みんなが楽しんでくれると……。そう期待と不安に苛まれながら、それでも結果を出せない自分を、終わりにしたい。

小説なんて、書かなければよかった。

　そうすれば、こんなふうに、三年間も苦しむことなんてなかったのに――。

「言えよ……。教えろよ……。本当のことを……」肩を摑んで、項垂れて、必死に小余綾に請《こ》う。「僕の文章は糞だって。僕の物語は退屈だって。五千部どころか二千部以下の価値しかないって、そう断言しろよ……。本当のことを教えてくれよ……。君だって、どうせ僕の物語なんて、好きでもなんでもないんだろ……」

　夢の中で、嗤っている。

「でも、それはきっと、千谷さんのやる気を引き出すための言葉で、嘘ですよ」

　知っているよ。わかっているよ。だって、そうだろう。原稿を書き上げてメールで送っても、君はいつだって素っ気ない返事しか寄越さない。よくできている。このまま続けてみて。ただそれだけの言葉で、僕の綴った文章への感想を終わらせている。わかっているよ。知っているよ。本当は困っているんだろう？　あまりにもへたくそで、あまりにも、くだらなくて。こんなの、わたしが書いた方が何倍もマシじゃないのって、そう思っているんだろう？

「いいか、空っぽの僕の物語に、価値なんてないんだ。誰の心にも、届かない。何も、誰にも伝わらないんだ。わかるだろう――」

　五千部も売れずに、打ち切り。

　僕の作品の価値は、それだけだ。僕には、小説しかない。だから、僕という人間の価値は、たったのそれだけだった。何十万部と刷られる君とは、違いすぎる。

「わたしは——」

小余綾は、息を呑んで。

そうして、言葉に詰まった。

ほら、見てみろよ。

唇の端が、自嘲気味に吊り上がる。

対して、小余綾詩凪は眼を伏せた。長い睫毛が悲しげに降下し、瞳を封じた白い瞼がなにかを堪えるように微かに痙攣した。言葉を見付けられなかった彼女の唇が開いて、白い歯を覗かせる。それから、戦慄《わなな》いた。悲しみと静寂に凍《い》てついた氷湖が、激しく音を立てて瓦解《がかい》していくように、震える唇から漏れる吐息は憤怒の火に色付いていた。

とたん——。

息が、詰まる。まるで殴りつけられるかのような錯覚と共に、僕の身体は書架へと叩き付けられていた。新たに本が何冊が墜落し、拳を叩き込むようにして、胸へとなにかが押し付けられる。

ぐしゃぐしゃになった文庫本——。

「いい加減にしなさいよっ!」

小余綾詩凪は、空いている方の手で、僕の胸ぐらを掴んで叫んだ。

「あなたって本当に最低ねっ。自分が空っぽですって?　あなたの中にあるのは、醜い嫉妬心と過剰に膨らんだ承認欲求だけじゃない！　こんなの、自分の思い通りに行かないからって、みっともなく喚いているただの子供と同じよ！　どうしてあなたは、あなたの物語を愛してあげられないの！」

ずしり、と胸が痛んだ。小余綾が、僕の本を心臓に打ち付ける。もう一度、ずしり、とそこが激しく叩き付けられた。小余綾が、何度も何度も、僕の本を心臓に叩き付ける。

「あなたこそ本当のことを言いなさいよ！　小説を好きだからっ、信じているからっ、だから泣いているんでしょう！　だから悲しんでいるんでしょう！」

問いかけながら、叫びながら、握った本を繰り返し叩き付けて、彼女は言葉を吐き出している。僕は、彼女の頭頂部を見下ろしていた。

「書きたいものがあるからっ、伝えたいものがあるからっ、だからッ……！」

僕の作品。僕の物語。

胸へ何度も突き立てられる、本の残骸《ざんがい》。

ぐっと心臓にそれを押し込むように、表紙をねじ込みながら、小余綾は顔を上げた。

黒い双眸は、爛々と怒りに燃えて僕を睨み付けている。

「物語に優劣なんてない。勝利も敗北もない！　一位も二位もない。百万部も、三千部も関係ない！　ただそこには、想像の翼を広げさせてくれる美しい言葉が綴られているだけなの。どんな物語もその素晴らしさは変わらない！　それなのに、どうしてあなたは、自分の手で自分の物語を貶めようとするの！」

燃える双眸が、睨んでいる。ぎらぎらと煌めいて、きらきらと揺らめいて。

「うじうじ情けないことばかり言ってないで、いいからさっさと面白い小説を書きなさいよッ！」

激情と共に、言葉が迸る。小余綾は胸ぐらを摑んでいた手を離すと、僕の右手をもう一度握り締めた。それを掲げながら言う。

「八つ当たりに壁を叩き付けてる場合じゃないでしょう。物語が響かない？　言葉が届かない？　だったら何度でも何度でも、心を、胸の扉を、言葉で叩くのよッ！」

摑まれた右手が、小余綾の心臓に触れる。そこに、僕の拳を叩き付けるようにしながら、叫んだ。

「確かに、ノックをしても開かない扉はあるかもしれない。どんなに胸を叩いても、言葉が届かないこともあるっ。それでも……、それでも、人の心にもっとも深く響くのは、小説なんだとわたしは思う。ねぇ、あなたは自分の手を痛めて、誰かの胸の扉を叩いたことがあるの？　もっとも美しく、もっとも麗しいノックを重ねられるように、物語を綴ったことがあるの？　自分の手を痛めることもなく諦めて、物語に力がないだなんて諦めて、わたしに――、わたしたちに、失礼にもほどがある！」

再び、胸に小説が打ち付けられた。

心を打つように。心に響くように。心へ届くように――。

けれど、それがなんなのだ。それがなんだというのだ。

「やってきたに、決まってるだろう……」

僕は、小余綾の手首を摑んで、それを引き離す。

「何度も何度もやってきたさ！　何度も何度も、努力してきた！　何冊も何冊も書いて！　それがこの結果なんだよッ！　届かないいんだ！　無理なんだ！　苦しいんだよッ！　もうこんなくだらないこと、続けたくないんだッ！」

「苦しいのなんて、当たり前でしょう！　悔しくても、苦しくても、辛くても……。それでも、物語を綴るのが小説家というものでしょう！」

僕らは、互いに吠えた。至近距離で睨み合いながら、相手の腕を摑んで、唾を飛ばすようにして、醜く感情を迸らせる。けれど、小余綾詩凪は、やがて力を失ったかのように項垂れた。縋るように僕の腕を摑み、悲嘆に暮れるように、肩を震わせた。

「お願いだから、嫌いにならないで……。あなたの物語を……。あなたの物語を読んでくれる人たちを……。小説を、嫌いにならないで……。もう一度……。誰かの心を震わせる、そんな小説を、わたしと一緒に書いて……」

小余綾は呻くように語った。

僕の胸板に壊れた本を押し付けたまま。

「あなたには、それができる力があるでしょう……」

「そんなの、もう無理に決まってるだろ」

君の言葉は、綺麗な理想ばかり。

なにを言われようが、どんな綺麗事を並べようが、君に僕の気持ちはわからないよ。君は成功者だ。勝者なのだ。

「いいよな、君は」

俯く彼女に、僕は告げる。

「どうせ美少女作家様は、なにを書いたって売れるんだから」

僕の手首を握り締めていた指先が、一瞬だけ強ばった。

するりと、力が抜ける。僕の胸に押し付けられていた壊れかけの文庫本が、ぱさりと床に落ちて、書架から散乱した書物に混ざり込んだ。微かに息を呑んだような声音が、途切れる。

小余綾は、暫く、顔を上げなかった。

数秒、経っただろうか。室内の蒸し暑さを再び意識する頃になって、彼女は顎を上げた。

「ねぇ、あなたは……。本当に、なんのために小説を書いているの……？」

美しい硝子細工のような黒い双眸は、なにも宿していなかった。物語への熱意も、轟々と燃えるような怒りの感情も、なにもない。ただ、潤《うる》んだ双眸から溢れ、外へ押し出ようとする涙の雫だけが、彼女の瞳を彩っていた。

開いた唇が、小さく、震える言葉を呟く。

「いいわ……。解散、しましょう」

小余綾は身を翻した。
無言で、部室を去って行く。
ただただ、扉を締める音だけが、僕ら二人の断絶を示すように——。
胸の中で、重苦しく響く。
僕ら二人の物語は、ここで断絶したのだった。

第五話　小説の神様

「それじゃ……、どうしても、続ける気はないのね」

物静かな喫茶店の片隅で、そう問いかける河埜さんに、僕は黙って頷いた。

申し訳ないという気持ちは強い。いつまでも辛抱強くプロットを待ち続けてくれていた河埜さんを、僕は裏切り続けてきた。そんな彼女の持ちかけてきた小余綾《こゆるぎ》との企画すら、僕は放棄したのだから。

「その文庫化の件だけれど……。わたしは、気にする必要はないと思う。詩凪《しいな》ちゃんとのことも……、あなたたちは同い年なんだもの、喧嘩をすることだって……」

「感性を……。否定された気持ちになるんです」

木目調の大きなテーブル。そこにぽつんと置かれた珈琲カップの、黒々とした水面を見下ろしながら、呟く。

「自分が、楽しいと思っていたこと、わくわくしていた想い、辛くて、悲しくて、苦しいこと……。それを乗り越えたときに胸の奥から湧き上がる、新しい気持ち……。それらを感じる自分自身の感性が、すべて、おかしいものなんだって気付かされます」

「でも、もっと諦めずに努力を続ければ――」

「僕が、これまで、努力をしてこなかったって思いますか」

「それは――」

僕の言葉に、河埜さんは押し黙る。

「僕の書く小説は、ただただ、面白くなかった。それだけなんですよ……」

「千谷《ちたに》くん……」

河埜さんは、微かに唇を噛んで俯いた。

「わたしは……。千谷くんの作品が、面白くないなんて、欠片も思わない」

そんな気休めの言葉で、いったいなにが変わるのだろう。

部数が増えて、断絶した物語の続きを書かせてもらえるというのだろうか――。

僕が反論するより早く、河埜さんは語った。

「確かにね、この小説は売れるのか、売れないのか、そういうのは最近の流行に沿った作品かどうかを見れば、ある程度は予測ができるの。そうでなければ、販売企画を立てて部数を決めることはできないもの。売れる見込みがあるから部数を多くして、結果的に書店さんにたくさん並べてもらうことができる。その予測できる要素を面白さと呼ぶのなら、それはそうなのでしょうね。千谷くんが書く作品には、それがなかったのかもしれない」

ずきりと、腹腔の辺りが鈍《にぶ》く痛む。

河埜さんは僕の眼をまっすぐに見つめて言った。

「けれど、わたしや千谷くんが作りたいのは、そんなふうに時代と流行に合わせたような物語じゃない。わたしたちだって、寝る間も惜しんで原稿を読んで、何度も何度も改稿を重ねてもらって、売れるかどうかわからないお話を書店に並べるより、流行に沿った、これなら売れるってわかっている作品を手がけた方が、そりゃ楽に決まっているわよ。けれど、それで成功したとしても、それは流行に乗っただけの、読者にとって代替可能な作品でしかないじゃない。わたしは、あなたにそんなふうに読み捨てられるような作品を描いてほしいわけじゃないの」

僕は、必死に訴える河埜さんの表情を見た。

「いつまでも心に残っている本って、誰の中にもあるでしょう。たとえ引っ越しを重ねても、どうしても棄てることができず、ずっと本棚に収めておきたくなるような。読者の成長と共にあって、自分に子供ができたとき、読んでほしいと思えるような、その人の人生の一部を、形作るような――」

河埜さんは、眼を伏せて、どこか愛しげに語った。

親父の書架を見て、小余綾が語っていた言葉を思い出す。わかるの。ここにある小説が、あなたをかたち作っている。それが、よく伝わってくる。どれもとてもよく愛されている――。

「わたしは、千谷くんと一緒に、いつまでも読者の胸に残るような物語を作りたい。千谷くんとなら、それができると思ってる。たとえ今が駄目でも、次があるじゃない――」

僕は、自然と唇を開いていた。

言葉と同時に、涙すら溢れていた。

「僕は……、読み捨てられる小説でもいいから……。売れたかった、です……」

僕を、あなたの実験の道具に、使わないでほしい。

あなたの机の前には、きっと、年に何十冊もの物語が流れてくるのだろう。たとえ失敗したとしても、次に流れてくる物語を摑めば良いのだろう。

けれど、僕の作品は、僕が生み出す、たった一つのものだ。酷評され、嘲笑《ちょうしょう》され、そして売れなかったのなら、その作品に次の機会は訪れない。

かつて、悔しいのならば、次なる作品で答えれば良いと、呑気なことを言う編集者もいた。その人は以前、作品は作家にとっての子供であると言っていたのが滑稽だった。あなたは自分の子供が貶《けな》されたら、非をすべて認めてまた子供を産むのかと思った。罵られ、嘲笑される子を諦めて、次の子を産んで希望を託すのかと——。なるほど、確かに作品は僕にとっては子に等しいものだろう。悩んで、苦しんで、苦労して生み落とした唯一無二の掛け替えのないものだ。だからこそ、それが世の中に受け入れてもらえなかったら、その作品を斬り棄てて次の作品を作ればいいだなんて、そんな考えをすることなんてできない。それは僕の我が儘だろうか。本当にプロであるならば、売れない作品なんて無かったことにして、次に進むべきなのかもしれない。それができない僕は、やはり小説家としては正しくないのだろう。

河埜さんは、なにも言わなかった。

ただじっと、涙を流す僕のことを見詰めていた。

「もう……、僕を引き止めないでください」

「けれど……。妹さんのことは、大丈夫なの」

「だからです……。小説に割《さ》く時間があったら、バイトをします。勉強をします。きちんとした大学に入って、しっかりした企業に勤めて、堅実にお金を稼ぎます。それがいちばん、家族のためになるんです」

どんどん部数が減り、どんどん書ける機会は少なくなっていく。

執筆の仕事が来て、奇跡的に年に三冊書けたとして、誰も買わないような定価千八百円のバカ高い本が三千部。源泉徴収があり、印税は五十万ほど。三冊なら、百五十万円。そこから、更に税金が諸々《もろもろ》と引かれていく……。年収は百万くらいだろうか？　まるで親父だ。今、計算してその収入だ。これからの厳しい時代、もっと年収は低くなるだろう。僕は父親のように家族に迷惑をかける人間には、なりたくなかった。

「そうね……。わたしにも、あなたを無理に引き止める資格なんてない。あなたは、まだ学生だし……。確かに、未来のことはよく考えるべきだと思う。この時代、成功できる作家なんてほんの一握り。わたし自身、会社組織の中でぬくぬくと仕事をさせてもらっている身分だもの。無責任に、孤独に小説を書き続けてほしいなんて言えるわけないわ。あなたは、大人になったら、それで食べていかないとならないんだものね……」

「期待に……。応えられなくて、すみませんでした」

僕は深く――。

深く深く、頭を下げた。

いつまでも、いつまでも、僕の原稿を待ち続けてくれた人。

それなのに、僕はなんの成果も出せなかった。

いつまでも、いつまでも、星一つ。

打ち切りの、断絶作家にしかなれなかった。

「たくさんの人たちを、見てきたわ」

静かな声が、降ってくる。

「小説家でも、漫画家でも、みんな、いつかは売れるんだ、いつかはヒットするんだって。そうやって夢を見て……。そうして、筆を置いて、去って行く……。書店に並んでいるのは、いつだって成功している人たちの本ばかりだけれど……。ほとんどの作家は、そうなの。わたしたちは、成功者よりも、ずっとずっと多く、そういう人たちを見てきた」

それでも——と、河埜さんの言葉が続く。

「わたしは、いつまでも待っている。もし、また小説を書く気になったら、いつでも遠慮なく言ってほしい。わたしは、あなたの物語を待っているから」

まっすぐな、眼差しに——。

僕は応えきれず、眼を落とした。

「どうして……。いつも、僕なんかのこと、待ってくれているんですか」

「そんなの、決まっているじゃない」

俯いた僕には、テーブルと珈琲のカップくらいしか見えなかった。

けれど、彼女は笑ったのだろう。そう思う。

「わたしが、あなたのファンだからよ」

＊

「とう」

病室に入ると、枕《まくら》が飛んできた。

顔面に直撃したそれによろめくと、同室の患者さんたちの笑い声が耳を擽る。

「仲がいいわねぇ」

と仰るおばさまに、ご迷惑をお掛けしております、と頭を下げた。枕を返してやると、
雛子は何故か少しばかり厳めしい顔付きで僕を見ていた。

「お兄ちゃん。そこへ直りなさい」

「そこへ直れって、床に座れってことですか？」

「ううん、間違えた。人生を直りなさい」

「ちょっと意味がわからないぞ？」

人生をやり直せるなら、喜んでそうしますけれどね？

「じゃ、いいから、椅子に座って」

言われるとおり、抱えた荷物を床に下ろし、椅子に腰掛けようとする——。

「ああっ……。なんか勿体ないッ！」

「なにがだよ？」

構わず、椅子に腰掛けて雛子を見遣る。

彼女は頭を抱えて呻いた。

「くっ……。女神様の薫りが、お兄ちゃんに汚されたッ」

「頼むから日本語で説明してほしい。校正さんに赤入れられちゃうぞ」

こほん、と咳払いをして、妹はベッドの上で居住まいを正した。

「ここ数日、雛子は困惑の渦中にあるのですよ、お兄ちゃん」

「はぁ」

「まず一つ。ここのところ、お兄ちゃんもお母さんも来てくれなかったから、洗濯物が溜まっています。そのことに関しては、どうお考えでしょうか？」

「誠に申し訳ないと思っている。お兄ちゃんはちょっといろいろと忙しかったんだ。母さんも校了間際で、昨日なんて夜中の五時に帰ってきたぞ」

「夜中の五時って夜中なの？　朝って言わない？」

「それで八時に出て行った」

「帰る意味あるのそれ？」

「編集者の生態ってほんと謎だよな」

河埜さんとか、あれ絶対出版社に住んでると思う。

「ともかく、ほれ、新しい着替えやらなにやら、きちんと持ってきたぞ」

床に置いた紙袋を示すと、雛子は満足そうに頷いた。

「では、もう一つ。ここからが本題ですよ、お兄ちゃん」

「はぁ」

「不動《ふどう》詩凪さんが、ここへ来ました」

「は？」

困惑に、きょとんとまばたきをする暇もなく、雛子は再び枕を握り締めて構えた。

「ねぇ、お兄ちゃん、どういうことッ！　なにがどうなったら、わたしのカーディガンとパンツを不動詩凪さんが着ることになるわけっ？　お兄ちゃん詩凪さんになにをしたのこの変態色情魔ッ……！」

答える暇もなく、両手で掲げた枕で乱打された。痛い。

「ちょっ、まてっ、話を聞いてくれッ！」

「いやらしいっ！　けがらわしいッ！　きたならしいッ！　雛子の詩凪さんを汚すなんてお兄ちゃんのばかーッ！」

いつから不動詩凪さんは雛子さんのものになったんですかね？

とりあえず、叩き付けられる枕を掴んで、妹の武器を取り上げる。

くすくすと笑いながら微笑ましい兄妹《きょうだい》喧嘩を眺めている病室の皆さんに、ぺこぺこと頭を下げながら妹に向き直った。

「あのな、皆さんに迷惑だろ」

「ううっ、本当に、すみません、皆さん。うちのお兄ちゃんが強姦魔《ごうかんま》だったなんて……。いくらあんな美しい人が相手でも、服をびりびりに裂いて凶行に及ぶ度胸は、微塵もないと思っていたんです。人として恥ずべきことです。兄に代わって人類へお詫《わ》びを……」

「真面目に話を聞け」

「あう」

べしりと、枕を妹の頭に載せる。

「雨に打たれてずぶ濡れだったから、服を貸しただけだよ。本人になにも聞いてないのか、お前は」

「だって、訊ねたら、詩凪さん、眼を伏せて悲しそうな顔を……」

「それ絶対わざとだろ……。あいつ性格悪すぎじゃね？」

溜息を漏らし、椅子に再び腰を下ろす。

「いつ来たんだよ」

「ええと、四日前、かな」

「ああ……」

それは、僕たちの関係が断絶する前のことだった。

恐らく小余綾は、学校に来ない僕を不審がって、妹の元を訊ねたのだろう。妹の体調が悪いので、仕事を暫く中断したい――、河埜さんを経由してそう伝えられた言葉も引き金になって、小余綾は雛子を見舞いに来たのだ。となると、その嘘はとっくに見抜かれていたということになる。

気まずい思いが、胸中に重たくのし掛かった。

「その……。小余綾、なんか言っていたか」

「あ、それなんだけどねお兄ちゃん！」ぐい、と身を乗り出し、妹は言った。「あのねあのね、ケーキ持ってきてくれてね、一緒に食べたの。不動詩凪さんがケーキだよ！　あの有名作家不動詩凪さんが、わたしにケーキ！　もうほんと、この世でいちばん美味しいケーキだったの！」

やたら感激した様子で、雛子は眼をきらきらさせながら力説している。

なんというか……。難しい病に冒されているなどとは、微塵も思えない様子だった。

本当に嬉しそうで、楽しそうだった。

「それでね、ヒナ、唐突に、腕が痺《しび》れている感じがしてね。あの、詩凪さん、ちょっと調子が悪いんで、食べさせてもらえませんかってお願いしたの。あーんって、してくださいって。そうしたら、詩凪さん、ちょっと顔を赤くしてね、でもヒナのためにしてくれたの。はい、どうぞって、きゃーっ」

「お前はいったん全国の不動詩凪ファンにフルボッコされてきた方がいいぞ」

妹がここまで駄目なファンだとはお兄ちゃん考えてなかったよ……。

それから雛子は小余綾との会話を幸せそうに語った。小余綾は雛子の服を借りたことを報告した。小余綾はその服を直接返却することを選ばず、雛子のためになにか新しい洋服をプレゼントしたい、と語ったという。

「ヒナはね、ぜんぜん、詩凪さんが着てくれた服でよかったの！　むしろそっちの方がよかったんだけれど！　ああ、でも、洗濯されちゃうだろうし、どうせ匂い残らないだろうから、服を選んでもらうのもアリかなーって」

僕の妹って、ちょっと危ないファンだったのかな？

「それでね、今度、外出日が決まったらね、一緒に洋服を買いに行こうって……。あ、買ってもらうのは流石に図々《ずうずう》しいから、洋服代はお兄ちゃんの財布から出しますって言っておいたよ！　ヒナ偉い？」

「お、おう……」

そこはプレゼントしてもらってよかったんじゃないですかね。相手は僕や親父とは比べものにならない超人気作家様ですよ？

「だからね、今度ね、外に出られるときが、ほんとにすごく楽しみでね――」

窓から差し込む夕陽が、未来に想いを馳せる雛子の顔を、煌めかせている。

次に外出の許可が下りるのは、いったいいつのことになるだろう。

母から病状を伝え聞く限り、それはそう容易《たやす》いことではないはずだった。次の手術を、無事に終えたあとになるかもしれない。それは、何ヵ月も先のことになるだろう。そしてその手術を、無事に終えられる可能性は決して高いものではないはずだった。

雛子は、それを理解しているのだろうか。

きっと、理解しているのだろう。

それでも顔を輝かせて、活き活きとした妹の様子は、僕にはあまりに眩しい景色だった。

「あ、見て見て、お兄ちゃん、これ！」

ぼうっとしていると、一冊の本を突き出された。

愛らしい装丁の文庫本——。小余綾詩凪のデビュー作。その文庫だった。

「ほら、サインもらっちゃったの。家宝だよ、家宝ッ！」

満面の笑みで、雛子はページを開いた。

不動詩凪のサインは、初めて眼にする。

どこか固く、それでいて流麗な文字。縦書きで、不動詩凪と達筆に記されている。

しかし——。

「なんか、あいつ、字、めちゃくちゃ下手じゃね？」

僕は顔を顰めた。

千谷雛子さんへ——。

そう書かれた為《ため》書きの文字は、お世辞にも綺麗とは言えない。

なんだか震えていて、少しばかり歪《いびつ》で、急いで書き上げたようにも見える。

「なんかね、見られると緊張しちゃうんだって」

「ああ、なるほど」

小余綾も、ああ見えて、緊張するのだろう。

千谷雛子というファンが、眼をきらきらとさせながら、自分が手を動かすところを見守っているのだから――。

「えへへー、いいでしょう」

雛子は、大切そうに本を抱えて笑う。

「そういえば、お兄ちゃんさ、詩凪さんとの小説は、どうなったの？　順調？」

不意に向けられた期待の眼差しに、僕はたじろぐことしかできない。

「ああ、いや、ええーと……」

断絶したよ。

僕と小余綾の関係は、断絶した。

君が楽しみにしている小説が完成することは、二度とない。

それでも、小余綾は、きっと雛子と友達で居続けてくれると思う。別の作家を見付けて、あるいは、彼女自身の手で、あの作品は完成するだろう。

だから――。

「いや――、まぁ、ぼちぼち、かな……」

眼を落として、唸るように、呻くように、そう答える。

「もー、お兄ちゃん、あんまり詩凪さんに迷惑かけちゃ駄目だよ？」

「お、おう……。そりゃ、わかってるよ」

妹の顔を、まともに見ることができない。

僕は話を誤魔化すように、開けた紙袋の中から文庫本を取り出す。雛子が読みたがっていた本だ。自宅にあったものや、書店で購入した新刊も含まれている。

「おおー、お兄ちゃん、ありがとう。ああ、これ、続き読みたかったんだぁ」

雛子はプレゼントされたおもちゃを並べるように、瞳を煌めかせて、ベッドのサイドテーブルに本を並べていく。ふと、何気なく彼女は言った。

「お兄ちゃんの本は？」

「僕の……」

「お母さんに聞いたよ。デビュー作。文庫になったんでしょ？　持ってきてないの？」

「あれは……。いや、どうだっていいだろ。あんなの」

「えぇー、よくなーい！　お兄ちゃんの初めての作品なんだよ。お兄ちゃんが書いて、ヒナが読んで……。千谷一夜《いちや》はそこから始まったわけだよ。読み返したかったのに、なんで持ってこないかなーっ」

僕の、初めての作品。

僕が綴り、妹が眼を輝かせて、喜んでくれた物語。

十四歳の少年が書いた、とてもとても稚い、退屈な物語――。

あなたは、なんのために小説を書いているの。

何度も問われた、小余綾詩凪の言葉が耳に甦る。断絶のとき、その双眸になにも宿さない瞳で、ただ悲しげに小余綾は告げた。あなたはなんのために小説を書いているの……。

「お兄ちゃん、楽しい？」

俯いて、床の一点ばかりを見下ろしていた。

そんな言葉が耳に届いて、僕は呆然と顔を上げる。

雛子は、どこか優しげに微笑んでいた。

「詩凪さんはね、楽しいって。すごく楽しいんだって言ってたの」

「楽しい……？」

「お兄ちゃんと、小説を書くことが。二人で物語を作るのが——。新鮮で、刺激的で、自分の物語が、お兄ちゃんの手でどんどんかたちになっていくのが、すごく嬉しいんだって」

雛子は照れくさそうに笑って俯く。

「やっぱりさ、楽しいのが一番だよね。もちろん、お兄ちゃんを見ているとさ、小説を書くのって、楽しいことばかりじゃないって思うんだけれど、でも、それでも……。やっぱり、楽しいのが一番だよ。ヒナ、お兄ちゃんには、楽しんで小説を書いてもらいたいもん」

「僕は……」

僕は、どうだったろう。

小説なんて、苦痛だ。絶望をもたらすだけで、なんの役にも立たない。

一緒に小説を書くのも、きっと悪くないわよね——。


二人で、小説を書く。

物語に力なんてない、と僕は告げた。

物語には力がある、と小余綾詩凪は答えた。

あのとき、この病院の庭で、彼女は宣言した。

小説には人の心を動かす力がある。人に希望を与えることだってできる。わたしが、それを証明してみせる——。

「あのね……」

どこか言いづらそうに、指を組み合わせながら、雛子は言った。

たぶん、それは、口止めされていたからなのだろう。

僕に伝えてはいけないと、言われていたからなのだろう。

「今ね、詩凪さん、苦戦しているんだって。最終話が、どうしても納得のいくかたちにならなくて、行き詰まっているみたい」

早く、詩凪さんの、お兄ちゃんたちの物語が読みたいです。

そう眼を輝かせて訴える雛子の言葉に、小余綾詩凪はそんなふうに弱音を零してしまったのかもしれない。それはとても不動詩凪らしくないと思った。僕の知る彼女ならば、ファンにはきっとこう答えるだろう。ありがとう。今、書いている真っ最中よ。とても素晴らしい作品になると思うから、期待して待っていて——。

けれど、小余綾は弱音を零した。

うまくいかない。行き詰まっている。だから、いつ届けられるかどうか、わからないけれど……。それでも、待っていてね。

あの不動詩凪であっても、そう弱音を漏らしたくなるほど、物語を綴ることに行き詰まってしまうことが、あるのだろうか。

「だからね、お兄ちゃん、詩凪さんを助けてあげてね——」

うまく、返事ができなかった。

どうして、妹の願いに、答えてやることができないのだろう。

僕は逃げ出すように、立ち上がる。

そろそろバイトの時間だった。

「なんか……、寂しい思いをさせて、ごめんな」

気まずい気持ちで、胸が息苦しい。

洗濯物の入った紙袋を抱えて、僕は妹の顔を見ずにそう告げる。

「大丈夫だよ」

雛子の言葉は、どこか寂しげなものだった。

「わたしね、お兄ちゃんが、わたしが病気だから、頑張って小説を書いてくれているの、知っているよ。けれどね、わたしが欲しいのは、病気を治すためのお金じゃなくて、お兄ちゃんが書いてくれる物語だよ。この狭い場所から——、あったかい、陽向の世界に連れ出してくれる、お兄ちゃんの物語だよ」

それから、言葉を明るく弾ませて、妹は言った。

「わたしね、待ってるんだから。いつまでも待ってるよ。お兄ちゃんと、詩凪さんの本、楽しみに待ってる。それで、お兄ちゃんと、詩凪さんと、一緒に出掛けて服を買いに行くの。楽しみなことがいっぱい。だから大丈夫。きっと、手術だって乗り越えるよ。へっちゃらだもん」

僕は、振り返る。

涙が溢れそうになりながら、雛子を見た。

妹も、意識をしているのだろうと思った。自分に訪れるかもしれない可能性を、恐怖しているのだろうと思った。それでも、雛子は笑っている。僕の妹は、僕のような人間とは違っていて、本当に強い女の子だった。

妹は、はにかんで笑う。

それを待ち望んでいる限り、希望は捨てないと、そう宣言するようにして——。

「だから、きっとヒナに読ませて。陽向の世界に連れていってね。お兄ちゃんの、新しい物語で——」

＊

僕は、なんのために小説を書いていたのだろう。

少なくとも、雛子の希望をへし折るために、物語を綴ってきたわけではないはずだ。

それでも、なにをどうしたらいいのか、まるでわからない。なにを努力すればいいのか、なにを改善すればいいのか、捜しても捜しても、答えなんてまるで出てこない——。

あの断絶のときから、教室で見る小余綾詩凪はなにも変化していないように見える。背筋を伸ばした優雅な所作と、友人に対して見せる大人びて柔和な微笑は、僕の前では決して現すことのない注目の転入生小余綾詩凪の姿だった。隣の席に彼女が腰掛けるとき、ふわりと感じる髪の薫りに、僕は息苦しい気持ちでいっぱいになる。なるべく俯き、小余綾の姿を視界に納めないように努《つと》め、彼女の存在を意識しないようにした。小余綾詩凪という転入生は、これまで僕の人生には存在すらしていなかった。同じ世界、同じ業界であっても、遠く隔たった陽射しの丘に立つ人間だ。だから、これまでとなにも変わらない。彼女の睨むような眼差しも、気だるげに頬杖を突いてノートを見つめる双眸も、僕の世界とは無縁で関係のないことのはずだった。あっ、その表現、いいわね。くすりと笑う彼女の笑顔が甦る。ほらほら、ふてくされてないで、手を進めなさいよ。わたしが見ていてあげてるんだから——。

すべて、もう、僕の世界には関係のないことだ。

お昼休み、逃げ出すように教室を去り、校舎を彷徨う。けれど、しつこく携帯電話が着信を告げていることに気が付いた。僕は人気のない廊下の物陰《ものかげ》で電話に出る。相手は九ノ《くの》里《り》だった。

『部室に来い』

挨拶《あいさつ》もなにもなく、彼の言葉は単刀直入なものだった。

『小余綾も、成瀬も、部活に顔を出さなくなった。お前もだ』

「たまたまだろ……」

『よくできた偶然だな。一也《いちや》、いいか、とりあえず、今からでも部室に来い』

「どうして、僕が……」

『俺は文芸部の部長だ。部員にトラブルがあったのなら、それを把握しておきたい。それとも、俺を困らせたいか？　秋の文化祭で部誌を作れなければ、成果を出せなかったとして、この幽霊部員だらけの文芸部は廃部になるらしい。俺は原稿を書いてくれる貴重な部員を失いたくはない』

いつだって、僕は九ノ里の言葉には逆らえない。

僕も、掛け替えのないただ一人の友人を失いたくないからだろう。僕のような人間と辛抱強く付き合ってくれるのは、九ノ里だけだった。けれど、これから先もずっとそうであ

ると は限らない。迷惑ばかり、かけるわけにはいかないだろう。

せめて事情を説明する義務がある。

「わかったよ」

僕は電話を切り、部室へと足を向けた。

＊

僕は、自分の泣き顔を九ノ里に見られたくなかった。

彼だって、男が泣いているところを見るのは御免だろう。

だから、俯き、訥々と語った。僕と小余綾の間になにがあったのか。文庫化と打ち切りの経緯。成瀬さんに当たったこと、そうして小余綾を怒らせたこと。そうすれば、僕のような人間のせいで、二人の作品を断絶させることがないだろうということ——。

文庫と断絶の件を話す度に、胸が燃えるように痛んだ。きっと、大切な人を失ったとき、心と感情はこんな混沌に陥るのだろう。僕は失った大切なものを語る。失われた人物。失われた物語。それは懐かしく大切な思い出として、涙に変じて身体から溢れ出そうとする。シリーズとして続けようとしていた小説が、打ち切りになったんだ。言葉にすれば、ただそれだけのことのはずなのに、心と感情は絶え間なく断絶した作品のことを思い描いてしまう。あのキャラクターの恋愛はどうなるんだろう。彼女には悲しい恋をさせてしまったから、優しい結末を与えてあげたい。彼は夢に挫《くじ》けてしまっているから、彼が立ち直るためのエピソードを一冊まるごと使って表現してあげたい。彼女は頼れる友人がいなくて一人ぼっちだ。けれど、きっと主人公が彼女の抱えている問題を知ったとき、二人は強い信頼関係で結ばれるだろう。大丈夫、君はもうすぐ一人ぼっちじゃなくなる。そうではなくなる話を僕が用意してあげる。だから大丈夫。大丈夫……。けれど、ごめん、もう、それはできない。無理なんだ。

すべてが溢れて、涙になって流れていく。

「僕は……、もう、小説家を、辞める……。悪いけれど、アマチュアとして書くことも、御免だ。部誌のことは、他の部員に頼んでくれよ……」

「そうか」

九ノ里は、いつもの椅子に腰掛けて、僕に身体の側面を見せながら、じっと僕の話に耳を傾けていた。

「それで、小余綾や成瀬に、思ってもいないことを言ったのか」

「違う」

僕はかぶりを振るう。

「思ってもいないことじゃない。真実だ」

「そうか」

九ノ里は言葉を吐いた。溜息のように。重々しく。

「仕事として真剣に作品を書いている人間がそう言うのなら、そうなのかもしれないな。俺はただの一人の読書好きにすぎないが、同意できる点がないわけでもない。だが……。それが、本当に小余綾との仕事を降りる理由になるのか？」

「小余綾は……。彼女の言っていることは、理想ばかりだ。勝者だから口にできる言葉ばかりを並べて、弱者の気持ちなんて欠片も考えていない。僕たち作家が直面している問題に、きちんと向き合おうともしていない。そんな必要もない、祝福された作家だからだ。僕は……。そんな彼女と、釣り合わないいんだよ……」

知っているか、九ノ里。

僕と彼女が手がけていた作品のあらすじを。

あれは、本当に綺麗な物語だ。優しくて、愛しくて、それで悲しくて苦しくて……。本当に、凄い物語なんだよ。小余綾は天才だ。対して、僕は——。

「僕は、彼女の作品を、駄目にしたくない……」

「不動詩凪の作品、か——」

そう呟いて、九ノ里はおもむろに立ち上がった。

「一也は、その理想ばかり語る不動詩凪の作品を、どれくらい読んでいる？」

「なんだよ、突然……」

見上げると、九ノ里は眼鏡の奥の双眸を細め、僕をじっと見つめていた。

「いいから、答えろ」

問われて、困惑する。ざっと計算した。彼女は速筆な作家だった。デビュー一年目にして続々と新作を発表した。その数は……。

「四作、いや、五作かな……」

「では、デビュー二年目からの作品は」

「そりゃ……」僕は、しどろもどろになって応える。「意識しないようにしてたんだ。自分と同年代で、自分より圧倒的に才能のある作家だよ。読んだところで、心を叩き潰されるだけじゃないか……」

「それなら、不動詩凪が今年に出した作品のタイトルを知っているか？」

「いや」僕はかぶりを振る。「なるべく書店には行かないようにしているし、刊行情報も追いかけていないよ。どんな話を書いているんだ？」

「ないんだ」

「ない？」

その言葉を耳にして、僕は眼を瞬かせた。理解が及ばなかった。

「今年は一冊も出していない。そればかりか、ここ半年以上、彼女は新作を書いていない」

半年間、新作を刊行していない――。

一年間で五冊以上の本を書き上げる不動詩凪が、今年はまだ一冊も本を出していない？

「どうして……」

「さぁ」九ノ里は、肩を小さく竦めた。「ある雑誌のインタビューでは、暫く学業に専念したいと書かれていた。しかし、それが本当のところかどうかはわからない。学業に専念するのなら、どうしてお前と組んで小説を書いているのだろう」

「それは……」

「俺には、心当たりがある。調べたんだ。不動詩凪を、ただ理想を語るだけの勝者だと嗤うのなら、お前はそれを知るべきだ」

九ノ里はポケットから、スマートフォンを取り出す。

「幾つかの記事を纏めたURLを送ってやる。帰ったら、読んでみろ」

＊

それから何日かが過ぎ去り、七月頭の期末試験が近付くにつれて、教室の中は少しばかり緊張感に包まれた日々を送っているような気がする。おしゃべりに興じる代わり、ノートのページを見せ合って、予習を念入りにこなしている生徒の姿が増えるようになった。

「小余綾さんってさぁ」ある休み時間だった。小余綾が席を外しているその時間に、女の子の一人が何気なく口にする。「いつも、ノート見せてくれないよね。せっかく頭いいんだから、ちょっとくらい貸してくれてもいいのに」

そんな不服そうな言葉に、周囲の女の子たちは同調の声を上げている。

「前の学校でも学年一位でしょう？　どんなノートなんだろう」

「字、綺麗そうー」

「意外と、すごくへたくそだったりして。だから見せたくないとか？」

「ええー、それちょっと幻滅ぅー」

くすくすと笑い合う陰口《かげぐち》は、ただそれだけの大人しいものだった。それ以上の悪口に発展しないのは、教室での彼女の人柄の良さを示すものだろう。

現代文の授業が始まり、教室は自然と静まり返る。担任の小野先生が出張で不在のため、この時間はプリントでの自習となった。題材は中島敦《なかじまあつし》の『山月記』だ。内容が内容だけに、思わず顔を顰めてしまう。臆病な自尊心と、尊大な羞恥心。才能がないことを自ら認めることができず、だからといって、才を磨く努力をすることもできなかった主人公は、一匹の虎に変じてしまう——。

プリントの問題に眼を通す。李徴《りちょう》という人物の特徴を捉えて書く幾つかの問いがあり、最後は李徴という人物に対して、どう感じたかを書く二百字程度の作文問題だった。この手の問題は、昔から得意だった。中学生のとき一度だけ、作者の心境を問う問題で、「締め切りと部数」と面白半分に書いたことはあったけれど、ほとんど間違えることはない。

とはいえ、この手の問題に点数を付けるのは、難しい部分もあるだろう。僕は何度か雑誌に掲載した短編小説を、中学や高校の入試問題に使ってもらったことがある。そういった知らせは試験が行われたあとで来るが、同封された問題文と回答例を照らし合わせると、自分でも首を傾げてしまう箇所がところどころある。つまるところ、作者であっても解くのが難しいのだ。

シャーペンを動かしながら、そのときのことを思い出して鼻を鳴らす。眼を覆いたくなる文章。駄文。才能なし……。読者からそう言われるような人間の作品が入試問題に使われてしまう事実は、なんだか滑稽でひどく申し訳なかった。受験する子たちも、自分たちとそう年齢の変わらない人間が書いた文章だと知ったら、怒りを覚えるかもしれない。

教室は、静かだった。

ただ、黙々とペンを走らせる音だけが聞こえる。

代わりの先生が見張っているというわけではないのだが、みんな期末試験を目前にして、真剣なのだろう。僕はといえば、早々に推敲を終えてペンを置いたところだった。少しばかり退屈な時間ができてしまう。ふと、小余綾はどうだろうと考えた。小説を書く人間である以上、こういう問題は得意なのかもしれない。それとも、物語の感じ方は、人それぞれ千差万別であると憤るのだろうか――。物語を愛しげに語る小余綾の姿が、幾度も脳裏に甦る。僕に対して激高《げきこう》するその姿すら、この眼に焼き付いて離れない。駄目だ。小余綾のことは考えるな。彼女と僕はもう赤の他人だ。それを忘れたのか。

たとえ、九ノ里に教えられたあのことがあったとしても、もう僕には関係がない――。

それでも、すぐ傍らの机に向かっている彼女の方へ、僕は眼を向けていた。

小余綾詩凪は、ペンを構えて、プリントを睨んでいる。

呼吸を止めて、僕は彼女を見つめる。

穴が空くほどに、彼女はプリントを凝視していた。

彼女の指先は、止まっている。

固く白くなった指先がペンをきつく握り締めて、微細に痙攣していた。

唇は青白く、何度か開いたり閉じたり、まるで空気を求めるように喘いでいる。前髪は汗をかいた額に張り付いて、身体は深く繰り返される呼吸に揺れ動いていた。

彼女のペンは、彷徨う。

文字を綴ろうと、動いて――。

停止する。白い指先が更に固くペンを握る。ペン先がプリント用紙と擦れて、意味のない痕跡《こんせき》を空白へ残した。額から、汗が流れている。双眸は、揺らめいていた。

どこか必死で、息苦しそうで、それでいて悲しそうな、力の宿らない眼差しだった。

唇が動く。噛み締める。歯を食いしばる。汗を垂らす。ペンを動かす。文字を綴ろうとする。顔色は、どんどん青くなる。だらだらと、汗が流れて滴った。

小余綾のプリントは、ほとんど空白だった。

そのとき、僕はすべてを悟った。

僕は周囲に視線を巡らせる。誰か気付け。彼女の具合が悪いことに。誰か気付け。彼女の体調がおかしいことに。誰か気付いてやれ。誰か保健室に連れて行ってやれ。これ以上、彼女が苦しい思いをする前に、誰か気付いてくれ。君たちは、彼女の友達だろう。

僕は唇を嚙み締める。他人だ。僕と彼女は断絶した。関わるべきではない。関わりたくはない。合わせる顔なんてない。僕は醜い猛獣だ。彼女の物語を食い殺して断絶させる魔物だ。傷付けて、苦しめるだけの、どうしようもない屑だ。だから、だから——。

小余綾が、苦しげに呻く。それは今にも消えそうな、弱々しい悲鳴だった。少なくとも、僕にはそう聞こえた。そう、聞こえてしまった。

椅子を鳴らし、立ち上がる。何人かの眼が、こちらを向く。小余綾は、じっとプリントを睨んだまま、胸を荒々しく上下させている。

「おい」

僕は、小余綾の腕を摑んだ。半袖から覗く細く頼りない腕は、とてもとても冷たい。

小余綾は、苦しげに僕を見上げて、睨んだ。

「具合が悪いみたいだから、保健室に連れて行く」

宣言するように、周囲を見渡して告げた。

小余綾は、ゆるりとかぶりを振る。

消え入りそうな声で、呟いた。

「だいじょう、ぶ……」

「大丈夫なわけないだろ」

「えと、あの、それなら保健委員——」

女の子の一人が、腰を浮かせて言った。

僕は彼女を片手で制止して言う。

「僕はもうプリントをとっくに終えていて、しかも保健委員だ。だから任せろ」

小余綾の身体を摑んで、そっと立たせる。当人も、保健室へ向かうことへ同意してくれたのだろう。どこか悔しげな表情が僕を睨んだが、身体はよろめきながら立ち上がった。

「一人で、歩ける、から」

「わかった。君の歩けるペースでいい。けれど、辛くなったら摑まれ。保健委員の立場がないからな」

僕はそう言って、小余綾を教室の外へと促す。

遅々とした足取りで歩く彼女を見守りながら、僕は自分に言い聞かせた。

そうだ。僕は保健委員だ。

だから、彼女を保健室へ連れて行ったって、仕方のないことだろう?

＊

最悪なことに、保健室の先生は不在だった。

ひとまず、小余綾をベッドに腰掛けさせて、横になるように促す。けれど彼女は顔を顰めたままかぶりを振った。言葉はない。

「その姿勢の方が楽か」

訊ねると、こくりと頷く。

「わかった。話し掛けない方が楽か？」

今度の質問には、小余綾は顔を顰めただけだった。ハンカチで口元を抑え、蹲《うずくま》るように肩を小さくしたまま、僕を睨むように見ている。

戸棚を調べて、エチケット袋を見繕《みつくろ》い、それをベッドに腰掛ける彼女の傍らに置いた。それからカーテンを閉ざして背を向ける。先生が腰掛ける丸椅子に、腰を下ろした。

「ここにいる。なにかあったら呼んでくれ。もし、一人の方がよかったら――」

そこまで言うと、背後でカーテンが開く音がした。けれど、言葉はない。微かに、苦しげに吐息を吐く音がする。

「わかった。ここにいるよ」

僕は振り返らず、了承した。

暫く、ひたすらに黙り込んで、彼女の状態が落ち着くのを待った。

「ありがとう……」

少しして、掠れるような、弱々しい声が耳に届く。

「おう」

「もう、大丈夫……」

そうは言うが、声音はとても苦しげなものだった。

「みっともないところ……。見られちゃったわね……」

「気にするな、僕もなる。あとは、妹もな。普通のことだ」

背後から、微かに息を吐く音が聞こえた。

「いろいろと、気を遣ってくれて、ありがとう……。こっちを向いて、大丈夫よ」

僕は頭を掻いて、後ろを振り返った。改めて、居住まいを正す。

小余綾は、カーテンの隙間《すきま》から覗くベッドに、肩を小さくして腰掛けていた。顔色は決して良いとは言えないが、青ざめた唇は、先ほどに比べればだいぶよくなっている方だろう。手にしたハンカチで汗を拭ったのか、いつも整っている前髪は僅かに乱れて、白い額が覗いていた。

「わたしの気持ち、覗かれてるみたいで、びっくりした……」

掠れた声で、小余綾が弱々しく言う。

「タネを明かせば単純なことだったろ」

小余綾の症状には、心当たりがあった。いわゆる、一種のパニック障害だろう。僕も思うように小説が書けないときや、読者の酷評に打ちのめされたとき、小余綾ほど強いものではないが、ごくまれにそれに近い状態に陥る。そして雛子は、どんなに強くても、まだ十四歳の少女だった。自分の将来のこと、身体のこと、様々な不安に苛まれて、身体が言うことを聞かなくなってしまうときがある。そんなとき、僕は音が気になる。どんな音も、かけられる言葉も、非常に不快に聞こえてしまう。そして正体不明の不安に苛まれる自分の姿を他人に見られるのが酷く嫌になる。話し掛けられると不快と不安が爆発して嘔吐しそうになるが、だからといって側に誰もいないのも心細い。本当なら黙って手を握っていてやるのがいちばん良いのかもしれないが、僕と彼女はそんな関係ではない。

ともあれ、僕も妹も、そういった症状のときに感じる不安は一緒だった。それなら、小余綾もまた似たようなものなのではないか、と考えた。他のクラスメイト――。小余綾の友人に任せていたら、必要以上に大丈夫かと声を掛けてしまい、彼女の不安を更に煽《あお》ることになっていたかもしれない。

小余綾は、ちらりと僕を見上げ、なにか言いたげな表情を見せた。

けれど、すぐに俯いて、言い訳のように呟く。

「ごめんなさい……。本当になんでもないのよ。ただ、少し具合が悪くなっただけ……」

君が、そういうことにしておきたいのなら、それでいいのかもしれない。たまたま調子を崩した彼女を、保健委員として、ここへ運んだだけ。だから、このまま回復した彼女を残して、教室へ戻ることだってできるだろう。僕らは断絶した。必要以上に関わることはない。関われば、きっとまた、僕の中に眠る醜くておぞましい魔物が、彼女を傷付けてしまうことになる。彼女の物語を、断絶させてしまう――。

だからね、お兄ちゃん、詩凪さんを助けてあげてね――。

僕は瞼を閉ざす。空っぽの身体から、込み上げてくる熱い熱量を堪えていた。物語を愛しげに語る小余綾の言葉を思い返す。初めて耳にしたとき、図書館で読み聞かせをするお姉さんの記憶を思い出した。そして、こいつは本当に心から物語を愛しているんだなと感じた。話せば話すほどに、語れば語るほどに、言い争えば言い争うほどに、小余綾詩凪は、小説を愛しているのだと知った。

だから彼女は、小説の神様に、とても愛されているはずなのだった。

「なぁ……」

僕は訊いていた。

その質問をしたら、もう後戻りはできないというのに。

たまらずに、訊いていた。

「君は……。もしかして、文字が書けないのか？」

問うと、はっとしたように、小余綾が顔を上げる。

漆黒の双眸は、驚愕に見開かれていた。

唇がなにか言葉を紡ごうと動いて、けれど、なんの言葉も発さない。僕の問いかけに、肯定も否定も存在しなかった。けれど、それは僕の言葉を認めたのと同じことだった。

「アナログだけじゃなくて、デジタルでも、駄目なのか？」

「どう、して……」

眉根が悲しげに寄り、白く華奢な喉がびくりと動いた。

黒い双眸は、何度も瞬く。やがて、夜の帳《とばり》が降りるように、長く美しい睫毛が静かに下降していった。弱々しい肩を、両手で掻き抱く。

「そりゃ、わかるよ……。僕は君と違って探偵を書くのが苦手だから、どうしてわかったかなんて、くどくど説明しないけれどさ」

それでもあえて説明するならば――。

小余綾詩凪が送るメールの文面は、極めて素っ気ない単文だ。それはなにも僕に対してではなく、クラスの友人に対しても同じらしい。以前、綱島利香たちが小余綾の噂話をしているときに、僕はそのことを聞いている。つまり小余綾には、メールの文面を簡潔にせざるをえない事情があるのだ。いや、メールだけではなく、デジタルで文章を組み立てること全般ができないのではないか――。それなら、小余綾がプロットを文字に起こさず、僕に口頭で語ることを徹底しているのにも説明が付く。

では、手書きのアナログはどうか――。小余綾はサインの達筆さと比べれば、まるで痙攣したかのように歪な文字の為書きを雛子のために書いた。雛子は見られていて緊張していたからだと言ったが、もしかするとそこには違う理由があったのかもしれない。小余綾の友人たちが言っていた、ノートを見せたがらない、という事実も推測を補強していくものだった。彼女は文字が書けないか、それに近い状況にあるのではないか――。先ほどの現代文のプリントを懸命に埋めようとしていた様子を見れば、その推測はほとんど正しいと理解できる。これまで、彼女には授業中の板書の写しや、テスト解答の記入など、文字を書かなければならない機会はいくらでもあった。それにも拘わらず、今回あんな状態になってしまったのは——。そこに、作文が含まれていたからではないのか。

「教えてくれ。いつからなんだ？」

小余綾は自分の身体を掻き抱いたまま、眼を伏せた。

「半年くらい、前からかしら……」

語る言葉は、ぽつり、ぽつり、と雨のようだった。

「信じられないかも、しれないけれど……。あるとき、突然、書けなくなってしまったの。自分のために書くメモだったり、数学の計算式だったり、他人に読ませようとする意図のない文章は、まだ平気なのよ。それでも……。誰かに、なにかを伝えるために文字を書こうとすると……、頭が真っ白になる。身体が凍って、なにをどうしたらいいのか、まるでわからなくなってしまう。それは、ノートにペンで書くのでも、パソコンにキーボードで打つのでも、変わらなくて……」

訥々と、小余綾は語る。病院で検査を受けたが、脳や身体に異常は見られない。心理的なものに起因しているのではないかと言われて、心療内科に通い続けているが、治る気配はまったくみられない。強引に文字を書こうとすると、額に汗が浮かんで、不安に胸が押し潰されそうになる。呼吸がうまくできなくなり、窒息してしまいそうになる。書けたとしても手は震えて、まともに読めるものにはならない。それがキーボードなら、打ち間違えてしまって、それを修正するのにも嘔吐感に耐えなければならなくなる……。

日常生活では、ノートに板書を写したり、試験問題を解くときなど、ほとんど症状が出ることはないが、それでもときには不安に襲われて、文字が醜く歪んでしまうという。友人にノートを見せることができないのは、そのためなのだろう。しかし、他人に自分の意思を伝えるためのメールを作成することは難しく、嘔吐を堪えながら予測変換に頼らざるを得ない……。

「笑えるでしょう」自嘲気味に、小余綾は喉を鳴らす。「小説家が原因もわからず、文章を書く能力を失うだなんて……。無理に書こうとすると、こんな状態に陥って……」

まったく笑える話ではない。

僕は、親父の集めた資料の中の一冊を思い返していた。

人間の頭脳は極めて複雑怪奇にできている。精神的な要因から、身体の自由が利かなくなる症例は多い。たとえば失声症という病気は、脳や身体に異常がないにも拘わらず、ストレスや心理的な外傷が原因で、声を発することができなくなってしまうという。伝えるための文章を書くことができない。充分に、ありえる話だと思った。僕だって、小説を書こうとして吐いた経験がある。受ける心の傷によっては、それより酷い症状に陥ることがあっても不思議じゃない。恐らくは、脳の機能が混乱して、身体が言うことを聞かなくなってしまうのだろう。それは努力や根性でなんとかできる問題ではない。治るかどうかもわからない、心理的な外傷……傷跡なのだ。

「原因は、わかっているんだろ」

小余綾は、僕から眼を背け続ける。

僕は、九ノ里に教えられた記事のことを思い返していた——。


ネットでは、見るに堪えないようなおぞましい言葉が、剝き出しの刃を晒して飛び交っている。そんな言葉の数々が並んでいるサイトを纏め上げて記事にし、アフィリエイトで金を稼ぐような輩《やから》も多い。九ノ里が教えてくれたのは、そんな記事の一つであり、そしてそこから辿ることができるのは、不動詩凪に関する無数の記事の羅列だった。

読めば読むほど、吐き気を催す。読み進めれば進めるほどに、この世の理不尽さ、人間の醜さに、絶望の声を上げそうになる。

きっかけは、一つの騒動だった。

舟城夏子《ふなきなつこ》という小説家がいる。四十代半ばのベテラン作家で、初版部数は数万部と固く、傑作を多数生み出している著名な作家だった。主に若い女性ファンに支持されており、人間の醜さがもたらす悲劇から、ふと零れ落ちる希望と優しさを丁寧に美しく掬《すく》い上げていく、そんな筆の持ち主だった。

あるとき、不動詩凪の発表した新作と、舟城夏子の新作の設定が、極めて似通っているのではないかと検証した記事がネットに現れた。互いの刊行順は近かったが、舟城作品の方が発表は数ヵ月早い。つまるところ、不動詩凪が舟城夏子の作品を盗作したのではないかと疑われた。

幾つもの検証サイトが立ち上がり、不動詩凪に関する様々な噂がネットを流れた。設定は確かに酷似している。あらすじを抜粋すれば、誰もが頷いてしまうものかもしれない。少なくとも、検証サイトではそのような感想を抱くよう、読み手を誘導するような記事が書かれていた。それは明らかに、舟城夏子のファンが偏った見解で作ったサイトに思えたが、そんな些細《ささい》なことは周囲の人々には無関係だ。世の中は悪意で満ちている。悪意を持って、今すぐにでも人を傷付けたくてたまらない人たちで溢れている。不動詩凪は、そんな人たちから、恰好の的になった。

元々、不動詩凪という作家を悪く言う人間は、多かったのだろう。なにせ、美少女作家様だ。十四歳の可憐な乙女が奇跡的に作家デビュー。かつての僕がそう感じていたように、彼女の作品を読んだことがない人間からすれば、ありえないと考えるだろう。だから、不動詩凪を巡る多くの嘲笑は、彼女のデビュー当時からあった。それでも彼女は挫けず、真摯に小説を書き続けた。けれど、この盗作騒動が持ち上がってから、それらは一気に爆発した。悪意を振るいたかった人間たちが、こぞって不動詩凪へ刃を突き立てていく。楽しそうに嬉しそうに幸せそうに、生きがいのようにして。

幾つもの位置情報。幾つもの写真が、ネットにアップされていた。不動詩凪側もそれに抵抗したのか、消去された跡のある記事や情報も多い。美少女作家様のヌード隠し撮り成功。そうタイトルを付けられた写真は消されていたが、あとに続くコメントを見る限り、コラージュだったのだろう。そうだとしても、それをネットに掲載され、大勢の悪意に嗤われた彼女は、いったいどんな気持ちだったのだろう。

不動詩凪は、ネットで告知するためのアカウントも所持していた。舟城夏子のファンが、何人も何人も、そのアカウントへ直訴していく様子も記事に纏められている。「パクり女、謝ってください」「人の作品を盗むのは盗作って言うんですけど、そんなことも知らないんですか？」「えーと、悪いことをしたら、謝る。それって常識だと思います。不動詩凪さんは、そういう常識もわからない人なんですか？」「証拠はいっぱい挙がっています。わたしたちが作ったこのサイトを見てください。早く謝罪した方がいいですよ」「なんでだんまりなの？　可愛いからってなんかいい気になってるだけなんじゃない？」「どうせゴーストライターが書いてるんですよね？　ゴーストライターがパクったんで、わたしのせいじゃないですとか、言ったらどうです？」「不動さんの通っている学校は○○ですよね？　さっき電話したら、教頭先生が応対してくれました。不動さんはうちの生徒じゃないとか言っていますけれど、学校が嘘を吐いていいんですか？　学校が人のものを盗んだ生徒を庇うとか、大問題じゃないですか？」

おぞましい言葉の、羅列を見た。

おそろしい悪意の、鋭い刃を見た。

小余綾は、その勝ち気な性格故だろう。初めは、一つ一つの言葉に丁寧に反論している。

「わたしは盗作をしていません。通常、小説というのは、書き上げてから実際に刊行するまでに、校正や装丁を決める作業で数ヵ月の時間を要します。そうした刊行時期を顧みれば、わたしが舟城先生の新作を盗作できるはずがないことは明らかです。以下に、信頼できる検証をしてくださっている方のサイトがありますので――」

「お願いします。わたしに関して意見があるのは理解していますが、その件について、両親や学校を巻き込まないでください。あなたたちのしている行為は、プライバシーの侵害であり、犯罪行為です。校門の前で待ち構えたり、匿名の電話をするなど、わたしの通う学校の生徒たちを不安がらせないでください。優しい先生たちは、いつも電話の応対で追われています。先生たちの手を、煩わせないでください。どうかお願いします――」

けれど、悪意の前に正論なんて意味を成さない。

人間の悪意は、おぞましい。おそろしい。

「盗作しておいてプライバシー（笑）」「犯罪者を匿《かくま》う学校の名前教えて」「枕営業がお手の物な不動たんの手に掛かれば、他の出版社のゲラだって簡単に入手できる。つまり不動たんは舟城夏子の担当と寝ることで、舟城の新作を早い段階で読むことができていた。はい論破」「最近、美少女作家様の反論ないけど、盛り上がらんね」「謝罪会見カウントダウン」「これは出版社から干される」「わたしたちは舟城先生のために、盗作作家不動詩凪の作品の不買活動をしています。賛成してくれる人はRTしてください！　もっとこの事実を広めましょう。不動詩凪は謝罪することなくアカウントを消して逃亡しました。これは赦されない行為です――」

速報。不動詩凪、学校からも逃亡！


この春。新学期の始まりとは少しばかり時期を遅らせて、転入してきた小余綾詩凪の姿を思い出す。凛《りん》とした佇まい、どこか研ぎ澄まされた刃物のような、冷徹な美しさ――。

その裏に、ひた隠しにしていた傷を、僕は想像することもできていなかった。

今、彼女は自身の肩を抱いて、震えている。嘆き、苦しんでいる。身を小さくし、ベッドの端に腰掛け、絶望に打ちひしがれたように、唇を噛み締めていた。

「そう……。知っているのね」

もしかしたら、小余綾が泣き出すのではないかと、そう思った。

彼女は微かに笑って、項垂れる。

「まぁ、ネットで調べれば、すぐわかることだものね……」

「ぜんぜん、書けないのか……。小説が……」

彼女は、小さく頷く。

「書こうとすると……。言葉が溢れ出すの。わたしに対して告げられた言葉が、幾つも脳裏を過って、わたしの物語を打ち消していく。何度も忘れようとしたけれど、そのときの恐ろしさが、身体に、心に、甦っていく。まるで、歩くことや呼吸することを、どうやってしていたのか忘れてしまったみたいになる……」

小余綾は、肩を抱いていた両手を、そっと離した。

見失ってしまったものを探ろうとするように、開いた両の掌へ呆然とした眼差しを落とす。彼女は喉に詰まった忌々《いまいま》しいものを吐き出そうと、苦しげに言葉を漏らした。

「ときおり、耳元で囁くように、人間の恐ろしい悪意が、わたしを嘲笑っているのが聞こえてくるわ……。本当に、人間って、とても醜いのだと強く実感した。だって、ねぇ、最後には、わたしや舟城先生の作品なんて、ぜんぜん読んだこともないような人たちまで、攻撃に加わってくるの。謝れ、詫びろ、謝罪しろ……。携帯電話は通知を受け続けて、学校の電話は鳴りっぱなし、自宅にカッターの刃が入った手紙が投函《とうかん》されたことだってある！　家族に知られないようにするのが、どれだけ難しいことだったか！」

「家族に、相談はしてないのか」

「母親は、反対しているのよ。小説家って職業を……。だから、知られたら、それ見たことかって、わたしはわたしの仕事を取り上げられてしまう。けれど、すべて隠しきることは無理だった。今はなんとか説得して、住んでいる場所も学校も変えることができた。でも、次はないでしょうね。母はただのストーカーの類だと思っていて、実際のところ、あんな大きな騒ぎになっていたってことは、知らないから」

「小説を書けないことは、言ってないのか」

「それも、言えるわけないじゃない……！」小余綾は、激高するように拳を握り、僕を睨み付けた。腰を浮かせるような剣幕で、興奮気味に唸る。「そんなことを言ったら、今度こそ、わたしには、なにも――」

そこで、はっと気が付いたかのように、彼女から表情が消え去った。

「違うわね……。とっくに、わたしには、なにもなくなっている。母に止められるまでもなく、小説が書けないんだもの……。小説の書けない小説家なんて、本当に滑稽だわ」

夢を、見失ったみたいに。

力なく、彼女はベッドに腰を下ろす。

溢れて、膨れあがる感情があった。僕は小余綾の話を耳にしながら、その夥《おびただ》しい熱量を抑え込んだ。どうしてだろう。眼の奥が熱い。腹腔が震える。もどかしくて、たまらない。なにかを伝えたいと思った。けれど、小説家失格の僕の表現力では、それがどんな言葉なのか、いったいどんな感情なのか、まるでわからない。

「わたしも……。舟城先生の作品、好きなのよ。凄く、大好き。人の醜さだけじゃなくて、溢れるような愛と優しさが、そこに書かれている。わたしたちに、人の心の尊さと美しさを教えてくれる。読み終えると、いつも胸の奥が優しい気持ちでいっぱいになる。救われる気持ちになれる。それなのに……。それなのに、わたしが、悲しいのは……」

小余綾の言葉は、震えていた。

「最初に、わたしを攻撃したのは、舟城先生のファンの人たちだった。きっと、ファンの中でも、ごく一部の人だったんだと思う。けれど、わたしは、それが悲しかった。彼女たちの言葉、悪意、憎悪……。謝罪しろと喚かれて、罵られて……。それでも、きっと彼女たちも、舟城先生の本が好きなのよ。舟城先生の物語を読んで、人の心の美しさに胸を打たれた人たちのはずなの。そこには愛や優しさが書かれていて、人間の心の美しさが説かれている。それなのに……。それを読んで、感動して、その本を、作者を好きになったはずの人たちが……。とても醜くておぞましい言葉を吐いて、わたしを攻撃している……」

痛感したわ。

わたしは、知ったの。

たぶん、物語を綴ることができなくなったのは、その事実に気が付いた瞬間よ。

「物語に、力なんてない……」

小余綾は、呻くように、汚物を吐くように、そう唸る。

「そんなもの、ただの幻想だった。あなたの言う通りよ。物語が人の心を動かすなんて、傲慢もいいところだわ。ただいっとき、なにかを得たように錯覚した気になって、本を閉じた頃には忘れてしまう……。愛や優しさをどれだけ綴ったところで……。人の心には、届かない。なにも、届かない……」

ただそこには、ひたすらに悪意が眠っているだけ。

「わたしは、屈した。河埜さんは言ったわ。どんなに苦しくて、どんなに理不尽でも、ファンの前では、そんなそぶりを見せずに振る舞いなさいって……。でもわたしには無理だった。みんなの期待に応えられなかった。ただの弱くて惨めな人間がそこにいるだけだった。みんなの求めている作家としての自分になれなかった。だから、わたしは逃げたの。きっと作家であり続けるのには、心が弱すぎたのね……」

そうだろうか。そんなの普通じゃないのか。彼女はまだ高校生の少女で、普通の人間なのだ。ただ物語を綴ることができるという以外は、ごく普通の女の子なのだ。心が弱いのは当たり前だ。僕らは、作家なのだ。だからこそ、人より何倍も強い感受性を持っている。それを武器にして、物語を綴っている。その脆《もろ》さの、その儚《はかな》さの、なにが悪いというのだろう。

「もちろん、励ましてくれるファンも大勢いた。手紙もたくさん貰ったわ。それなのに、わたしは物語を書くことができない……。言葉では傷は癒えないのだと強く実感した。同時に、わたしみたいに脆弱な、ただの小娘が綴る物語に、いったいなんの力があるのだろうと思った……」

僕は、唇を開く。

けれど、言葉が出てこない。

伝えたい。伝わらない。伝えられない。

どんな言葉を、どんな感情を並べればいいのか、わからない。

小余綾は、自分の掌を見下ろした。それから、こう問いかけてくる。

「千谷くんには、自分がそれを読んで、小説家になろうって決意した物語って、ある？」

僕は応えられず、ただ彼女を見下ろしていた。

「わたしにはあるの」

そう力なく笑う小余綾の笑顔が、僕の胸を締め付ける。

「綺麗だった。美しかった。呼吸するみたいに、心に自然と入り込んできた。そんな文章に、世界に憧れていた。わたしも、それを創り出したかった。でも、もうできない……。どうしても、できないの……」

彼女は、軽く手を掲げて見せた。

右手の中指に、微かなペンだこがある。

「これは、わたしの勲章よ。子供の頃から、何度も物語を綴った。何度も何度も、ノートにペンを走らせてきた。浮かんだ汗が、ページを湿らせて、腕に張り付いてしまうくらいに、何度も――」

けれど、それは、遠い昔の出来事。

過ぎ去ってしまった夢なのよ。

「お笑いね。わたしは、もう物語を書く力を失ったの……」

＊

どうすれば、よかったのだろう。

蒸し暑い文芸部の部室の隅で、僕は蹲る。あのとき、僕のせいで崩壊した書架に収まっていた文庫本の数々は、九ノ里が片付けたのだろう。今は綺麗に元通りになっていた。僕はその書架の根元に座り込んで、ただひたすらに、考えていた。

「千谷くんの言葉は、すべて正しいと思う」

あのあと、彼女は寂しげに微笑んで、そう告げた。

「物語に力なんてない。わたしはそれを強く実感している。それなのに、もう一度、物語を綴ろうとした。みっともなく足掻《あが》こうとした。あなたのことを利用して――」

河埜さんが考えた企画じゃないのよ。

小余綾は俯きながら言った。

わたしがお願いしたの。この身から溢れる物語は、まだまだたくさんある。それなのに、自分の力だけじゃ一行も書き出せない。こんなのは、あんまりよ。だから、河埜さんと相談したの。物語に力なんてないのかもしれない。それでも、それでも、まだなにかできることがあるかもしれない。だから……。だから……。

けれど、語る小余綾の言葉から、熱は徐々に奪われていく。

「けれど、無駄なあがきだったと思う。あなたの言葉は、すべて正しい。わたし、言い返せなかった」

小余綾は訊いた。水浦しず、という作家を知っている？

心当たりがなく、一瞬、かぶりを振った。けれど、すぐに思い当たる。

それは雛子に頼まれて購入した一冊だった。ただ恋愛小説家と記された無名の著者。

「六千部を刷って、消化率は五割未満。たぶん、二千部も売れなかったでしょうね」

自嘲気味に呟く彼女に、僕は訊ねた。

「どうして、そんなことがわかるんだ」

小余綾は鼻で笑った。

「わたしだからよ。当たり前でしょう」

多くの人たちに叩かれた。顔がいいから売れるのだと、実力なんて皆無なのだと、自分の感性と実力を否定され続けた。けれど不動詩凪は、勝ち気で負けず嫌いな少女だった。まだ小説が書けるときに、新しい一冊を綴った。

あなたたちの言い分はすべて間違いだと、そう証明するために。

「名前を変えて、出版したの。河埜さんからは凄い怒られたけれど……。別名で刊行して、そっちも成功する作家なんていくらでもいるわ。本当に良い作品なら、無名の新人の作品でも絶対に評価される。それはわたしの自信に繋がると、そう思っていた。本当に、浅はかだった。結果は、まったくの真逆だった……。やっぱり、わたしの小説に力なんてないのだと思った。本当に、実力なんかじゃ、なかった」

なにが言えるというのだろう。

そんなことはない。君の物語は素晴らしい。

僕もまた、そんな言葉で、彼女を奮い立たせることができるとは思えない。

そしてなにより、どう足掻いたって覆せない数字の真実に、屈している。

いいよな、僕にそんな言葉を吐く資格はまるでない。

どうせ美少女作家様は、君は。なにを書いたって売れるんだから――。

なんて、浅はかで、愚かな言葉だったろう。

「今まで、ありがとうね」

小余綾は笑顔を見せる。

力のない笑顔だった。

僕の見たい笑顔とは、まったく違う笑顔だった。

「ちょうど、最終話にも悩んでいたところだった。最初に想像していたことの一割も、かたちにできる予感がしない。構想をはじめたときに感じていた熱が、どうしても取り戻せない。これは凄いお話になる。素晴らしい小説になる。わたしの物語と、あなたの文章が組み合わさって傑作が生まれるって、そんな予感を抱いていたのに……。当然よね。わたしは物語を書く力を失った。今度は徐々に、物語を構想することすら、できなくなっていく……。わたしには、小説の神様なんて、いなかった——」

なにも、告げられなかった。

「僕に、なにができるっていうんだよ……」

部室の片隅で、頭を抱えて、ひたすらにうめく。

僕は屑だ。ゴミだ。空っぽだ。醜い獣だ。断裁機だ。断絶装置だ。

僕が小余綾詩凪を、追い詰めたのだ。

「とうとう腐って呻くだけに成り下がったか。我が部のエースは、幽霊部員へ降格だな」

扉を開けて入り込んできた九ノ里は、そんな言葉と共に溜息を漏らした。

「ほっとけよ……。用事があるとかで、帰ったんじゃないのかよ」

九ノ里が戻るとは思わず、羞恥に顔が火照《ほて》る。

「買い物をしてきただけだ」

その買い物袋の音だろうか。ビニル袋が擦れる音が、微かに響く。

「どうしたらいいのか、わからないのか」

「九ノ里は……。小余綾のこと、知っていたのかよ」

「ネットの騒動なら、ある程度は知っていた。新作を刊行することなく、けれど、お前と共作すると聞いて、いろいろと想像もできた。しかし、部外者が詮索《せんさく》するのは野暮というものだろう。だから一人の読者としては、刊行のときをひたすらに待つことだけしかできない。けれど、一也、お前は違う」

「僕になにができるっていうんだよ……」

淡々と語る九ノ里の言葉を耳にしながら、僕は想像していた。小余綾詩凪のことを。彼女が抱えていた心境を。それはどんな絶望なのだろう。自身の手で物語を綴ることが叶わなくなる。それはどんな絶望なのだろう。溢れる物語がある。伝えたい気持ちがある。登場人物たちの命があり、その一つ一つに込めたい願いがある。それを自分で綴ることができなくなるのは、そう、断絶と同じだった。きっと小余綾は考えただろう。一生、このままだったらどうしようと。ずっとずっと、この先、なにも書けないままだったらどうしようと。わたしには、それしかないからだと思う。あのとき、ベッドの縁に頭を凭せかけて、彼女はそう呟いていた。けれど、そんな自分の中にたった一つだけ残されたものすら、取り上げられてしまったら。そのとき、僕らはどう生きればいいのだろう。

あのとき、小余綾にはどこか覇気がなかった。小余綾詩凪らしくない言葉を口にして、小説を選んだのは、漫画や映画を作る力がないからだとも告げていた。彼女は既に、崖《がけ》の縁に立っていた。一生、物語が書けないかもしれない恐怖と戦い続けていた。それでも、彼女は僕の部屋を訪ねた。僕の文章を読んで顔を輝かせて、僕と肩を並べてディスプレイを睨んだ。当たり前だけれど、物語って、こんなふうに作られていくのね。懐かしむように、あるいは嬉しそうに語った彼女は、なにかを取り戻せていたのだろうか。一緒に小説を書くのも、きっと悪くないわよね。そう告げた彼女は、なにか希望を見出すことができていたのだろうか——。

九ノ里が言う。

「小余綾は、ずっと爆弾を抱えていたんだ。それでも物語を綴ることができたのは、一也、たぶん、お前が一緒だったからだ」

僕と、彼女が、共に小説を書いていたから――。

けれど、その希望を粉々に砕《くだ》いたのは、誰だ？

九ノ里の上履きが、そっと床を歩んでいく。

彼は、いつもの席のパイプ椅子を引いて、そこに腰掛けた。

「一也、お前はどうしたい？」

「僕は……。屑だ。最低の男だ。小余綾を、僕が傷付けた。そんな人間に、なにができるって言うんだよ……」

「なぁ、一也、お前はどうして小説を書いている？」

九ノ里の言葉が、降ってくる。

誰も彼もが訊いてくる言葉。

あなたはなんのために小説を書いているの？

「そんなの、わかるかよ……」

「なら、少し話を変えよう。なぁ、一也、中学生のとき、いつだったか、お前はこんなことを俺に訊いたんだ。憶えているか？『君は、どうして僕なんかと友達でいられるんだ』と」

そんなこと、訊ねただろうか。けれど、訊ねただろう。だって、それはいつも考えていることだ。九ノ里のように優れた人間が、どうして僕のような退屈な人間と一緒にいてくれるのだろう。いつもいつも、不思議に思っている。

「俺は、お前が屑だとは思わない。退屈だとも、空っぽだとも、日陰だとも思わない。お前は凄い奴だよ、一也。お前は、それを当たり前のようにできるから、気付けないんだろう。けれどお前は、俺たちでは決してできないことが、できてしまえる人間なんだ」

わけがわからない。そう訴えるために、九ノ里を見上げた。

「お前は、きっと他人の感情に深く同調できる人間だ。今だって、きっと小余綾の気持ちを考えていたはずだ。そうやって、他人の気持ちを自分のことのように考えて、けれど、不器用で臆病だから、人間関係にはうまく活かせないんだろう。けれど、それは、お前の優れた刃だよ」

わけがわからない。僕の優れた刃。なんだよ、それ。

「研ぎ澄まされた日本刀のように、読み手の心へ深く切り込んでくる――」

九ノ里の言葉。僕の文体を評価した作家の言葉。

僕の優れた刃。

「初めてお前の小説を読んだとき、お前の刃は、俺の心にすっと入ってきた。本当にその通りだと思った。俺は、小説を書く人間を尊敬する。それは、俺にはどう足掻いたってできないことだ。小説は、小説を書くことを一所懸命に愛した人間にしか書けない。ただの読者である俺たちにとって、お前は神様だ。なにもないところから、とんでもない世界を創り出してしまう。小説という物語を創り出す神様だ」

「僕は……。そんな、凄い人間じゃないよ」

「自分で気が付いていないだけで、本当は凄い奴なんだよ。その歳《とし》で自分の道を選んで、夢を掴んで、必死に闘っている人間が、どれだけいると思う？　お前の、その柔らかな感性を世の中に晒していく生き方は、きっととてもつらいと思う。俺には絶対真似できないことだよ」

「僕は……。けれど、僕の作品は、誰にも、伝わらない……。駄目なんだ」

声が、震える。涙が、溢れる。

「そんなことはないよ。成瀬は、お前の書いた作品の中に、自分自身を見付けたんだ。だからいつもお前を頼っている。お前の物語は、届いているんだよ。俺にも、雛子ちゃんにも、届いている。そしてそれは、きっと小余綾にとっても変わらないことなんだ」

僕の物語を、好きだと言ってくれる人たち――。

それでも、僕は――。

「一也、俺はいろいろな作品を読む雑食人間だ。けれど、いちばん好きなジャンルがある。それがどんな物語か、知っているか？」

僕は、かぶりを振る。知るかよ、知るかよ、そんなこと。

「主人公が、傷付いたヒロインを助ける話だ。王道だろう」

僕は、どうしてか笑ってしまう。真面目くさった顔で、九ノ里の口からそんな言葉が出るとは思わなかった。彼がそんな小説を好きだなんて、想像もしていなかったから。

「苦しいとき、悲しいとき、勇気が足りないとき。俺は、そんなときにこそ大切な本を読みたい。そうして、力を分け与えてもらいたい。なにをすればいいかわからないのなら、読書をするんだ。一也。面白い小説を、教えてやる」

僕は顔を上げる。九ノ里は立ち上がる。彼は小さなビニル袋を手にしていた。書店の袋だった。

彼は、そこから一冊の文庫本を取り出し、僕に手渡す。

「千谷一夜という作家のデビュー作。俺の好きな本だ。めちゃくちゃ面白いぞ」

＊

真夏の陽射しが、僕をとろかしていく。

日陰のベンチに腰掛けて、ゆっくりとページを捲り上げる。

気は進まなかった。それでも、どうしてか、僕はこの本を読まなくてはならないような気がしていた。僕はページを捲り続ける。綴られた物語を、吸い上げていく。

駄目よ。小余綾の声が聞こえたような気がした。自分の本は、まずは自分が愛してあげないと――。

九ノ里が、この物語を僕に読ませたい意図は、なんとなく理解できる。

僕のこの物語の主人公は、どじで、ぐずで、マヌケで、バカで、けれど、それでも、傷付いたヒロインのために、たった一つの勇気を胸に、ただひたすらに――。

懐かしい感触が、胸の奥で燻っている。ページを捲る度に、柔らかな温かさが胸の中で灯《とも》っていった。三年前。あのとき、どんな想いで、どんな気持ちで、この物語を綴っていたのか――。その思い出が、甦っていく。

いつしか、僕は、夢中になって、本を読み耽り――。

「あの、先輩……。先輩……?」

何度も呼びかける声をようやく意識して、僕は顔を上げる。

視線を巡らせると、申し訳なさそうな表情をした成瀬さんが、ぽつりと立っていた。

僕は慌てて本を閉ざし、作家名の書かれている表紙を伏せて膝の上に載せた。

「あの、すみません……。今、よろしかったでしょうか」

覇気のない様子で、怖々と、そう問いかけてくる。

頷くと、成瀬さんは表情を綻ばせた。僕の隣へそっと腰を下ろす。青臭い草葉の匂いに混じり、柑橘《かんきつ》系の心地よい薫りが舞った。

「先日は、すみませんでした。わたし、動揺してしまって……。その、たぶん、わたしのせいで、お二人が喧嘩してしまったんですよね……」

「あ、いや……、違う。ぜんぜん違うんだ……。ええと、成瀬さんは、気にしないでいい。むしろ、謝らないと駄目なのは僕だ」

きょとんとしている成瀬さんへと、僕は頭を下げた。

「その……。あのとき僕が言っていたことは、全て間違いだよ。小余綾の言っていること
の方が、きっと、全面的に正しいと思う……」

「そう、ですか」

小さく、吐息を漏らしながら、成瀬さんは頷く。

「なんとなく、そうなんだと思っていました」

「え？」

成瀬さんは、はにかんだ笑顔を見せる。

「小説を愛する人が、あんなこと、本心から言うはずないと思ったんです。もし、それが
本心なんだとしたら……。きっと、それは、小説を愛するが故の、怒りからなんだろうな
って」

「僕は……」

「先輩は、間違いなく小説を愛する人です」

どうしてか、断言されてしまった。

「だって、わたしが初めて読んだ『カップの残り滓』、わたしの心に、すっと入り込んで
きて……。胸に染みて、ああ、わたしも、頑張らないとなって思えて……。そんな文章を
書ける人が、小説を愛していないわけ、ありません」

どうして成瀬さんは、こんなにも自分のことを信じてくれるのだろう。

こんな僕の綴る物語でも、彼女の心に触れることができたのだろうか。

彼女の心を、動かすことができたのだろうか――。

「あのとき、わたしは二人が喧嘩を始めてしまったんだと思って、逃げ出してしまったんです。けれど、わたしも本屋の娘ですから……。先輩があのとき言ったこと、すべて間違っているとは思いません。だから、きっと、先輩は怒っていたんだろうなって。世の中にか、自分にか……。あのあと、考えて、そう思ったんです」

成瀬さんは、そう言ってはにかんだ。

僕は、あのときの心境を思い返そうとする。

わからなかった。僕は怒っていたんだろうか。

怒っていたのだとしたら、なにに、誰に、怒っていたんだろう。

「小余綾先輩は、大丈夫ですか」

「え、あ、うん……。たぶん」

そう、咄嗟に嘘を吐いてしまう。

「そうですか……。ここのところ、実家の手伝いが忙しかったので、あのまま顔を出せなくて、それが、なんだか心苦しかったんです。メールも、しようと思ったんですけれど」

「そっか……」

夕陽の差し込む、部室のことを思う。

成瀬さんがその場所を訪れたとき、そこに小余綾詩凪の姿がなかったら、彼女は悲しむだろうか。きっと、悲しむだろう。

「小説のことは、なにか進展あった?」

誤魔化すように、成瀬さんに彼女の小説のことを訊ねる。

成瀬さんは、困ったように眉根を寄せた。

「いえ、まだ小余綾先輩の言うようなテーマを、自分で見付けられなくて……。だから、千谷先輩に、ご迷惑でなければ、なにか相談に乗ってもらえたらって……」

僕は俯いて、彼女と初めて出会ったときのことを思い出す。そのとき胸中に燻っていた苛立ちの正体は、もうわかっていた。

僕は、あのとき、成瀬さんに自分自身の姿を見ていたのだ。

いつかの自分。小説に対して、ひたむきで、一所懸命だったあの頃――。

こんな自分にも、なにかできることがあるのだとしたら――。

「ただの感想だと思って、聞いてほしい。成瀬さんの、あの物語のいいところはさ――」

彼女の拙い物語を初めて読んだとき、心に強く感じた要素を、口に出す。

それは、きっと王道から逸《そ》れているかもしれない。きっと売れ筋とは違うかもしれない。けれど、今なら、それは君の長所なのだと、伝えられるような気がした。

「きっと、成瀬さんが女の子だからなんだと思う。剣の乙女のイリシャルの気持ちが、とても深く感情移入できるように書いてあったよ。自分を選んでくれたユーリのために役立ちたいと願って必死に頑張っているのに、ユーリはイリシャルを傷付けたくないから、ぜんぜん違う剣を手に取って闘ってしまう。その二人のすれ違いがさ……。すごく、良かったんだ。僕は主人公のユーリより、欠点だらけで、誰からも選んでもらえないような魔剣だけれど、ユーリのために思い悩んで、それでも頑張っているイリシャルの視点を、もっと読んでみたいと思った」

たぶん、それは、成瀬さんにしか書けない物語なのだろう。

彼女は言っていた。自分は人に好かれるような人間ではないのだと。嫌われてしまう部分の方が多いのだと。そう言って、涙を零していた。誰からも選ばれず、なんの力も持たない無力な魔剣のイリシャルのように——。

「そう、ですか……」

はじめ、擽ったそうに僕の言葉を聞いていた彼女は、いつの間にか思案するようにして、膝小僧を隠すスカートの裾をぎゅっと握り締めていた。僕の言葉を吟味し、検証するかのように。唇が、声にならない声を囁く。きっと、それは物語だ。それは作家に、インスピレーションが舞い降りるその瞬間なのだった。

「テーマは……。もしかしたら、伝えること、かもしれません」

どこか茫洋《ぼうよう》としていた彼女が、ぽつりと言った。

「伝えること？」

「自分を信じて、相手に伝えること……。イリシャルは、ユーリのことが大好きなんです。自分を選んでくれたユーリのために、どんなことでもしたい。頑張りたい。けれど、彼女は素直になれない。だから、ユーリが他の剣に浮気をしているのが悲しくて、泣きたくなるくらい苦しいのに、ユーリの悪口を言ってしまう。そんな子なんです。そしてユーリも、イリシャルが大切で傷付けたくないから、別の剣を振るっているんだけれど、それは彼にとって気恥ずかしいから――」

活き活きと。

物語が、宝石箱から溢れる煌めきのように、こぼれ出していく。

きらめく双眸と、楽しげな唇と、上気した頬と、熱を秘めた作家の魂。

「だから、きっと、自分を信じて、相手に気持ちを伝えること……。そのたった一歩が、大事なことなんじゃないかって――。先輩?」

「え、あ、いや……」

僕は笑う。

大丈夫。大丈夫だ。

もう、僕なんかが力を貸さなくても、成瀬さんは立派な物語を作れるだろうと思う。

「書けそう?」

「はい。たぶん、ですけれど……」

「もう、苦しくない?」

いつだったか、小説を書く苦しみに戸惑っていたときの彼女を、思い出す。

問うと、成瀬さんは照れくさそうに微笑んだ。

「わかりません。けれど、たぶん……、これからも、書いていて苦しくなることは、きっといっぱいあると思います。物語を書くことって、きっと、辛くて苦しいんでしょうね。それでも、それはわたしの夢、ですから……」

「成瀬さんは、強いね」

僕とは、大違いだと思う。

成瀬さんは、緩やかにかぶりを振った。

「きっと、他のどんな夢も、お仕事も、同じように辛くて苦しいものなんだと思います。それなら、どんなに苦しくても、わたしは……、自分が選んだ道を、進みたいです」

照れくさそうに、そう告げられて。

呼吸することを、忘れそうになった。

それが、どんなに困難で過酷な道のりなのだとしても——。

僕らは、その道の途中で逃げ出してしまってはいけない。

どんな夢だって、苦しくて、辛いのは、当たり前のことなのだから。

「そう……。だよなぁ」

物語を愛するこの後輩に、教えてもらったことが、たくさんあるような気がする。

そのことを気恥ずかしく思っていると、成瀬さんが唐突に訊いてきた。

「先輩、その小説は？」

「あ、いや、ええと、これは……」

ひやりとしながら、手にした文庫に眼を落とす。

「それは、どんなお話なんですか？」

「これは……」

言い淀んだ。けれど、なにも説明しないというのも、不自然かもしれない。

「これは……。嘘っぱちの、偽物の話だよ」

「偽物？」

「主人公は、どじで、ぐずで、マヌケで、バカでさ……。それでも、勇気を振り絞って、ラストには、傷付いたヒロインを助けようとするんだ。よくある、ありふれた話だろう」

「そうかもしれませんね」

なにかおかしかったのか、成瀬さんはくすりと笑う。

「でも、なにが偽物なんですか？」

「きっと……」僕は、暫し躊躇した。「きっと……。この作者は、この物語と自分が、同じ状況に陥ったとき、ヒロインを助けたりなんてしない。たぶん、そんな勇気なんて持ち合わせていない奴だ。だから、ここに書かれている物語は、全部、偽物の、嘘っぱちだ」

「偽物の、物語……」

成瀬さんは、その言葉を吟味するように、そっと舌の上で転がした。

「以前にも、先輩は似たお話をしてくれましたよね。物語には、嘘ばかりが書かれている。現実にはあり得ないこと、起こりえないこと、そればかりが綴られていて、みんなが読みたいのは、虚構の物語なんだって……」

「ああ、うん、そう、だね……」

「それなら、わたしもそうです」

成瀬さんは、どこか寂しそうに微笑んだ。

「わたしも、本当は臆病で、勇気なんてなくて……。さっきも、伝えることがテーマだなんて、偉そうなことを言ってしまいましたけれど……。わたし自身には、勇気を持って、誰かに自分の気持ちを伝えるなんてこと、ぜんぜんできなくて……。だから、自分の物語から伝わる言葉は、嘘で偽物なのかもしれない、です……」

「それは……」

僕は視線を落とし、膝の上に置いた本へ指の腹を滑らせていく。嘘っぱちの、偽物の物語。けれど、成瀬さんが伝えたいと願う想いは、本当に偽物なのだろうか？　不動詩凪が願う、人の愛しさ優しさは、虚構でしかなかったのだろうか？

僕がこの小説に綴った物語は、ただの嘘でしかなかったのだろうか――。

もっと、勇気が欲しかった。

たとえ、この身が空っぽなのだとしても、たった一つでいい。勇気が欲しい。

そんな力なんて僕自身にはないのだとしても、たとえばこの物語のように、誰かが傷ついたとき、その人の元へ、駆けつけることができるといい。たとえ世界が暗く冷たく感じられるときでも、物語を綴り、ページを捲ることで、心に優しく温かな陽が射《さ》すといい。

「僕は……。少しだけ、思うんだ」

俯いて、成瀬さんに答える。

「小説は……。きっと、願いなんだと思う」

それは、もしかしたら、ただの夢物語なのかもしれないけれど——。

「自分も作中の登場人物たちのように、こうなりたい、ああなりたい。それは、ただの現実逃避なのかもしれないけれど……。それでも、物語は僕らに勇気をくれる。与えてもらった勇気で、自分もなにかに挑戦できるような気に、なれるんだ。僕はその勇気を……、偽物、だとは思わない。たとえ、それが嘘で偽物なんだとしても……、この胸に届いた想いは、きっと本物、だから」

「願い……」

そう。そこにある陽向の世界は、きっと、偽物なんかじゃない——。

物語に託して、綴られる、願い。

成瀬さんは、瞼を閉ざし、胸に手を押し当てて、語る。

「そう、ですね……。小説を書く側の人間だって、もしかしたら、そこに願いを託しているんじゃないでしょうか。嘘かもしれない。偽物かもしれない。それでも、この物語を綴ることで、その願いは本物に変わるのかもしれない。ページを捲る誰かの心で。あるいは、物語を書き終えた自分自身の心で。その願いは、たとえすぐには叶わなくても、きっと本物になる……。本物にならなくても……。そうであってほしいという気持ちは、きっと大切で、尊いものだと思います」

ねぇ、ラブレターって、書いたことある？

たぶん、小説もそれと同じなのよ。溢れる想いが、正確に伝わるように、丁寧に丁寧に綴って、この作品を好きになってもらえるよう、願いと祈りを抱きながら届けるの——。

願いと祈り。

手にした文庫の表紙を、見つめる。

ここに綴られた、偽物の物語。

嘘っぱちの自分。

叶うことなら、僕は、この嘘っぱちの自分になりたい。

傷付いた女の子の元へ、全力で駆け付けていく、そんな嘘っぱちの勇気が、欲しかった。

「先輩、その小説、面白いですか？」

ふと顔を傾けて、成瀬さんが表紙を覗き込んでくる。著者名を知られるのは困る。なにせ、僕の本名と一文字違いの恥ずかしいペンネームなのだから、関連性があることを疑われてしまってはまずい。と、その瞬間だった。

「あ、秋乃じゃーん！」

女の子の声が響いて、僕たちは揃って驚いたように、びくりと肩を跳ねさせる。

校舎の角から姿を現したのは、綱島利香とその取り巻きの女の子たちだった。

「あきのん、そのひと誰ー？」

女の子の一人が、無邪気に問いかける。

「なんだか仲良さそー、まさかカレシとか？」

「あれ、ていうか、この人あれじゃない？　ほら、文芸部のー」

「あー、あのバドミントンの冴えない人だ！」

「なに、秋乃。やっぱり文芸部と連《つる》んでるんじゃん」

冷たい、声音。

機嫌の悪さを表情ににじみ出しながら、綱島利香が、のし掛かるように、ベンチに座って肩を小さくしている成瀬さんの顔を、覗き込んでいる。

成瀬さんの表情は、固まっていた。

「センパイ、文芸部の人ですよね？」

綱島利香が、僕を睨んでくる。僕は、彼女を睨み返した。

舌打ちした彼女は、冷酷な眼差しを向ける相手を、成瀬さんに絞ったようだった。

「やっぱ、小説書いているんだ？」

「えー、マジ？」

「小説とか、ウケる」

「わたし……」

唇が、震えている。握り締めた拳が、固まっている。

肩は小さくなって、今にも息苦しそうに、小さな胸は上下を繰り返している。

けれど、その双眸は――。

今にも揺らいで、怖じ気付いてしまいそうな双眸は――。

震えた唇を嚙み締めて、それでも成瀬さんは視線を背けず、綱島利香を見ていた。

「わたし、は……」

迷いが、唇を彷徨わせる。

けれど、僕には伝わった。

彼女の願いは、本物なのだ。

彼女が物語に綴って託す願い。いつかそうであってほしい自分。見失ってはいけない大切なこと。言葉では尽くせず、伝えたい想い。

その魂が、彼女の中で、ぶすぶすと燻っている。

たとえ今はできなくても、その気持ちが眠っているから、文字になって溢れてくる。物語になってかたちをなしていく。

物語は、魂の底から生まれる。伝えたいことがあるから、身の内から溢れ出てくる。成瀬さん。君の苦しみも後悔も、すべては物語の源泉だ。すべての物語はそこから生まれてくる。そうやって生み落とされる。

臆《おく》さなくていい。迷わなくていい。

成瀬さん。

その願いは、本物なんだ。

「君は、それができる強い子なんだ」

自分はどうだろう。

自分が綴る文章は、本物だろうか。

「自分を信じて、伝えるんだ」

僕は、唸るように声を上げる。成瀬さんは、びくりと肩を震わせた。綱島利香たちが、怪訝そうに顔を見合わせる。成瀬さんの唇が彷徨う。躊躇う。

僕は、叫んでいた。

「自分の気持ちをはき出せない人間が、小説なんて書けるわけないだろう！」

この絶叫は、成瀬さんのためだけにあるのではない。

自分に言い聞かせるように、自分を鼓舞するように——。

「なんだっていい。言ってやるんだ。君の気持ちを、感情をっ、そいつにタイプしてやるんだよ。書き込んでやるんだっ。身体の内側から湧き上がってくる言葉を、全部ぶつけてやれっ！」

傾いた夏の夕陽が、成瀬さんの姿を照らす。

彼女は立ち上がっていた。小さな身体で、精一杯に、立ち上がっていた。

拳を握り、涙すら浮かべて、何度も唇を震わせながら、叫んでいた。

「わたしっ……！　わたしはッ……！」

ぎょっとしたように、綱島利香が後ろに下がる。

「わたしはっ、リカのことっ、友達だと思ってる！　中学のとき、声をかけてくれたときから、好きなのは変わらないよッ！　けれどっ、それでもっ……！　わたしっ、あのとき、真中さんにあんな仕打ちをしたあなたのことは嫌いッ！　それを黙って見ているだけだったわたしはもっと嫌いッ！　でもっ、だからっ！　わたしは、リカに、ちゃんとわたしのこと見てほしいっ！　真中さんに教えてもらった小説を好きな、わたしのことを知ってほしい！　だってっ、友達、だからっ……！」

真夏の空へ、ひたすらに声が響く。

どこかで、蟬《せみ》が鳴いている。

成瀬さんも、涙を流して、嗚咽を零していた。

子供のように泣きじゃくりながら、拳を振り上げて、どこか戸惑ったような顔を浮かべる綱島利香の肩に、顔を寄せて泣いている。

「絶対にっ、面白いって言わせるからっ、絶対に、すごいんだって、言わせるからっ、だからっ……。わたし、リカをびっくりさせるの、いつか書くからっ……！」

戸惑いの表情を浮かべていた綱島利香は、やがて、微かに微笑んだ。

まるで駄々をこねる妹をあやすみたいに、胸に頰を押し当てて泣きじゃくる成瀬さんの背を、そっと抱き寄せる。

「もう、秋乃ったら……。わかったってば。暑いんだから、勘弁してよ」

成瀬さんは、叫んでいる。伝えている。自分を信じて、大切なことを、大切な人へ届けている。綱島さんも、周囲の女の子たちも、顔を見合わせ、それからくすくすと笑い出した。大丈夫だよ。あきのん。ほらほら、泣かないで。わかったからさー。ほら、アイス食べよ。アイス。泣き止んでよぅ。

僕はベンチを立ち上がり、校舎の裏手を歩いている。

僕が物語に願ったもの、託したもの、それはなんだったろうと思い返しながら、歩く。

僕が伝えたい想いは、なんだろう。

言葉では、足りない。尽くせない。

わたしたちは、言葉を伝えたいわけじゃない。言葉では遅すぎる。言葉では不自由すぎるのよ。だから、言葉だけでは伝わらないことを、表現しきれないことを、一つの物語に編んで届けることしかできない。

成瀬さん、君はさっき、この小説は面白いかって訊いたよな。

僕は、手にした文庫の表紙を見下ろす。

九ノ里の言葉は、極めて正しい。

この小説は、とても無名な作家が書いたものだけれど、めちゃくちゃ面白い。他の人がなんて言おうが、ものすごく面白かった。僕を、勇気づけてくれる言葉で、溢れている。今度、機会があったら、貸してあげるよ。よかったら読んでやってほしい。きっと君も気に入ってくれると思うから。

＊

駅へと歩みを続けながら、スマートフォンを取り出す。

僕らの物語の、最終話。

願いを込めながら、電話をコールする。

コール音は、何度も続いた。何度も、何度も続いた。

君は、僕に呆れているだろうか。僕に失望しているだろうか。だから、表示される僕の名前を嫌悪して、電話に出てくれないのだろうか。

彼女の声を、耳にすることは叶わないのかもしれない。

自分が招いた断絶だ。虫のいい話だとはわかっている。

それでも、神様――。小説の、神様。

この僕が、こんな空っぽで、日陰で生きるような人間の僕が。

物語の主人公になることを、赦してもらえるのなら――。

どうか、僕と彼女を、もう一度、繋いで欲しい。

あのとき、きらきらと、眩しく笑った彼女の笑顔を、もう一度、見せてほしい。

コール音が、鳴り響く。鳴り続く。

ぷつり、という音がして——。

無音に混じる、微かな息遣いが、耳に届く。

「小余綾——」

小さな、吐息。

「小余綾——」

『千谷くん……』

弱々しい、声が、辛うじて耳に入る。

「なぁ、小余綾——」

微かに、力なく笑う。

そんな息遣いが、伝わる。

『もう、いいの』

それは絶望に暮れた声だった。

「聞いてくれ、小余綾」

『いいの……。わたしは、もう失うだけなんだと思う。あなたを利用するような真似をして、ごめんなさい。我が儘に、付き合ってくれて、感謝してる』

鼻が鳴る。くすりと、悲しみを啜《すす》る音が響く。呻くように、喘ぐように、嗚咽する声が聞こえる。小余綾詩凪は、電話の向こうで泣いていた。涙を流していた。物語を失っていく絶望に、もう二度と書くことはできないのではないかという未来に、打ちひしがれていた。人間の悪意がもたらした凶悪な一撃は、たった十六歳の少女が受け止めるのには、あまりにも過酷なものだった。

『だから、もうね……』

「いいから、僕の話を最後まで聞いてくれッ！」

それでも、僕は小余綾詩凪を信じている。

だからお願いだ。僕の綴る、拙い言葉を、最後まで聞いてほしい。

「聞いてくれ。僕は、自分が君の作品を壊してしまうんじゃないかって、それがたまらなく怖かった。君の作品は、本当に凄いよ。わくわくする。胸が震える。心を打たれる。けれど、そんな君の作品に、僕の力が相応しいものなのか、自信が持てなくて……。君の物語すら、断絶させてしまうんじゃないかって、怯えていた」

小余綾の返事はない。

けれど、通話は繋がっている。

言葉は、きっと届いている。

「けれど、今は違う。今は……。君の物語を綴りたい。もし、こんな僕でもいいって、君が言ってくれるのなら……。もう一度、君と一緒に仕事をする機会が欲しい。君と一緒に、また肩を並べて、物語を綴らせてほしい。君に伝えたいことが――、君の質問に答えたいことが、たくさんあるんだ」

『わたし、は――』

泣いている。

小余綾は、電話の向こうで、泣き続けている。

僕は息を鎮める。耳を澄まし、彼女が言おうとしている言葉を、必死に手繰《たぐ》り寄せた。

『無理よ』弱々しい声が、呟く。『もう、締め切りまで、あまり時間がないのに……。わたしは、物語を編むことができないの……。ずっとずっと、暗がりで、なんの光も見えてこない。今まで、こんなこと、なかったのに……』

僕は、止めていた息を吐き出す。

同時に、微かな安堵が胸に満ちたことを実感した。小余綾詩凪は涙を流しているが、まだ絶望していない。僕とチームを解散し、二人の関係が断絶したあとも、彼女は物語を完結させるべく、最終話のプロットを編み続けているのだ。それは納得できないものなのかもしれない。理想とは程遠いものなのかもしれない。文字を綴ることと同じように、物語を紡ぐ力すら自分から失われつつあるのではないかと、怯えているのだろう。僕も暗闇に閉ざされた牢獄《ろうごく》で、何度も頭を打ち付けたことがある。どうしても先が見えなくて、どうしても物語が綺麗に纏まらない。それを解決するための方法を探るために、暗闇に閉ざされた牢獄を右往左往する。壁を殴り、血を吐いて、頭突きを繰り返し、叫んで、唸って、涙を流して、どうしてできないのか、自分には才能がないのか、修正することは絶対に不可能なのか、暗闇の中でひたすら疑念と闘って、出口を見付けだそうと暴れ回る。小余綾も、きっとそこにいるのだろう。小説家なら、誰もが閉ざされた経験のある暗闇の牢獄に。もしかしたら、君がそこに閉ざされたのは、初めての経験なのかもしれない。けれど、大丈夫だ。落ち着いてほしい。ほとんどすべての作品は、必ずその暗闇の中で生まれるのだから。それが、小説家としての宿命なのだから。

大丈夫だ、小余綾、落ち着いて、なにが問題なのか、話してほしい。

啜り泣きながら、弱々しく語る小余綾の話に耳を傾けた。最終話の構想は事前に耳にしてあるが、細かいところはこれまでと同様に未知の領域だった。さらりと驚愕の真相と犯人を告げられてしまうが、なるほど、問題点が僕にも理解できるようになってきた。

「大丈夫だ。小余綾。僕がそこから、君を陽向へ連れ出してやる」

『無理よ。わたしが思い付かないのに、あなたなんかに、なにができるっていうの……』

調子が、出てきたみたいじゃないか。少しは落ち着いてきただろう?

「いいから、ノートとペンを持って待っていろ。最寄り駅はどこだ？　そこの近くのファミレスで待ち合わせだ。すぐに行く」

小余綾は、電話の向こうで小さく鼻を鳴らした。

『なんなの……』

「僕も一緒に考える。僕の考えなんて素人だって君は言うかもしれないけれど、独りで考えるより、ずっといいはずだ。だから、そこで待っていろ」

君は、今までずっと独りで物語を編んできたのかもしれない。

孤独が生み出すものは、きっと多いだろう。

けれど、二人でしか生み出せないものも、きっとまたあるはずなのだ。

＊

ファミレスの店内で、小余綾詩凪の姿を見付けたとき、奇妙な安堵が胸を支配していくのを感じていた。いつもの大きな黒縁眼鏡で半ば隠されてはいるけれど、彼女の双眸は赤く腫《は》れていた。何度も何度も苦しんで、それでも物語を編み続けようとした証《あかし》なのだと思った。彼女のテーブルにはメロンソーダの入ったコップと、開かれたノートがある。ペンが言葉を綴り、記号を引いて、図形を作り、幾度も幾度も検証を繰り返したことを示している。白いキャスケット帽はどこか草臥れていて、冷房避けのカーディガンに包まれた華奢な肩は、どこまでも身を小さくしている。尊大で横柄な人気作家の面影は、そこにはないのかもしれない。けれど、彼女はまだ物語を諦めていない。

「偉そうに、言ったわりに……。遅いじゃない」

眼鏡の奥の双眸が、弱々しく、僕をじろりと睨んだ。

減らず口が戻ってきた。僕はそのことが、たまらなく嬉しい。

「悪い。パソコンを取ってきたんだ」

笑って、テーブルに着く。とくん、と胸の中で見知らぬ感情が跳ねていくのを感じる。パソコンを広げて新しい画面を開く。小余綾はポケットティッシュで洟《はな》をかんでいた。僕はディスプレイを睨む振りをして、笑いそうになる顔を隠す。

「さぁ、本題に入ろう。問題を一つ一つ確認していくんだ。今まで君が考えたことを、話してくれ」

「話してって、言われても……。成果はなにもないのよ。ただ、出来の悪い、納得のできない物語ばかりが生まれる……」

「その試行錯誤の過程だ。なんでもいい、僕にわかるように話してくれ。なにを考えたのか、どう改善しようとして、それじゃどうして駄目なのか──。難しいことじゃない。僕に、君自身の物語を聞かせてくれ」

「わたしの物語?」

訝しむように、小余綾が首を傾げた。

「そう、君の──。小余綾詩凪の物語だよ。泣いて、苦しんで、それでも前へ進もうとしている。そんな女の子の、試行錯誤の物語だ。語るのは、得意だろう?」

そう挑発するように、唇の端を吊り上げて、彼女を焚《た》き付ける。

小余綾は、少しの間、むっとした表情をしていた。

けれど、やがて諦めたように瞼を閉ざすと、ふぅと息を漏らして語りはじめる。

「あなたなんかに理解できるといいのだけれど」

努めるよ。

だから、聞かせてほしい。

一緒に、その暗闇の牢獄から飛びだそう。


一時間ほど、掛かっただろうか――。

小余綾は、これまでどのような思考を経て、最終話を描こうとしているのかを語った。そうして彼女が抱く最終話の理想型を、遠い過去の昔話のようにして、切なげに、苦しげに語って聞かせる。それは尊く、残酷で、切ない物語。甘くて、愛しくて、けれど、息苦しさに胸を抑えずにはいられない。その理想の最終話へ辿り着くためには、幾つも浮上してしまう矛盾点を解決しなくてはならない。矛盾の数は大きく分けて三つほどある。一つ一つは解決が容易い。別の解釈を見出して、少しだけの修正で補うことができる。けれど一つを解決すれば、残りの二つが互いに衝突して、より大きな問題へと拡大していく。あちらを取れば、こちらが立たずという厄介な状況だった。

「やっぱり、無理なんだわ」

僕が全ての問題を把握し、それらをノートパソコンに一つ一つ纏め上げていった頃、メロンソーダのストローを咥《くわ》えていた小余綾が、ぽつりと言った。

「本当に、ここまで苦しいのは、初めてなの……。文字を書くことだけじゃなくて、物語を作ることすら、きっとわたしにはできなくなってしまった……」

僕はディスプレイから、顔を上げて彼女を見つめる。

覇気がなく、眉尻を下げて、途方に暮れるその表情を、じっと見た。

「こんな物語じゃ……。誰の心にも、響いたりしない。無理なのよ……」

「君は、言ったな」

僕は、一度ディスプレイに眼を落とす。それから、唸った。

「小説には人の心を動かす力がある。人に希望を与えることもできるんだと――」

それを証明してみせるのだと――。

「それなら、諦めるのは、まだ早い。君の物語を、待っている人たちがいるんだ」

僕は、自分の手を握り締める。

ノックをしろ、と君は言った。

誰かの胸の扉を叩くための。扉を開くための、美しく麗しいノックの仕方を学ぶのだと。拳を痛めて、繰り返し繰り返し、扉を叩き付けて、物語を綴るのだと――。

それなら、今は僕の拳を使ってほしい。何度も、何度も、誰かの心に響くように研究を重ねて、きっと誰かに届くように、ノックを繰り返すから。

「ここで諦めるなんて言わないでほしい。誰にも響かないなんて、そんなことはない。いいか、君の物語は面白い。たとえ君の理想に近付けないのだとしても、僕が面白くしてやる。物語の力を信じてるんだろう。誰かの胸に響く話を作りたいんだろう。僕が君の物語に色を与えてやる。音を与える、匂いを与える、心を与える……。だから、面白くなる。そう信じるんだ」

美しい物語。麗しい文章。心に届く、優しい言葉。

君と二人で、見付け出すために。

「わたし……」彼女は双眸を揺らめかす。視線を背け、鼻を鳴らした。「諦めるなんて、言ってないわ……。勘違いしないで。だいたい、それ、あなたが言えたことなの……?」

彼女の皮肉に、僕は思わず笑ってしまう。

「それなら、僕に、考えがあるんだ。聞いてくれるか」

「名案、ならね」

小余綾は視線を背けたまま、肩を竦める。

「残念ながら、少し違う。君が理想としている最終話とは、違ったかたちだ」

訝しむように、彼女は僕を見た。

「けれど、君が行き詰まってしまっているのは、きっとそこに原因がある」

「どういうこと……?」

僕は、たぶん、いちばん最初に、ケーキ屋で彼女から物語の構想を聞かされたときに、その違和感に気が付いていたのだろう。けれど、その違和感を適切に表現する言葉が見付からなくて、曖昧なままにしていた。でも、今の僕になら、それがわかる。

「この物語には、願いがない」

不動詩凪作品が支持される点は、そこに綴られる、人の愛しさ優しさだ。荒唐無稽なプロットや推理小説的な仕掛け、少女小説のような繊細な文章。それらを評価する人々は多いだろうけれど――僕は、物語に綴られる人の愛と優しさ、それこそが彼女の作品の醍醐《だいご》味《み》なのだと感じている。愛しそうに、嬉しそうに。君は物語を語る。優しげに、愛に満ちた表情で、物語を綴っている。その姿を知っている僕だからこそ、わかる。

「この物語には、語られる愛と、人の優しさが、欠落してしまっている」

綴られる主人公は、人のために推理を続ける。級友たちから嫌悪され続け、侮蔑の視線を向けられても、自分を信じて、それが大切な人の力になるのだと、真実を求め続けることをやめない。友達になれたかもしれない相手を傷付けて、多くの批判を浴びて、彼女は徹底的に打ちのめされる。それでも、彼女は立ち上がる。最終話で立ち向かうのは、冒頭から示唆され続けていた大きな謎。その隠された真実を暴くために、歯を食いしばって立ち向かう。

けれど、その結末で明らかになるのは、たった一人、心を赦した相手が、自分を騙していたという残酷な真実だった。極めて利己的な理由で主人公を騙し、己の利益のために推理を誘導させていたという暗い真実。今度こそ、主人公の心は打ち砕かれる。愛と友情は幻想なのだと思い知らされる……。

小余綾の狙う驚愕のクライマックスは、きっと盛り上がることだろう。意外な結末に、多くの読者が驚くことだろう。

「けれど……。これじゃ、主人公が可哀想だ。ここには驚きと興奮があっても、願いも、希望もない」

「でも……」

否定と動揺の言葉を漏らし、小余綾は眼を彷徨わせる。

それから、俯き、吐き捨てるように言った。

「現実なんて、そんなものでしょう」

十六歳の少女は、あまりにも強大な、人の悪意に晒された。

君は知ってしまったのだ。人間なんて、そんなものなんだって。愛や優しさなんて、ないのだって。そんなものでは世界は変えられない。人の心は動かない。現実にあるのは、ただひたすらに残酷で過酷な悪意だけ——。

「けれど、物語は、願いだ」

そこに綴られるのは、僕らの祈りなんだ。

「そのことを教えてくれたのは、君や成瀬さんだよ」

現実は、所詮こんなもの。優しさなんて、愛なんて、あり得ない。

人間は醜く汚く穢らわしい。

それが真実なのだろう。リアルなのだろう。

そんなことはあり得ない。そんな人間はいない。そんなのは現実ではない。

それらに縛られて書くことは、それらに忠実に従って書くことは、恐らくは正しい小説の書き方の一つだと思う。そう、一つだと思う。

けれど、そんな書き方は、きっと読んでくれる人たちを幸せにしない。

幸せにできない。

たとえ本当の現実がどんなに過酷であったとしても。

たとえそんなことは起こりえないと思っても。

それはありえる。あると願えば、存在する。偽物じゃなくなる。

小説が願いなのだとするならば、そうであってもいいじゃないか。

僕は、優しいお話を書きたい。

誰かの胸に、ずっと残り続けるような、優しいお話を届けたい。

君もそうだろう。

「最後の裏切りを、別のかたちにしてみるんだ。後味が悪くならないように、優しい気持ちが残るように――。いつもの不動詩凪の作品みたいに」

「けれど……。でも、裏切りの展開をなくしてしまったら、最後の醍醐味がなくなってしまうわ。ただでさえ、トリックの部分も矛盾があって未完成なのに……」

「考えればいい。二人でならできる。思い付く」

僕はキーボードを叩く。ノートパソコンに、あらゆるアイデアを打ち込んでは、小余綾へと述べていく。最初、躊躇うように視線を彷徨わせていた彼女は、ゆっくりとペンを手に取った。ノートへと、ペン先をそっと乗せていく。僕らは言葉を交わす。二人で物語を編んでいく。大丈夫。悪意に負けたらいけない。希望を、祈りを、願いを届けなくてはならない。

僕らは何度も、何度も話し合った。

「実は本心からではなかった、という手もあるけれど、それだと、なんでそんなことをしたのかという強い理由付けを——」

「方法は二つある。どんでん返しをなくして裏切りのない終わりを持ってくるか、あるいは……。どんでん返しをしつつ、裏切りに正当な理由付けをして、そこから更にハッピーエンドへ持って行く展開。つまるところ、いいとこ取りだ」

「簡単に言うわね」

「叙述とかどんでん返しとか、たいていは悲しいオチになるよな。嬉しい叙述とか、嬉しいどんでん返しとか、僕はあまり見たことがないんだ。だから、僕は不動詩凪の作品で、それを見たい」

「そんなの、できるわけがないわ」

小余綾は、眉を顰めた。

そうは言いながらも、視線はじっとノートを見つめている。

眼鏡の奥の黒い双眸は、爛々と煌めいて、物語を思索し続けている。

僕は言った。

「君は不動詩凪だ。君ならできる」

彼女は僕を見上げる。

それから、呆れたように笑って。

不服を示すべく、ほんのちょっぴり、頬を膨らませてみせた。

＊

気付けば、五時間が経過していた。

時刻は深夜にほど近く、ドリンクバーだけで粘《ねば》り続けていた僕たちは、互いにテーブルに突っ伏すようにして、ほとんど同時に空腹のお腹の音をぐぅと鳴らす。

それから、顔を見合わせた。

くすくすと、どちらからともなく、笑い出す。

小余綾は、既に眼鏡も帽子も取っていた。

きらきらとした双眸が、僕のことを、間近で見つめて、嬉しそうに煌めいている。

「本当に……。できちゃうのね」

「ああ……。本当に、君はすごい奴だよ」

のろのろとテーブルから身を起こして、小余綾は笑う。

「違うわ。あなたの一言がなければ、無理だった」

「役に立てたのなら、幸いだ」

僕は、お腹を抱えて身を起こす。

「けれど、執筆に移るのは、少し待ってくれ。腹が減って死にそうだ」

「ええ、本当に、そうね」

僕らは互いに笑い合う。

店員を呼んで、遅めの夕食を注文した。

頭を使いすぎたのだろう。糖分が足りない。僕らは届いたメニューを、ただひたすらに黙々と食べ続ける。その様子がおかしかったのか、僕と小余綾は眼を合わせると、やはりどちらともなく笑いはじめた。

「ねぇ、少し思い出した話があるの。聞いてくれる？」

「なんだよ、突然」

「あなたは前に、わたしにどうして小説を書いているのか、訊いたことがあるわよね」

「ああ……」

物語を必要としない人――。

そんなふうに見える少女が、どうして物語を綴るのか――。

「いろいろと理由はあるのだけれど……。ある作家の言葉を思い出したわ」

「なんだよ」

「わたしはね、子供の頃から不思議に思っていたことがあるの。ほら、よく本の帯とかに、『泣ける本』とか『号泣必至の物語』とか、そんな売り文句が書かれているじゃない」

「全米が泣いた、みたいなやつか」

小余綾は小さく笑う。

「それが、幼いわたしには、とても不思議だった。どうしてみんな、本を読んでまで泣きたいのだろうって思ったの。わたしはね、たぶん千谷くんが思っているより、ずっと泣き虫の人間なのよ。悲しくて、わんわん泣いてしまうことが何度もあった。今だって、それは変わらない。それなのに、どうして大人は、わざわざ泣きたがるんだろうって」

僕は彼女の話に、奇妙な既視感を抱いた。

似たような話を、かつて、どこかで聞いたような気がする。

「もちろん、みんなが求めているのは、悲しくて辛い涙ではなくて、温かくて優しい涙なんだと思う。けれど最後のページを捲り終えて、本をそっと閉ざしたあとに、その涙はどこへ行ってしまうのだろうって、わたしは考えたの。涙を流したときの優しく温かな気持ちは、いつまでも、ずっとずっと本を読んだ人の胸に残るのかしらって……」

ドリンクバーの熱い珈琲カップを両手で包み込んで、小余綾は懐かしい思い出を語るように、優しげに語る。

「もしかしたら、その気持ちは現実の忙《せわ》しなさに押し流されて、明日には忘れてしまうかもしれないのに――。だから、わたしには、やっぱり涙を流すために本を読むという行為の意味が、わからなかった」

僕は眼を見開き、頷く。

僕は確かに、この話を耳にしたことがある。

「それから何年も経って……、ある作家のエッセイを読んで、納得したわ。その作家は、息子さんに同じことを訊かれたんですって。ねぇ、父さん、どうしてみんな、本を読んでまで、涙を流したいんだろうって……。そのとき、その作家はこう答えたの」

「違うんだ。そもそも、小説っていうのは、泣かないために読むんだよ――」

僕は、小余綾の言葉と、ほとんど同時に、同じ言葉を口にしていた。

思い出が溢れて、洪水のように胸を満たしていく。

小余綾詩凪は、優しく微笑んだ。

「明日からの自分が、もう涙を流さないでいいように、小説を読むんだ。ページを捲ることで、生きるために必要な養分をそこから得ていく。もし、物語を読んで涙を流すことがあっても、それは切なさや、やるせなさからくるものじゃなくて、この先ずっと、この胸に刻まれる温かな感情であってほしい……」

小余綾が優しく語る言葉が、一字一句、別の人間の声で、この耳に甦る。

「はっとしたわ。わたしにとって、まさしくそれは、電流の走るような経験だった。そのとき感じた感情は、今でも忘れられない。わたしは、それから自分が泣かないために本を読んでいる。誰かが泣かないために、小説を書いている。これからの自分と、わたしの物語をどこかで読んでくれた誰かが、もう悲しい思いで泣かないでいいように……。そう願いを託しながら、小説を書いているの」

現実は、苦しくて、残酷で。

思っていたより、涙はたくさん流れてしまう。

僕らが大人になったら、きっともっとたくさんの涙が、溢れていくのだろう。

それでも、泣きながら。涙を零しながら。

いつかの自分が、これを読んだ誰かが、泣かないですむように――。

僕たちは、何度も何度も泣きながら、小説を書いている――。

「ねぇ、あなたのお父さんは、とてもすてきな人だと思う」

小余綾の表情は、温かく、どこまでも優しいものだった。

「彼は物語を書いて、書き続けて、小説の神様を信じ、愛されながら死んでいった。けれど彼の残した物語は、永遠だわ――。いつまでも、多くの人の心に残り続けている。それはとても、とても尊いことなのよ」

溢れる涙を、抑えることはできなかった。耐えがたい感情の渦が湧き上がり、自分の表情が情けなく拉《ひしゃ》げていくような気がする。僕の父親。売れない小説を書き続け、借金だけを残し、家族に迷惑を振りまきながら、呆気なく死んでいった男の背中。

けれど、たぶん、彼の言葉は、様々なところで生きているのだろう。売れなくても、ヒットに恵まれなくても、物語を愛する気持ちは、きっと世界のどこかにいる誰かに、届いている。

不動詩凪が誕生したように、千谷一夜が誕生したように――。

物語は、永遠だ。

＊

暗い部屋の、電灯を点ける。

部屋に入り、仏壇で暗鬱な顔を浮かべている男の表情を、いつもより少しばかり長く、眺めた。それから、僕は自室へ向かう。かつて、その小説家が向かっていた大きな仕事机へ向き直り、ディスプレイの電源を入れた。真っ白な画面を呼び起こして、キーボードに手を添える。

書けるだろうか――。不安は大きかった。自分の抱えている問題は、そう簡単に消えてくれるものではない。もしかしたら、彼女の作品を断絶させてしまうのではないか。その思いが、何度も胸中を駆け巡って、僕の指先を躊躇わせた。

数分が経ち、真っ白な画面を睨んだまま、緊張に喉を鳴らす。

書けるだろうか。僕に、この物語が――。

電話が、鳴っていることに気が付いた。

小余綾からだった。

「もしもし……」

『ねぇ、書いている？』

唐突で、素っ気ない言葉だった。

「ああ、いや、まぁ……」僕は口ごもる。「その、これからだよ」

『どうせ、机に座ったものの、自信がなくて、くよくよしているんでしょう？』

「なっ、ばっ、そ、そんなことないですし？」

『お礼にね、励ましてあげる。あなたを選んだのはね、わたしなの……』

電話口から聞こえた言葉は、あまりにも小さくて、聞き取りづらい言葉だった。

怪訝に思って、耳を傾ける。

小余綾は言った。

『だから、刀を、研ぎ澄まして。自分の文章を信じられないのなら、あなたの文章を信じる、わたしを信じなさい。あなたの言葉は美しい。そうでないところだってあるのかもしれないけれど、それはわたしが指摘をして、一つ一つ叩き潰してあげる。だから――、いいから、怖がらずにちゃっちゃと書きなさいよ！』

静かだった言葉は、最後にはほとんど怒鳴《どな》るような声音に変じていた。

驚いて、携帯電話を耳から離してしまう。

『このわたしが、励ましてあげてるのよ。締め切りまでに仕上げなかったら――』

「ありがとう」

僕は笑って、彼女の言葉を遮る。

「今から書くよ」

それは、断言であり、宣言だった。

彼女はなにか腹を立てたように喚いていたが、僕は電話を切って、キーボードに手を添えた。すうと深く息を吸い込んで、深呼吸を繰り返す。

刀を、研ぎ澄ませ。

僕たちは、きっと。

書くことでしか進まない。

書くことでしか進めない。

書くことでしか、わからない。

だから、苦しくとも苦しくとも、書き進めるしかない。

刀を研ぎ澄ませ。感情に深く切り込んで、鮮烈な文章を読み手に与えろ——。

僕は自分の指を見下ろす。ほとんどアナログで小説を書いたことのない僕には、小余綾のような勲章は指に残されてはいなかった。あるとすれば、このキーボードだろうか。白い板きれのキー、一つ一つにこびり付いた手垢《てあか》の汚れ——。何度も何度も、言葉を、物語を綴って、進み続けた証。大丈夫。きっと、これから先も進める。

僕は物語を綴る。小余綾が語ったように。小余綾と共に試行錯誤した物語を、かたちに変えていく。なにもない宇宙に星々を浮かべて、まっさらな空白に、景色を並べていく。

大地は砂漠のように荒れ果て、進むべき正しい方向も定かではない。けれど、そこに人の感情の昂《たか》ぶりがあり、想いを伝えたいと願う登場人物たちの足跡が刻まれていく。人々は笑い、他愛《たわい》のない言葉を交わして、息苦しさに涙を零す。お前は凄い奴だよ。お前は神様だ。なにもないところから、とんでもない世界を創り出してしまう。

深く、切り込んでいく。入り込んでいく。感情を、自分のものにしていく。

主人公と、一体になる。

彼女は、僕が生み出した人物ではない。小余綾詩凪の願いによって生み出されたキャラクターだった。彼女の感情へ深く切り込んで、僕は彼女と彼女の物語を身に纏わないとならない。主人公は、徹底的に打ちのめされる。挫けて、叩き潰されて、嘲笑されて、侮蔑されて、それでも、と立ち上がる。僕は最初に小余綾からプロットを聞かされたとき、この主人公の気持ちが理解できなかった。どうして彼女はこんな辛い目に遭っているのに、もう一度立ち上がることができるのだろう。もう一度、闘うことができるのだろう。

けれど、今なら理解できる。

彼女がそれでも立ち上がるのは、変えられないからだ。

どうしようもなく、その生き方を変えられないから。

それこそが彼女の存在意義であり、彼女が自分自身で選んだ道なのだから。

彼女は叫んでいる。

わたしはここにいる。そうすることでしか、自分を表現できないから。そうすることで、表現する道を選んだから。それがどんなに過酷で辛いものであっても——。

だから彼女は推理をする。真実を追及する。他者に介入し、秘密を暴いて。それが誰かを救うことになると信じて。だから叫ぶ、だから伝える、だから書く、だから——。

そうするために、生まれた。

そうする生き方を、選んだ。


僕もまた、そうなのだ。


伝えたいことがある。

けれど、なにを伝えたいのか、うまく言い表せない。

言葉では足りない。言葉では説明できない。

この世界のどこかで、僕と同じように嘆き苦しんでいる人たち。

あらゆる人々へ、叫びたいことがたくさんある。

だから、きっと僕は物語を書くのだろう。

僕らの中には、誰にだって物語がある。

そこに込められた願いが、いつか届くように、叶うようにと、僕らは物語を綴り続ける。

もし、小余綾の言う通り、小説に力があるのなら。

きっと、それは届くだろう。

きっと、それはかたちになるだろう。

泣かないでほしい。今はとても辛くて、毎日のように泣いてしまうこともあるのかもしれない。それでも、いつか泣かないですむときが、きっとくるよ。

そのための物語を綴ろう。

そのための物語を送ろう。

言葉は自然と溢れて、登場人物たちは当然のように自然と動き、語り、涙を流し、叫んだ。そこにはもう、小余綾詩凪も、千谷一也も存在しない。あるのはただただ物語だけだった。愛が語られ、優しさが説かれ、絶望に苦しみ、人間の悪意に打ちのめされて、それでも立ち上がり、大切なものを勝ち取っていく物語。それ以外には、なにもない。なにも必要ない。断絶の恐怖も、売り上げの数字も、出版社のことも、なにもない物語の宇宙だった。

きらきら、きらきらと、

眩しい陽光に、身体が包まれている。

ああ、これは、僕が書く物語だ。

僕が書かなければならない物語だ。

あらゆる運命が巡り、それら歯車が噛み合わさって、一致していくのを感じる。僕は、この物語を綴るために生まれた。このときのために、涙を流し、苦しんで、頭を打ち付け、暗闇の牢獄に囚《とら》われ、物語の断絶に恐怖し、耐えがたい苦しみを味わった。すべては、僕がこの物語を綴るためのことだった。

眩しい。

目の前に広がる世界は、どこまでも煌めいていて、眩しい。

僕がそれを創造している。

物語を、書き紡いでいる。


ああ……。

小説の神様……。


僕は、それを確かに見た。

＊

物語は、朝の九時半に完成した。空腹に腹が鳴り続けて、目眩がする。十時間、ぶっ続けで書き続けたことになる。トイレに行くことも、喉を潤すことも忘れて、ただひたすらに書き綴っていた。こんな経験は、初めてだった。

僕は、出来上がったファイルをメールで小余綾に送信する。

それから、彼女へ電話した。

『おはよう。どうしたの？』

怪訝そうに問いかけてくる声を無視して、僕は最後の力を振り絞る。

「完成した。メールで送ったよ。僕はもう駄目だ。読んだら、あとで電話して、感想を聞かせてくれ……」

『え、なに、ちょっと……』

意識は、既に朦朧《もうろう》としていた。

睡魔と空腹に、押し潰される。

僕はベッドに倒れ込んで、そのまま瞼を閉ざした。

どれほどの時間、眠っていただろう。

部屋の中は、薄暗かった。今は何時だろう。

小余綾からの連絡は、未だない――。そう判断した瞬間、携帯電話の電池が切れていることに気が付いた。これでは電話を受けられない。慌てて充電を開始するが、画面が復活するまで、まだ暫くの電力が必要になるらしかった。窓の外へ視線を向ける。暗い。夜になってしまったのだろうか――。耳を澄ますと、ざぁざぁと雨が降っていることに気が付いた。ディスプレイに向かい、パソコンの時計表示を見る。十九時二十分。小余綾は読むのが速い人間だ。きっと何度か連絡をしてくれたのに違いない。歯痒い気持ちだった。深く眠り、眼が覚めたあとも、僕の気分は昂揚を続けていた。早く、彼女の言葉を聞きたい。彼女の感想に耳を傾けたかった。

小余綾は、僕の綴る文章に、満足してくれただろうか――。

不安と、期待とが、ない交ぜになっていく。

雨が、ざぁざぁと降り注いで――。

唐突に、インターホンが鳴った。

僕は、椅子から腰を上げる。

空腹を訴える腹を摩《さす》りながら、玄関の扉を開いた。


小余綾詩凪が、そこに立っていた。


きらきらとした雨粒が、彼女の黒い髪を飾っている。今日は、帽子も眼鏡も身に着けていなかった。薄手の白いワンピースを華奢な体軀に纏い、柔らかな輪郭の胸を上下させ、息を切らしている。右手には赤い傘が握り締められていたが、彼女の身体はそれでも、ところどころが濡れているようだった。髪も、剝き出しのまるい肩も、ワンピースの裾から覗く白い素足も、夜明けと共に現れる下露のように、美しく彼女の身体を飾っていた。

駅からここまで、彼女は駆けてきたのだとわかった。

「ごめん、なさい……」

双眸を、微かに見開いて、一歩を踏み込んでくる。

息を切らしながら、彼女は言った。

「本当は、もっと早く、読もうとしたの……。けれど、まさか、こんなに早く完成するとは、思わなくて……。実家の用事を片付けていたから、遅くなって……」

彼女が大切に抱えているのは、印刷用紙の束《たば》だった。それだけは濡らすまいとしたのかもしれない。ほとんど雨粒を浴びた様子のない原稿を大事そうに片手で抱え込んで、弾んだ息を整えている。

暫く、時を忘れて彼女を見つめていた。綺麗な眼差し、美しい髪、白い肌と、彩る雨のしずく。早く部屋に招いて、身体を拭くように言うべきなのに、ただただ、僕は小余綾詩凪という女の子の姿に、見とれていた。

「千谷くん」

顔を上げる彼女の眼差しを、見返す。胸がどきりと鳴って、息が詰まりそうだった。

「ありがとう……」

黒い双眸が、ゆらゆら、揺れ動く。優しい笑みを浮かべていた唇は、どこか切なげに歪んで、その瞼も、睫毛も、ぎゅっと閉じていく。溢れる感情の爆発を抑えようとするように、小余綾は言葉を繰り返した。

「ありがとう……」

一歩、彼女の身体が、僕に近付く。

そうして、小さな頭が、僕の肩に乗った。

「わたしの物語を……、かたちにしてくれて、ありがとう」

柔らかな髪がふわりと舞って、雨の匂いに混じった小余綾詩凪の薫りが、鼻先を刺激する。彼女の額が、僕の肩に押し付けられている。僕は胸の鼓動がひどくうるさく鳴っているのを感じながら、ただただ動揺して立ち尽くしていた。

見下ろすと、彼女の指先が、ぎゅっと原稿の束を握り締めているのが見えた。

「ここにはわたしがいる。あなたがいる。ページを捲る誰かがいる……。わたしたちはこの物語を胸に抱いて、ずっとずっと生きていくのだわ」

小余綾の身体は震えている。洟を啜って、涙を堪えて、そうして、愛しげに、大切に、囁くのだった。

僕はこの溢れる感情に、とうとう名前を付けることを、認めざるを得ない。

たまらなく、愛しいと思った。

叶うなら、君のことを、このまま抱きしめたいと思う。

けれど、君を怒らせると、僕はとんでもない仕打ちを受けるだろう。爛々と燃える双眸で、僕のことを睨み付けてくるに違いない。それも、悪くはないのだけれど——。

今日はもう少し、いつもより女の子らしい君のことを、見ていたいと思う。

「気に入ってもらえて、なによりだよ」

僕は軽く、彼女の肩を叩いた。

はっとした小余綾は、僕から慌てて額を離すと、紅潮した顔を背けた。

「い、いいから、早く部屋に入れてよ。風邪をひいたら、どう責任をとるつもりなの」

*

僕らはちゃぶ台を囲んだ。

原稿を捲り、ページに綴られた言葉の一つ一つを確認するように、小余綾が感想を述べる。その姿は、とても嬉しそうだった。とても楽しそうだった。

ほとんどの表現には小余綾のＯＫが出た。幾つか彼女の意図と違う部分にチェックを入れて、どのように修正していくかを検討していく。

その作業は、一時間ほど続いただろう。

「最後に……。この台詞なんだけれど」

どこか躊躇いがちに、小余綾が指し示した台詞を、僕は見遣る。

「ああ、やっぱりか」

なにか言われると思っていたのだ。

その台詞は、主人公の魂の叫びだった。物語のラスト、とても重要な台詞であり、読者の心に訴えかけるものでなくてはならない。けれど僕はその台詞の出来に満足できていなかった。うまい表現がないか暫く模索したものの、なにも思い付かず、とりあえずペンを先に進めた。僕が不満を抱く箇所なのだ。当然、小余綾も見抜いていた。

「どうも、説明くさくなっちゃうんだ。もっと簡潔で、まっすぐ響くような台詞がいいと思うんだけどさ……」

「それなんだけれど、わたしに考えがあるの――」

「おう、なら話は早い。どんな台詞だ？」

僕は小余綾が語る台詞をメモするべく、ノートパソコンのキーボードに手を触れた。

けれど、小余綾は、まっすぐに僕を見つめて――。

真摯に、真剣に、僕の双眸を覗き込んで――。

「お願い。この言葉だけは、わたしに綴らせて」


ディスプレイの電源を入れて、ファイルを開く。該当する箇所をスクロールして画面中央に表示させてから、僕は小余綾のために椅子を引いた。部屋の隅で立ち尽くしていた彼女は、緊張しているのだろう。数度、深呼吸を繰り返して、椅子に腰掛ける。

「大丈夫か。無理はするなよ」

そう声を掛けると、ディスプレイを睨み付けていた小余綾は、僕の方をちらりと見た。

それから、肩を落として呟く。

「大丈夫、だと思う……。けれど」

「けれど？」

大きな仕事机に向かい、肩を小さくしながら俯く様子は、さながら、迷子になってしまった女の子のように、どこか頼りない様子だった。

「その……。お願い……。側で、見守っていて、ほしい……」

「お、おう……。わかった」

僕は、かつて小余綾がそうしたように、リビングから椅子を運んでくる。

それを彼女の椅子の傍らに置いて、共にディスプレイへ向かう。

肩を並べて物語を綴った、あのときとは真逆のかたちだった。

そっとキーボードに手を触れさせて、小余綾が息を吐く。

「ねぇ……。初めて、わたしに声を掛けたときのこと、憶えている？」

彼女はディスプレイを睨みながら、そんなことを言う。

僕は彼女の横顔を見守りながら、そのときの記憶を探る。

小余綾は眼を伏せて、静かに語った。

「運命を、感じたわ」

あのとき、あなたは、わたしにこんな質問をしたのよ。

小説は、好きですかって――。

「ああ……」

微かに笑みを浮かべて、小余綾は続ける。

「あのとき、物語を綴る術を失ったわたしは、その質問に答えることができなかったの。けれど、あなたが千谷一夜だと知って、運命のようなものを感じた。わたしは、物語を綴ることをやめてはならないのだと、強く感じた」

今なら、答えることができるわ。

「わたし、小説が好き。大好きよ」

小余綾は、僕を見て、幸せそうに微笑む――。

僕は頷いた。それから、覚悟を決めたようにディスプレイへ向き直る彼女の姿を、じっと見守る。

「大丈夫。きっと、大丈夫……」

自分に言い聞かせるように、彼女は呟く。

大丈夫。

僕は彼女の横顔を見つめた。大丈夫だ。君にならできる。君になら、書けるよ。

キーボードに触れる彼女の白い指先は、小刻みに震えている。

緊張に喉が何度も上下し、吐息はいつしか、息苦しく荒々しいものに変化していた。

まばたきを、繰り返す。目の前の光景を見つめることが難しいとでもいうように、まばたきをひたすらに繰り返して、それでも、小余綾は画面から眼を背けない。

キーボードを、彼女の指先が、一つ一つ、ゆっくりと叩いていく。

大切な言葉を、自分の手で紡ぐために――。

汗を流し、唇を青ざめさせ、身体を震わせて。

耐えがたい恐怖と不安に苛まれ、強大な悪意がもたらした仕打ちを想起しながら、それでも、彼女は物語を綴るために、指先を動かしていく。一文字ずつ、一文字ずつ。

僕は、真剣に画面を睨んでいる彼女の横顔を、じっと見守った。

きっと、怖いだろう。これからずっと書けないのではないかと、恐れているだろう。一生、このままで終わってしまうのではないかと恐怖でいっぱいなのだろう。けれど、君は闘っている。自分に屈することがないように、指先を動かしている。

苦しげに、唇が拉げて、呻く。

喘ぎは、嗚咽のようだった。

それでも、文字を、書き進めていく。キーボードが、打鍵の音を奏でる。

苦しいのなんて、当たり前でしょう。小余綾は、僕にそう叫んでいた。悔しくても、苦しくても、辛くても……。それでも、物語を綴るのが、小説家というものなのだと——。

泣きながら、血を吐いて、悶《もだ》え苦しみ、それでも、ペン先を動かす。

辛くても、辛くても、ペン先を動かし続けろ。

未来の自分が、泣かないでいいように。

いつかページを捲ってくれる誰かが、泣かないですむように。

だから僕らは、今このとき、苦しんで、涙を溢れさせながら、物語を綴る。

小余綾が、キーボードを叩いていく。言葉を紡ぎ、台詞をかたち作っていく。

ああ、君はいつだったか、他になにもないから、小説を書いているんだと言っていたな。

漫画を描けないから、映画を作れないから、だから小説を書いているんじゃないかと、言葉を零していた。
けれど、そんなことはない。
君は小説家だ。
たとえそれ以外の何者かになる道があったとしても、君は小説家を選ぶ。
どんなに苦しくても、どんなに辛くても、他にどんなに楽な道があっても——。
君は、小説を取るのだ。
そしてそれは、きっと僕も同じだと思う。
他になにもできないから書くのではない。
それが僕らの道だから。
僕らが自ら選んだ、とても尊い道だからなのだ——。

エピローグ

夏休みに入ると、原稿は脱稿し、僕らの手を離れた。これからゲラになり、校正の手が入って、恐らく一ヵ月後には、僕らの手元に戻ってくるだろう。それまで、僕らがするべき作業はなにもない。こうなると、案外と寂しいと思えるものだった。

夏休みなので、小余綾と教室で顔を合わせることはない。文芸部も、そもそも活発に活動している部ではないので、部室を覗いても、ときおり九ノ里が書物を開いているだけだ。成瀬さんは実家の書店を手伝うので忙しいらしいが、ときどき投稿作に関する相談が、メールで送られてくる。そんなときは文芸部の部室を借りて、二人で彼女の原稿と睨めっこする作業を続けていた。あれから、綱島さんたちとはうまくやっているらしい。絶対に面白い作品を書いて、彼女に小説のすごさをわかってもらうのだと、成瀬さんはそう息巻いていた。

小余綾は、部室に顔を出さない。もう何週間も会っていなかった。

これまで、僕と仕事をするために顔を合わせていたのだから、当然だろう。

教室では話し掛けないで欲しいと嫌われていたくらいなのだ。これから先、もしかすると僕らの共作が完成してしまったあとでは、教室以外で顔を合わせる機会はなくなってしまうのかもしれない。原稿が完成するまで、協力して小説を書く……。所詮は、そんな仮初めの、仕事上の付き合いでしかなかったのだから。

小余綾の抱えている問題に関しては、心配があった。それでも、いつの日か彼女は克服するだろう。自分の手で物語を綴ることのできる日が、きっと来るに違いない。だって、彼女は小説の神様に愛されているのだから。だから、僕の存在なんて、本当は必要はないのだ。それは少しばかり、寂しいことなのかもしれないけれど——。

僕はといえば、断絶の痛みを未だ引き摺っている。とはいえ、あのときほど息苦しい想いに苛まれることは少なくなった。彼女と共に物語を綴った経験を想えば、きっといつか、乗り越えることができるようになるかもしれない。それまで、この胸に痛みを抱えながら、生きていこう。きっとそれが小説家の宿命なのだから。

僕は、先に帰るという成瀬さんを見送ったあと、校舎裏の件のベンチで寝そべっていた。部活動に勤《いそ》しんでいる生徒たちは、普段と比べると一層に喧《やかま》しい。どこの部も大会を目指して活躍するエースたちが在籍する陽向の部なのだから、当然だろう。少し前に、そんなことを話したら、九ノ里がこんなことを言ったのを思い出した。

「それなら、この高校の文芸部は他のどの部活にも負けない。なにせプロとして闘っている人間が二人もいる。立派な、陽向の部だろう」

眩しい、陽射し。

きらきらと、輝かしい陽向の世界——。

僕も、そこに立つことが、赦されるのだろうか——。

「やっと見付けた」

眩しい陽の光を、暗い影が遮る。

僕は眼を細め、手で庇《ひさし》を作った。

とても大仰そうに、仁王立《におうだ》ちで立っているのは、制服姿の小余綾詩凪だった。

僕は驚き、眼を瞬かせる。僅かに身を起こして、腰に手を当てて僕を見下ろす彼女を、矯めつ眇めつ眺めた。

「いったい、どこをほっつき歩いているのかと思ったわ。携帯電話は不通で、雛子ちゃんに訊いたら、今日はバイトがないから家にいるはずだって言うのに、訪ねてみたら留守じゃない。それなら学校だろうと向かったはいいものの、制服を取りに家に戻らないといけなくなるし、あちこち歩き回るはめになって、いったい、どう責任を取ってくれるわけ？」

怒濤《どとう》のように垂れ流される文句に、僕は顔を顰めて呻いてみせた。

「あのな……。携帯電話は料金未払いで停止中なんだ。今回の印税が入るまで復活する目処はない。だいたい、僕がどこにいようが、君にはまったく関係ないだろう。何週間も部活にだって顔を出さなかったじゃないか」

「ああ、それね」

小さく鼻を鳴らし、小余綾は長い黒髪を払った。

「実家の都合で、旅行に付き合っていたのよ。昨日、ようやく解放されたわけ」

「沖縄か？　北海道か？」

「イギリス、フランス、イタリア」

「お、おう……。お嬢様はひと味違うな……。なぁ、海外旅行って、取材旅行ってことにして経費扱いにならないのかな。僕は日本から出たことがないんだ」

「なるわけないでしょ」

呆れたように、小余綾は肩を竦めてみせた。

「それで、僕になんの用だよ。お土産を渡してくれるようには見えないんだけれど」

小余綾詩凪は、手ぶらだった。

身軽そうに、華奢な体躯を制服のブラウスで包んで、長い髪を風に揺らめかしている。

彼女は、ほんの少し、呆れたような顔を見せた。

「まったく……。ほら、行くわよ」

ぐい、と手首を摑まれて、強引に立ち上がらされる。僕は思わずふらついてしまった。

くすくすと、どこか高慢に笑いながら、彼女は僕の身体を引っ張って行く。

「行くって……。どこにだよ。ゲラはまだ戻ってきてないだろ」

転ばないよう踏ん張って、バランスを保ちながら問いかける。

小余綾は、僕の手首を未だ離さない。

「決まっているでしょう」

僕の方を振り仰いで。

いたずらな笑顔を見せながら。

眩しい陽光を、僕と共に、きらきらといっぱいに浴びて。

彼女は告げた。


「わたしたちの、次の物語を作りにいくのよ――」


僕は、手を引かれるままに、踊るように歩く彼女の背を追いかける。

風は緩やかで、彼女の長い黒髪を優しく撫で上げて、僕の鼻先へその匂いを運んでくる。

その後ろ姿を眺めながら、僕はこんなことを考えていた。

なぁ、小余綾、君はさ、僕に何度も何度も、こう訊ねていたよな。

僕が、なんのために小説を書くのかって――。

僕は優しい物語を綴りたい。

僕は君と同じで泣き虫だから、同じように涙を流している人たちが、自分は一人ではないのだと、ほっと安堵できるような、そんな優しい物語を綴っていきたいんだ。

他にも、答えはいろいろあるよ。自分が泣かないためでもあるし、妹のためでもある。

お金だって大事だ。けれど、そこへ新しく加わった理由を、僕は君にだけは話せないと思う。

僕は、今は君のために物語を綴ろう。

いつか、君が自分自身の手で物語を紡ぐことができるようになるその日まで。僕は君のために小説を書きたい。大丈夫、それはきっとすぐのことだよ。

それまでの間、物語を愛する全ての人たちへ、僕たちの作品を届けよう。

怖くて、苦しくて、泣いてしまうことも、きっとあるだろう。

それでも、いつかのとき、世界の誰かが、もうそれ以上泣かないですむように——。

僕たちは、これからも、小説を書き続けていく。

この作品は、書き下ろしです。

講談社
タイガ

〈著者紹介〉

相沢沙呼（あいざわ・さこ）

1983年生まれ。2009年『午前零時のサンドリヨン』で第19回鮎川哲也賞を受賞しデビュー。繊細な筆致で登場人物たちの心情を描き、ミステリ、青春小説、ライトノベルなど、ジャンルをまたいだ活躍を見せている。

小説《しょうせつ》の神様《かみさま》

2016年6月20日　第1刷発行　　定価はカバーに表示してあります
2020年9月29日　第14刷発行

著者……………………相沢沙呼《あいざわさこ》

発行者……………………渡瀬昌彦
発行所……………………株式会社 講談社
〒112-8001 東京都文京区音羽2-12-21
編集03-5395-3510
販売03-5395-5817
業務03-5395-3615

本文データ制作…………講談社デジタル製作
印刷……………………豊国印刷株式会社
製本……………………株式会社国宝社
カバー印刷………………株式会社新藤慶昌堂
装丁フォーマット…………ムシカゴグラフィクス
本文フォーマット…………next door design

ISBN978-4-06-294034-4　N.D.C.913　383p　15cm